CAMILLE MAUCLAIR

TROIS CRISES

DE

L'ART ACTUEL

PARIS

BIBLIOTHÈQUE-CHARPENTIER

EUGÈNE FASQUELLE, ÉDITEUR

11, RUE DE GRENELLE, 11

1906

à Maurice Barrès

son ami

Camille Mauclair

TROIS CRISES DE L'ART ACTUEL

179

DU MÊME AUTEUR

ROMANS

Couronne de Clarté. — L'Orient Vierge. — Le Soleil des Morts. — L'Ennemie des Rêves. — Les Mères Sociales. — La Ville-Lumière.

CONTES

Les Clefs d'Or. — Les Danaïdes. — Le Poison des Pierreries. — Trois Femmes de Flandre. — Le Mystère du Visage.

POÈMES

Sonatines d'Automne. — Le sang parle.

THÉÂTRE

Le Génie est un crime, pièce en quatre actes.

CRITIQUE

Eleusis. — Jules Laforgue. — L'Art en Silence. — Les Camelots de la Pensée. — Idées vivantes. — L'Impressionnisme, éditions anglaise et française. — Auguste Rodin, éditions anglaise, allemande et tchèque. — Fragonard. — La Peinture française de 1830 à 1900, édition anglaise. — De Watteau à Whistler. — Greuze. — Watteau, édition anglaise. — Robert Schumann.

POUR PARAITRE

Religion et Symphonie, essais sur la musique. — Le Désir de pleurer, contes. — Les Blessés, pièce en 4 actes. — La Femme et le Mensonge, roman. — L'Azur tragique, roman. — Préjugés et Révoltes, essais de critique sociale. — Le Lac intérieur, poèmes. — La Beauté des formes, critiques d'art.

CAMILLE MAUCLAIR

TROIS CRISES

DE L'ART ACTUEL

PARIS

BIBLIOTHÈQUE-CHARPENTIER

EUGÈNE FASQUELLE, ÉDITEUR

11, RUE DE GRENELLE, 11

1906

Il a été tiré de cet ouvrage
5 exemplaires numérotés sur papier
de Hollande.

A

AUGUSTE RODIN

MA PROFONDE ADMIRATION

ET

MA FIDÈLE AMITIÉ

DÉDIENT CE LIVRE

C. M.

PRÉFACE

Je ne sais point s'il faut envier le bonheur
de ceux qui écrivent pour enseigner ; mais
j'ai trouvé une sorte de satisfaction dans le
fait d'écrire pour apprendre. Les livres d'art
ne sont jamais achevés. On ne peut essayer
de définir des personnalités de grands artistes qu'en y revenant plusieurs fois. Ce que
nous pensons d'eux était déjà en eux-mêmes,
et ce que nous en disons les prolonge ; avec
les années, nous ajoutons, à ce que nous pensions être un total d'opinions, une somme
nouvelle de réflexions. Et à mesure que nous
mûrissons, les germes que leurs œuvres ont
mis en nous s'épanouissent en fleurs im-
prévues.

C'est ainsi qu'après plusieurs années, je

suis amené à présenter ici au public des
morceaux sur des créateurs dont l'*Art en silence* et les *Idées vivantes* parlaient déjà. C'est
qu'à mes admirations durables des justifica-
tions se sont attachées, que je n'avais point
aperçues jadis. Des études sur de grands artistes sont des portraits auxquels il faut travailler longuement ; le but n'est pas d'énumérer leurs œuvres et de donner les raisons
de leur gloire, mais d'arriver patiemment, et
par retouches successives, à définir leurs
consciences, à reconstituer toutes les phases
intellectuelles par où ils passèrent pour en
venir à réaliser ce que nous admirons sous
leur signature. Au delà d'un certain degré
de supériorité, l'artiste est infiniment plus
grand, plus complexe, plus passionnant que
son œuvre. Elle n'est que le signe et l'exemple
de ce qu'il est parvenu à faire de lui-même.
Et, ainsi que Cuvier, avec un fragment de
squelette, reconstruisait la synthèse d'un
animal, ainsi ai-je tenté parfois, à l'aide d'une
œuvre qui n'est qu'un fragment de conscience,
dé rendre visible la conscience tout entière,
et de hausser la besogne utilitaire du critique
à l'art du portraitiste de pensées.

De tels portraits exigent des ébauches suc=

cessives, puis des groupements de notations, puis enfin le lent travail de la mise au point. Encore serait-il enfantin de penser qu'on les terminera. C'est donc, avant tout, pour me préciser à moi-même mes raisons d'aimer ces hommes, et pour m'apprendre à en parler dignement, qu'à de longs intervalles j'en ai refait les esquisses que le lecteur retrouvera ici.

S'il m'est permis d'espérer que mes divers essais de critique analogique ont trouvé auprès du public un accueil assez confiant pour l'engager à suivre, dans plusieurs de mes recueils, les recherches sincères d'une âme qui veut comprendre par l'amour, bien plus encore que d'un esprit voulant comprendre par la logique, je donnerai alors les raisons du présent volume par contraste aux précédents qui ne sont, comme lui, que des notations de minutes importantes dans l'évolution de l'art moderne. L'*Art en silence* constatait l'œuvre d'une série d'individualités créant à l'écart; j'ai voulu ensuite exposer, dans les *Idées vivantes*, quelques-uns des principes nouveaux que ces individualités avaient mis en circulation. J'ai écrit l'histoire de l'*Impressionnisme* pour résumer d'où elles venaient et ce qu'elles avaient ajouté à ce mouvement impétueux. et libérateur. Auprès des résultats isolés et suprêmes de Rodin et de Carrière, j'ai consigné l'effort et les promesses d'un dernier grand groupement du XIXᵉ siècle, faisant table rase de l'esthétique d'Institut, et léguant à l'avenir une technique inattendue et merveilleusement propre à seconder toutes sortes de conceptions. Dans le livre plus récent qui notait, *de Watteau à Whistler*, diverses analyses de tempéraments, diverses transformations d'idées générales, j'ai tâché de montrer que l'impressionnisme, qui semblait inattendu, prolongeait contre l'esprit ultramontain la tradition morale et technique du XVIIIᵉ siècle. L'ordre dans lequel ont paru ces livres n'a pas dépendu de moi, mais des hasards et des nécessités de l'édition, et certaines interversions de date ont contribué à nuire à la clarté de présentation d'un système critique dont je ressens plus que personne les imperfections, les faiblesses, les redites inévitables.

J'en reviens présentement, après ces livres d'exposition, où se confiaient des troubles, où se dessinaient mal certaines directions, à donner au public un volume où se décèleront

des inquiétudes nouvelles. Ce sont celles de
mon temps, et je les ai reflétées. Il semble
bien que la gestation de certaines idées que
je notais il y a six ans ne se soit point accomplie normalement; et là où j'espérais tant
consigner des certitudes et des épanouisse-
ments, il faut que je raconte encore des hési-
tations singulières, et en quelque sorte des
peurs d'aller plus loin. Après le grand coup
de soleil de l'art impressionniste, toute l'école
française semble avoir mis sa main sur ses
yeux; et après le grand sursaut de liberté
que je fus si heureux de décrire, il semble
qu'on redemande des entraves.

Entre quelques études sur des personnalités, réunies ici, un choix devra être fait. Il
en est que j'y ai placées, comme je l'ai dit
plus haut, dans le désir de redonner quelques
touches à leurs portraits. Il en est d'autres
que j'ai envisagées uniquement comme représentatives de diverses tendances, un peu en
marge du grand mouvement moderne; et
parfois ce n'est pas à titre admiratif, mais à
titre documentaire, qu'elles prennent place
dans ce volume. Il en est de même de quelques
observations touchant les répercussions de
l'art moderne dans les aspects de la vie. Mais

l'essentielle armature de ce livre sera constatée par son titre même.

J'ai été, en présence d'un grand malaise
de l'art actuel, conduit à le synthétiser en
trois « crises » parallèles. La première est
due à la nécessité et à la difficulté également
extrêmes de créer un symbolisme nouveau
dans l'art pictural. La seconde est créée par
le danger d'une réaction désavouant les con-
quêtes de l'impressionnisme faute de pouvoir en profiter dans un but altier, que ce
mouvement de technique admirable et d'esthétique nulle n'a pas entrevu. Et la troisième crise est celle des arts appliqués, du
« modern style » n'arrivant pas à créer les
liens logiques de l'art et d'une société démocratique. Voilà les trois raisons du temps
d'arrêt que nous subissons, du piétinement
énervé de nos artistes depuis quatre ou cinq
années; et c'est pour tenter de mettre en
ordre les éléments de cette triple crise que ce
volume a été fait avant tout.

Je sens tout ce qui lui manque, et combien le désir de suivre très sincèrement les
méandres obscurs et complexes des intentions
contemporaines l'aura parfois desservi. Expliquer clairement des choses pas claires, à soi

et à ceux qui les pensent, c'est le dernier miracle de la critique. Je ne me flatte pas d'avoir réussi, et cette préface ne sert qu'à justifier le titre et la composition de mon livre.

Juin 1906.

TROIS CRISES

DE L'ART ACTUEL

LA MYTHOLOGIE SCIENTIFIQUE
ET L'ART PICTURAL FUTUR

Une constatation s'impose à celui qui envisage l'art moderne non seulement au point de vue pictural en lui-même, mais encore au point de vue de la signification générale de l'art, c'est-à-dire de la raison d'être et de la destination de l'effort d'art.

Cette constatation, une phrase peut la formuler : dans la considérable somme de talents que l'époque a révélés depuis l'impressionnisme, nous n'apercevons encore que quelques faibles lueurs d'un idéal nouveau. Encore les artistes semblent-ils craindre d'y toucher, alors que sa conquête devrait être le but unique de leurs constantes pensées.

Quel est cet idéal, et est-il destiné à ne demeurer qu'un souhait idéologique? C'est ce que je vais essayer de rechercher.

Cet idéal, c'est la constitution d'un symbolisme pictural nouveau.

Cette constitution est désirable. Elle est urgente. C'est le fait de ne pas pouvoir la définir et la vivifier qui rend l'art actuel si inquiet : pléthore de tempérament, pénurie et incertitude de destinations, d'où excès de la virtuosité se dépensant pour elle-même, et, chez certains, crainte de se dévoyer, tendance à se rallier aux conceptions du passé plutôt que d'aller à l'aventure sans boussole.

Un fait frappera même ceux qui ne sont pas familiarisés avec l'histoire des nuances de l'art contemporain. Depuis soixante-dix ans, l'évolution de la science l'a conduite à engager une lutte terrible avec les religions, et il semble bien que celles-ci aient été définitivement ruinées dans leur principe même par la violence impitoyable des doctrines scientifiques. Nous en sommes venus à un point où tout système religieux, dépouillé de ses prestiges de révélation mystérieuse, apparaît, en face des lois chimiques, physiques, évolutives, comme une immense erreur sentimentale dont les conséquences sont plus ou moins défendables dans le domaine moral, mais dont la légende originelle est une fable démentie par d'irrécusables évidences. Même les sectes dernières du spiritualisme néokantien, du vitalisme, n'insistent plus sur l'authenticité effective des dogmes religieux. Et nous considérons, en général, ces dogmes comme des impostures puériles que les tendances mystiques et métaphysiciennes de l'esprit humain ont plus ou moins richement ornées et enrichies de commentaires.

Cependant, nous ne pouvons pas nier que ces impostures aient assez fortement ému les plus nobles facultés de l'âme et du génie de nos ancêtres pour les avoir conduits à la création d'œuvres splendides et d'un symbolisme que l'architecture et la peinture ont développé dans des centaines de cathédrales merveilleuses et des milliers de tableaux où, de Giotto à Raphaël et de Van Eyck à Rembrandt, s'est révélé le plus extraordinaire déploiement de beauté psychique. De ces impostures est sortie une vérité d'interprétation qui fait encore de ces chefs-d'œuvre inouïs, à l'heure où la foi disparaît du monde, les meilleurs défenseurs de la noblesse du dogme.

Quand l'art païen, insuffisamment étouffé par la haine iconoclaste du monothéisme chrétien et mahométan, est reparu si glorieusement dans l'univers que la Renaissance papale elle-même a relevé son piédestal, l'imposture polythéiste ne s'est pas révélée moins belle créatrice, dans l'âme humaine, d'émotions magnifiquement traduites par des œuvres radieuses, et la statuaire hellénique a prouvé au monde chrétien, certain de posséder le secret de la révélation divine, à quel point d'assez grossières personnifications des forces naturelles avaient pu se sublimer dans la pieuse croyance des anciens.

Le polythéisme a créé une prodigieuse beauté et un style qu'on vénérera toujours. Il en est de même du monothéisme. Ce sont les deux âges essentiels de la beauté. C'est à ces deux interprétations de l'imposture religieuse que nous demandons encore à genoux les secrets de l'essentielle vérité ; et cependant nous savons que la statue grecque et la madone quattrocentiste sont des portraits d'erreurs et les signes d'un fétichisme anthropocentrique dont se rient les lois physiques, chimiques et cosmologiques de la Nature.

Mais alors, si des mensonges, des contes de nourrices, des idoles bonnes pour la crédulité plébéienne, ont suffi à prétexter dans le cœur et dans l'ingéniosité de l'homme une si belle explosion, à présent que nous sommes en présence d'une vérité infiniment plus vraie, à présent que le chimiste, avec sa balance et sa cornue, le darwiniste, avec ses lois de substance et de transformation, méprisent autant le prêtre et son catéchisme que celui-ci méprisait le païen et ses fables sur Jupiter, il semble bien naturel que l'art, exprimant le culte de la vérité, en tire au moins autant de beautés qu'il en tira du culte de l'erreur ? Il semble bien naturel que la constatation des lois immanentes de l'univers scientifique enthousiasme des génies expressifs, autant, sinon plus que des mythes enfantins ?

Stupeur ! La science célèbre son triomphe, son action sociologique transforme le monde, moralement et matériellement. Et cependant l'art se tait; l'art, qui a tant enrichi les impostures, semble ne savoir que faire des vérités. L'art, qui a déifié les Zeus ou les Pallas, et célébré mille et mille fois la légende apocryphe du prophète nazaréen, mis en présence des idées-forces, balbutie et déclare qu'il n'a rien à en dire, et que la science lui est étrangère ou ennemie. N'est-il donc destiné qu'à illustrer des fables et n'a-t-il touché au plus profond de l'émotion humaine que pour seconder des mensonges ?

S'il persiste à se taire, quel triomphe ironique pour les zélateurs des dogmes! Quelle attitude tournée vers le passé, en haine de l'avenir! Quel démenti à la vérité nouvelle qui passionne l'univers, et surtout quel aveu d'impuissance! Il y va de l'avenir et de l'honneur de l'art moderne ou de créer un symbolisme approprié à la nouvelle conception cosmique, ou de donner résolument et nettement ses raisons de ne pas l'exprimer, en expliquant pourquoi, si le polythéisme et le monothéisme anthropocentriques ont pu comporter un art, l'athéisme moniste n'en admettra pas. L'art n'est pas viable sans se référer à une symbolique qui résume et transpose les idées générales de l'époque. Chaque époque d'art s'est formé sa symbolique. La science elle-même espère-t-elle que l'art va se décider à marcher dans sa route, à elle qui, par-dessus les débris des dogmes, nous apporte toute une conception neuve? Demandons cela à l'un de ses représentants, prenons un exemple.

*
* *

Le livre célèbre de M. Ernest Hœckel, *les
Enigmes de l'Univers*, est un volume de vulga-
risation. Il est surfait, inégal. On y trouve, outre
d'assez mesquins débats *pro domo* avec Du Bois-
Reymond, de pesantes plaisanteries protestantes
au sujet des puérilités de la fable chrétienne
et des crimes de la papauté. Mais il contient
aussi un remarquable exposé scientifique des
doctrines de Lamarck et de Darwin, d'où est sorti
le monisme de M. Hœckel, forme dernière du
spinozisme, de curieuses liaisons entre la physio-
logie, l'embryogénie et les formations de la
conscience ; en un mot, c'est un livre excellent
tant que l'auteur ne considère pas ses belles synthèses scientifiques comme des tremplins d'où
l'on peut s'élancer à l'assaut de la métaphysique.
Le monisme n'est qu'une vérification expérimentale des géniales données de Spinoza sur la
loi de substance qui admet l'explication du
monde sans recourir, comme le disait Laplace,
à l'hypothèse Dieu. Il est donc tout à fait intéressant de constater, dans l'ouvrage de l'illustre
professeur, sa façon étrange de concevoir les
rapports de l'art et de la science lorsqu'il se
laisse aller à fonder, lui aussi, une religion et
une sociologie monistes, et à en rêver l'organisation pratique dans l'univers nouveau.

Si peu artiste qu'il soit, il ne manque pas de
percevoir toute la valeur d'excitation imaginative des arts dans l'éducation des sensibilités et
des croyances de la masse, et il a remarqué
combien le protestantisme, épurateur des immo-
ralités papistes, s'est rendu désagréable en res-
treignant le rôle des arts. M. Hœckel, que je
prends ici simplement comme un type connu
de savant violemment irréligieux, esquisse donc
le rôle réservé à l'art dans son culte anti-cul-
tuel, si je puis dire, dans sa religion naturelle,
thanatiste et moniste, et cela le conduit à des
assertions et à des espérances d'une naïveté
pleine de saveur.

Après avoir noté en passant que l'art chrétien,
en opposition avec la pure doctrine de renoncement et de mépris de la beauté de la nature,
n'a été encouragé par l'Eglise que pour propa-
ger les légendes d'erreur, et détourner l'esprit
humain de la connaissance de la nature qui eût
pu conduire à la science (ce qui est véritablement une bizarre boutade), M. Hœckel en vient
à exposer, comme il l'a fait plus en détail dans
son livre des *Formes artistiques de la Nature*,
qu'en opposition à l'art chrétien centralisant
toutes les ressources de l'esprit humain autour
de la célébration d'un mensonge, l'art moniste
aura pour unique objet de célébrer la Nature et,
par la divulgation des formes innombrables des
divers règnes, notamment du monde sous-marin,
de donner aux artistes un répertoire de beautés multiformes, infiniment plus variées que

l'éternelle variation sur la légende de Nazareth. Ceci est une idée simple et juste, auprès de laquelle malheureusement l'auteur se hâte de placer encore une assertion bizarre, en expliquant, après Humboldt, que le paysage est un stimulant à l'étude de la nature, et que le XIXᵉ siècle, en développant l'école des paysagistes, a contribué au développement du monisme. L'idée que le XIXᵉ siècle a découvert le paysage devient, quand on songe aux Primitifs et à Claude Lorrain, un élément appréciable de comique. Mais il serait injuste de méconnaître, à travers ces fantaisies de M. Hœckel, la valeur d'affirmation de ses théories sur l'amour de la nature considéré comme un ferment de la religion naturelle : banalité certes, mais évidence. J'en viens à une de ses plus curieuses remarques, celle qui m'a conduit à m'occuper de lui présentement : M. Hœckel pense que, lorsque le monisme aura supplanté toutes les religions, les édifices religieux n'en seront pas moins utiles comme « lieux de recueillement » permettant à l'homme de méditer sur les hautes raisons de l'univers. Et ici je ne songe plus à sourire, car nous sommes mis en présence d'une idée très sérieuse. M. Hœckel déclare qu'à l'homme futur tout temple sera inutile, le monde entier, la nature entière dans ses aspects grandioses ou minuscules, lui étant un temple et un motif d'élévation méditante sur les lois cosmiques. Cependant il admet que, pour les besoins particuliers de bien des hommes, des locaux désignés resteront nécessaires, et « de même que, depuis le xvi⁰ siècle, le papisme a dû céder de nombreuses églises à la Réforme, de même, au xx⁰, un grand nombre passeront aux libres communautés du monisme ».

N'insistons pas sur la malice de cet aperçu utilitaire. M. Hœckel, grand savant, parle sans sérénité, et avec une haine de partisan, dès qu'il touche au catholicisme, que je n'aime certes pas. Mais voici comment il conçoit ces Eglises. Observez qu'il allègue « le besoin pratique de la vie sentimentale et de l'ordre politique pour donner au monisme une forme de culte », petite phrase grosse de concessions, et infiniment révélatrice de ménagements et de calculs incompatibles avec l'altitude de vues exigible d'un savant. M. Hœckel, par ailleurs, trouve bon de maintenir certains principes de morale chrétienne, ce qui est d'un renanisme timide, et tout en vitupérant l'imposture il songe, en homme avisé, à en garder « ce qu'elle a de bon ». Il indique donc comment on pourra maintenir l'usage des fêtes soisticiales dans les temples « utilisés », de manière à ne pas effaroucher les gens et à glisser le monisme athéiste dans la robe édulcorante de ces vieux usages; la pilule est fort adroitement présentée, mais il est entendu que le sens de ces fêtes sera « moniste », c'est-à-dire vaguement panthéistique et virgilien, Pâques fêtant la résurrection du printemps et non d'un crucifié qui ne saurait renaître, la Saint-Michel célébrant l'entrée dans la sévère

période de l'hiver, etc. Le service du dimanche
sera maintenu : mais, et ici il faut tout citer :
« Au lieu de la foi mystique en des miracles
surnaturels, interviendra la science claire des
véritables merveilles de la nature. Les églises
ne seront pas ornées d'images de saints et de
crucifix, mais de représentations artistiques
tirées du trésor des beautés que fournit la vie de
l'homme dans celle de la nature. Entre les hautes
colonnes des dômes gothiques qui sont entou-
rées de lianes, les sveltes palmiers, les fou-
gères arborescentes, les bananiers et les bam-
bous rappelleront la force créatrice des tropiques.
Dans de grands aquariums au-dessous des
fenêtres (sic), les gracieuses méduses et les
siphonophores, les coraux et les astéries ensei-
gneront les formes artistiques de la vie marine.
Au lieu du maître-autel sera une Uranie, qui
montre dans tous les mouvements des corps
célestes la toute-puissance de la loi de substance. »

Voilà donc tout ce qu'un philosophe scientifique, adversaire ardent de l'erreur religieuse,
peut trouver pour remplacer l'art fondé sur cette
erreur.

Ne plaisantons ni ses aquariums, ni ses préten-
tions à créer une atmosphère de recueillement
et de mysticisme naturaliste dans une sorte de
muséum, d'herbier, de serre, de laboratoire. Les
détails ne sont rien. Le fait à retenir, c'est qu'un
homme célèbre pour sa détestation du polythéisme et du monothéisme, convaincu de la

vérité du darwinisme au point d'en faire le fon-
dement d'une religion sociale, n'a même pas
supposé une minute que l'art plastique pût
constituer, à l'égard des sciences, une série de
figures emblématiques, comme l'a pu faire non
seulement l'art chrétien qui représentait une
trinité anthropomorphique, mais l'art grec qui
incarnait une série de forces naturelles, et dont
chaque mythe personnifiait un des grands phénomènes de la nature. De toutes les concessions faites à son insu à l'imposture par le naïf
iconoclaste qu'est M. Hœckel, il n'en est peut-
être pas de plus grande que cet aveu implicite
d'impuissance de l'art à réaliser pour la vérité
moniste ce qu'il réalisa pour la fable catholique ou païenne. Et voilà pourquoi j'ai parlé
de M. Hœckel.

⁂

L'art futur ne voudra-t-il pas être plus « hœcke-
lien » ?

Serait-il donc vrai que la science n'offrît pas
matière à l'élaboration d'une esthétique nouvelle ?

Beaucoup disent qu'elle ne l'offre pas. Je suis
fermement persuadé qu'elle l'offre, au contraire,
et j'espère l'homme qui saura créer cette esthétique. Je l'espère, parce que l'art mourrait, s'il
ne faisait pas face à cette nouvelle exigence, et

je le crois, parce que l'art est Protée. Je crois
qu'il y a plusieurs raisons sérieuses pour que
Protée puisse encore revêtir ces formes impré-
vues. D'abord, la science présente un symbolisme des forces naturelles, autant et bien plus
que la mythologie grecque; or, partout où il
y a symbolisme organisé, il y a viabilité de l'art
plastique.

Ensuite, nous ne pouvons découvrir aucune
raison plausible pour que l'expression de la vie
se détache de cette vie, après tant de siècles
où l'art s'est immédiatement modelé sur toutes
les formes de culture humaine. Le problème
consiste moins dans la question de savoir si
l'art pourra se plier à cette tâche nouvelle que
dans celle des modalités de son adaptation. Tout
le monde sent qu'il faut les trouver, et l'inquiétude même que cause ce désir prouve que le
but est de ceux qui peuvent tenter la logique
humaine.

L'analogie s'impose bien plus vivement entre
la mythologie antique et le problème de l'in-
carnation décorative des mythes scientifiques
qu'entre celui-ci et l'art chrétien, qui était nettement l'expression d'une légende considérée
comme divinement authentique. Nos connaissances actuelles sur le sens des fables antiques
nous montrent en elles un véritable système d'allégories scientifiques, et non pas le travestisse-
ment de dogmes soi-disant révélés. En ce sens,
la Genèse serait, dans l'ensemble de la doctrine
chrétienne, la seule partie scientifiquement illus-

trable par l'art, celle qu'a choisie Michel-Ange
à la Sixtine et qu'avaient traitée certains Primitifs, alors que la majorité des peintres quattrocentistes et presque tous leurs successeurs ont
traité la partie sentimentale et mystique, le
Nouveau Testament. Nous sommes ramenés à la
position qu'avait la question, lorsque les antiques
durent tenter de personnifier des forces vives.
Ils y parvinrent par l'anthropomorphisme. Les
lois des arts plastiques sont telles que c'est
encore par l'anthropomorphisme que nous serons
forcés de représenter les lois générales du mouvement et de l'énergie cosmiques, que la science
nous montre pourtant séparés de tout anthro-
pocentrisme. Et là est la plus grave difficulté
de la question. Tout peintre qui songe à représenter la chimie voit dans son esprit une femme
nue ou drapée, tenant une cornue, c'est-à-dire
à peu près la même figure allégorique qu'eût
conçue Rubens. Et il est bien difficile de savoir
s'il voit ainsi parce que, depuis des siècles, il est
imprégné de la tradition des anciens allégoristes,
ou si parce qu'en réalité rien d'autre n'est con-
cevable.

La question ainsi posée nous fait comprendre
à quel point les simplifications des mythes et
des statues helléniques ont été admirables et
indépassables en perfection, en harmonie et en
logique.

Nous sommes donc conduits à penser que, si
la figure doit demeurer, pour rendre compréhen-
sible la transcription esthétique des sciences,

2

un nouvel élément peut et doit intervenir pour
rendre visible la complexité des mythes scientifiques, autrement complexes que les mythes
de la science antique. Cet élément, c'est la
lumière avec ses jeux — c'est là qu'apparaît la
signification d'un mouvement pictural intervenu
il y a quarante ans : l'impressionnisme.

Son apport esthétique a été nul. C'est précisément parce que son vrai sens était de faire
table rase de toute esthétique, et on lui reproche
depuis peu ce qui était inhérent à sa profonde
utilité. Il fallait une révolution brutale, une
rupture violente avec la tradition académique
de l'allégorie : cette révolution, l'impressionnisme l'a faite et le service rendu est énorme.
On reproche à ses maîtres la pauvreté de leur
naturalisme et leur manque presque total de
style : c'est à cette heureuse insuffisance que
nous devons de si appréciables résultats. Des
hommes raffinés, dégoûtés de l'observation
terre à terre et du fait divers en peinture,
dégoûtés de la représentation pour le simple
mérite de représenter, n'eussent pas fait cette
décisive révolution. Mais en même temps qu'il
semblait chasser à jamais, avec une puissante
vulgarité, toute idéologie du domaine de la
peinture, l'impressionnisme y apportait une
technique merveilleusement proche des trouvailles de la chimie et de la spectroscopie, une
technique scientifique du chromatisme dont la
constitution annonçait clairement l'avènement
d'un langage scientifique de la couleur. Et

avec ce langage il n'allait plus s'agir de représenter des canotiers ou des scènes de la rue, mais on allait pouvoir exprimer toutes sortes d'« idées lumineuses » étrangères aux conceptions naturalistes qui avaient suffi à Manet comme à Courbet. On avait enfin orienté la peinture vers l'expression « moniste » tant désirée. La chimie et l'électricité pouvaient espérer leur peintre. Si les figures devaient rester en usage, le jeu infini des tonalités, les revêtant d'harmonies exemptes de la nécessité d'imiter la nature, allait pouvoir leur prêter une innombrable signification allégorique.

*
* *

Il semble qu'on n'ose pas aller plus loin, qu'on voie cela, mais qu'on n'en veuille rien faire.

La peinture, elle aussi, connaît à cette heure son « Crépuscule des Idoles ». Et c'est précisément à cause du discrédit et de l'abandon de ces idoles qu'on en est venu à porter tout l'effort innovateur de l'art moderne sur le paysage sans figures, à se contenter de notations, d'études, à perdre le respect du tableau composé, à accepter la nature telle quelle, c'est-à-dire une idole plus tyrannique que toutes les autres.

Les idoles de la peinture, ce sont les figures
mythologiques dont elle a été, depuis des siècles,
condamnée à se servir pour exprimer des idées
générales.

Evidemment rien n'est plus homogène, comme
système symbolique, que la mythologie grecque.
C'est un admirable langage, une série merveilleuse d'entités incarnées. Elle présente plusieurs
sens superposés, depuis celui dont l'apparence
suffit au public vulgaire jusqu'à celui qui ravit
les initiés. La mythologie est une cosmogonie
et une sorte de tragédie métaphysique. Selon
la valeur qu'on donne au nom des dieux et des
héros, les conséquences de leurs aventures
varient et deviennent des explications allégoriques de toutes les forces universelles. C'est un
langage supérieur. Ainsi, lorsqu'on ne se contente pas de la Genèse biblique dans son texte,
lorsqu'on attribue par exemple au nom d'Adam
sa véritable signification de terre rouge, au nom
d'Eve celle qui lui correspond réellement, et
lorsqu'on interprète la Genèse tout entière en
partant de ces points de vue géologiques et chimiques, on arrive à constituer tout le système
du monde tel que les initiés de Judée pouvaient
le concevoir, et le formuler sous l'allégorie de
la fable.

Il y a longtemps que la science a traité ainsi
la mythologie grecque, et y a reconnu qu'une
admirable apparence de beauté et d'art y recou-
vrait une cosmogonie non moins belle. C'est ce
qui doit faire considérer la mythologie grecque

comme une des créations les plus complètes
de l'esprit humain, combinant à la fois des éléments scientifiques, avec une continuité et une
harmonie parfaites.

C'est l'exemple même du symbolisme. Considérée à la lettre, cette mythologie déroule un
vaste poème héroïque plein d'épisodes d'une
touchante ou grandiose poésie, qui se suffit à
elle-même et satisfait pleinement l'imagination.
Mais, dans le domaine de la philosophie pure, un
second sens, aussi cohérent, se présente.

La beauté, la grandeur d'une telle conception ont tellement frappé les esprits qu'à
l'époque de la Renaissance ce symbolisme a
magnétisé les artistes au point de dépasser le
prestige du symbolisme chrétien. Aux peintres,
aux sculpteurs, aux poètes, le langage métaphysique et cosmogonique du paganisme res-
suscité est apparu comme une source indéfinie
d'expressions des idées générales. Les dieux grecs
étaient restés populaires au point qu'après des
siècles de persécution religieuse leurs noms,
qu'on croyait éteints et ruinés, ont resplendi,
et ont servi à désigner des notions claires. Personne, même parmi les illettrés, n'a eu de peine
à comprendre ce que signifiaient Cérès, Apollon,
Polymnie ou Thémis. Et la figuration de ces
êtres divins, accompagnés d'accessoires symboliques très simples, a suffi à constituer un
langage très courant, extrêmement synthétique
et abréviatif.

Il en est résulté un emploi général des figures

2*

mythologiques dans l'art décoratif depuis la
Renaissance jusqu'à nos jours, et quand les
Académies ont assumé avec arrogance le droit de
régenter les arts, il n'a même plus été permis
de penser qu'un autre langage pictural pût être
souhaitable. En cela, comme en tout, l'art grec,
si libre, si insoucieux des formules poncives, a
été considéré par les Ecoles dégénérées comme
un point d'arrêt humain, un maximum de beauté
indépassable, qu'il fallait imiter sous peine de
tomber dans la décadence et qui rendait
impossible toute phase nouvelle de l'évolution
du beau.

Ainsi, ce grand culte des mythes, si noble, si
harmonieusement et profondément agencé, est
devenu, grâce à l'abus des écoles, une tyrannie,
une interdiction de chercher autre chose, de
s'inspirer des spectacles successifs de la vie pour
créer relativement au monde moderne ce que
les anciens avaient créé pour figurer leur conception de l'univers et la science connue de leur
temps. Les écoles dégénérant de plus en plus
et en arrivant à ne produire que des pauvretés
risibles au nom des chefs-d'œuvre du passé,
les dieux du vieux symbolisme ne sont devenus
que des idoles, faites pour être respectées histo-
riquement, mais ne pouvant plus exprimer les
pensées contemporaines.

L'œuvre de Rodin a prouvé d'une façon écla-
tante qu'il était bien inutile de pasticher les
antiques dans leur type pour retrouver leur
force, mais qu'on pouvait donner la sensation

de puissance de l'antique par le modelé, avec
de tout autres sujets et d'autres proportions.
Rodin a surtout prouvé que si les mythes anciens
paraissaient devenus des poncifs, c'était à cause
de la mollesse et de l'inintelligence des statuaires
d'école.

Cependant il est hors de doute qu'en présence
de la science du XIXᵉ siècle et de tout son système, les types allégoriques grecs ne pouvaient
plus suffire. La conception scientifique moderne, absolument dissemblable de la cosmogonie grecque, nécessitait des symboles nouveaux.
Le XVIIᵉ siècle français, à Versailles par exemple,
sous l'impulsion de Lebrun, de Lemoyne, avait
réalisé les ententes allégoriques les plus com-
pliquées, les plus maniérées et les plus fasti-
dieuses par leur vaine ingéniosité. Nous en
sommes venus à un point où rien de cet appareil ne peut plus nous servir, parce que l'évolution scientifique a tout changé.

Comment exprimer décorativement la chimie,
l'électricité, la biologie, le transformisme, le
magnétisme, la cosmologie, et bien d'autres
choses encore, que les anciens ignoraient et
pour lesquelles, par conséquent, ils n'ont inventé
ni fables ni figures représentatives? Quand on
s'est trouvé en présence de ce problème, l'art
académique l'a déclaré insoluble et a soutenu
que la mythologie devait suffire à tout. Comme
il sentait la faiblesse de ce raisonnement, il a
affirmé que la Science ne pouvait pas fournir
d'éléments esthétiques.

Pendant assez longtemps les peintres, qui sont en général peu capables d'idées générales, ont accepté ce principe sans le discuter. Quand, en France par exemple, la République a demandé aux peintres de décorer des Universités en prenant des thèmes dans les sciences qu'on y enseignait, on a vu se produire invariablement des compositions à la fois réalistes et allégoriques. C'étaient par exemple, dans le bas des toiles, des représentations de laboratoires avec tous les détails, et, dans le haut, parmi le nuage des figures allégoriques, Gloires, Muses, etc. Le mélange était disparate, laid et choquant. Mais il ne semblait pas qu'on pût sortir du dilemme : on incarnait les faits, et on représentait les idées par des femmes drapées tenant des palmes, des couronnes, des lyres, des miroirs ou autres accessoires. On ne pouvait trouver le moyen d'exprimer plastiquement des idées, des synthèses, dont la mythologie antique ne fournissait pas les modèles. On pouvait bien représenter la force par Hercule avec une massue, la justice par Thémis avec une balance, mais comment représenter la chimie et l'électricité, sinon par des femmes montrant un sein ou une jambe, flottant dans des vapeurs et tenant des cornues ou des roues de machines? On déclara donc que la Science ne se prêtait pas à un commentaire artistique.

C'est alors que le peintre Albert Besnard entreprit résolument, vers 1887, d'aborder le problème d'une toute autre manière. Esprit

intéressé par l'évolution et la science, très intelligent, apte aux synthèses, il entrevit la possibilité de traduire en beauté décorative les
éléments dynamiques de la modernité. Il conçut
le projet non pas d'incarner dans des figures
isolées, groupées arbitrairement en un ciel fac-
tice, les forces nouvelles, mais d'en suggérer
l'essence par la réciprocité des figures, leur
mouvement et leur coloris. La décoration de
l'école de pharmacie, à Paris, lui fournit le
prétexte d'un vaste essai. Il y bannit toute
figure mythologique. Il tâcha d'exprimer non
les Sciences elles-mêmes, mais ce que nous en
pensons, le bien qu'elles nous font, les idées
qu'elles font circuler. Il peignit là maladie, la
convalescence, la recherche des plantes utiles,
leur préparation, l'excursion scientifique dans
les bois, la leçon dans l'amphithéâtre, avec des
personnages réels et modernes. Et pour complé-
ter cette histoire de la pharmacie depuis la
minute où les paysannes cueillent les plantes
jusqu'au moment où le professeur les explique,
le savant les distille, la malade en guérit, Besnard incarna l'idée de l'évolution terrestre en
une série de panneaux complémentaires, où se
voient les paysages d'eau du déluge, les premiers monstres, les premiers hommes, les premières forêts, jusqu'à un paysage de grand port
que contemple, du haut d'un phare, un homme
pensif qui laisse tomber son livre, juste en face
du panneau où l'homme lacustre pêche au bord
d'un lac que traverse un troupeau de mammouths.

En d'autres œuvres, Besnard poussa plus loin cet essai d'expression des idées générales. Chargé de peindre à l'Hôtel de Ville un plafond allégorisant les Sciences avec cette donnée « Les Sciences répandent la lumière », il peignit un ciel extraordinaire, semé d'astres en fusion, avec un vaste segment de la lune telle que la montrent les agrandissements télescopiques, et une ronde de figures nues s'élançant du fond de l'éther nocturne, spectres étranges, dont la plus grande versait une pleine brassée de flammes dans le vide. C'était une sorte de poème farouchement lyrique, dont la couleur orangée et saphirine impressionnait. Enfin, à l'amphithéâtre de chimie de la Sorbonne, Besnard a réalisé une décoration murale où il a trouvé moyen d'exprimer l'idée-mère de la chimie avec une originale et logique simplicité. Cette idée, c'est en somme la transmutation indéfinie des germes et des forces vitales, le principe « Rien ne se crée ni ne se perd ». Sous ce titre « La vie renaît de la Mort », Besnard a imaginé ceci : en haut et au milieu de la composition, parmi des feuillages et des fleurs que brûle un soleil torride, une femme est étendue morte. Elle est environnée de milliers de papillons. Elle va se corrompre et être assimilée par la terre sous l'action du soleil. Mais à son sein un enfant vivant trouve encore du lait. Dans les herbes rôde le serpent, symbole de la vie éternellement recommencée. A droite, relié par des masses de feuilles et de rochers, se découvre un vaste paysage de prairies et de fleuve, vers lequel descendent deux jeunes gens nus, l'Adam et l'Eve de ce monde riant et nouveau où ils vont vivre. Le fleuve passe derrière la composition et on le retrouve à gauche, devenu un rouge fleuve d'enfer, souterrain, charriant des morts. Ainsi s'exprime le cycle éternel de la fécondité devenue décomposition et associant de nouveau les substances, et l'idée est traduite très clairement. Comme le bas de la décoration rejoint la table sur laquelle s'alignent les flacons et les éprouvettes remplis de substances aux couleurs vives, dont le professeur se sert durant le cours, Besnard a calculé l'harmonie un peu acide de ses tonalités de façon que ces séries de flacons, de pyrites, en soient pour ainsi dire les compléments chromatiques[1].

Un tel essai a été contemporain de l'effort tenté dans le roman par Paul Adam, par les frères Rosny, et, plus récemment, par H. G. Wells, pour tirer de la science des éléments de beauté littéraire. La tentative de Bes-

---

1. Ce n'est pas la première fois que je parle à ce point de vue spécial de l'œuvre murale de Besnard. Mais vraiment je sens la nécessité d'y revenir, même abusivement, parce que l'étonnement me reste, qu'on ait si peu compris et dit tout ce que cette partie de son œuvre apportait de réellement nouveau dans l'époque. On a eu mille fois plus d'éloges pour sa peinture de chevalet. Elle cache pourtant l'essentiel de Besnard, elle accapare les louanges véritablement dues à son art mural, qu'il est le seul à avoir réalisé et qui est autrement riche de pensées que les caprices de sa virtuosité savante ! Cette virtuosité fait de lui un des hommes en qui se manifeste un don extraordinaire, elle le place auprès de Sargent, de Zorn, de Sorolla : mais dans l'art mural, il est seul.

nard n'a pas encore été suivie. Personne,
parmi les jeunes peintres, n'a osé la continuer.
Il n'en est pas moins vrai qu'elle a une importance considérable et qu'elle apparaîtra certainement comme une date dans l'histoire de l'art
décoratif. Par la richesse des couleurs comme
par la nouveauté, la hardiesse de la composition, elle démontre la possibilité d'ouvrir une
route nouvelle, elle donne la preuve visible
qu'une beauté peut être extraite directement
des idées scientifiques.

Dans sa décoration de la bibliothèque de
Boston, Puvis de Chavannes avait, à la fin de
sa vie, tenté quelque chose d'analogue. Dans
un panneau destiné à l'électricité, il avait
trouvé une idée charmante, exprimée avec sa
simplicité habituelle. Sur un fond de ciel, au
long de deux fils télégraphiques, deux femmes,
deux apparitions, glissaient en sens inverse ;
l'une vêtue de blanc et tenant un rameau d'oli-
vier, était la « bonne nouvelle » ; l'autre, vêtue
de deuil et cachant son visage, était « la mauvaise nouvelle ». La vitesse du fluide, indifférente aux joies et aux peines, les emportait
toutes deux vers leurs buts. L'artiste avait
donc trouvé là, comme Besnard, un moyen de
tourner la difficulté en donnant du fait scientifique une interprétation subjective, en tradui-
sant le fait en sentiment, au lieu de s'obstiner
à représenter l'extériorité ; et c'est dans cette
voie en effet qu'il est logique de chercher pour
l'avenir.

Non seulement il est naturel que l'évolution entraîne la création de nouvelles expressions et leur transformation en beautés, ainsi que cela s'est toujours passé, mais encore le devoir de tout artiste est de rechercher ces beautés dans la contemplation de son époque. Rien n'est plus bas et plus ridiculement impuissant que de prétendre qu'il n'y a que laideur dans le temps où l'on vit. Les médiocres, les incapables ont toujours exprimé leur regret du passé et déclaré détester le temps où ils vivaient, tandis que les forts et les sincères ont découvert le beau à toutes les époques de la vie, parce que la vie est toujours féconde en beauté, et renouvelle perpétuellement ses spectacles et ses associations de ses formes expressives. Il est fort possible que l'expression des symboles scientifiques soit très difficile, après des siècles d'habitude obéissante à la mythologie antique, et ce langage nouveau ne peut se trouver en un court délai. Mais il est certain que l'art mural est condamné à mourir s'il ne s'engage pas résolument dans cette recherche, et on peut même dire que la littérature dépérira si elle se limite à répéter la psychologie sentimentale, les drames et les comédies de l'amour, au lieu de chercher à se renouveler totalement en s'assimilant les éléments poétiques et idéologiques des sciences. La lutte contre les secrets de la matière a ses Argonautes, elle attend son poète et son peintre. La chimie, l'électricité, l'occultisme, donnent des motifs de couleurs, de formes, des spectacles grandioses. C'est là la mine de l'art à venir, et le secret du style propre à notre âge[1]. La science a pris, depuis une trentaine d'années, après une longue période d'applications industrielles, une orientation nouvelle : elle a modifié la métaphysique dogmatique en détruisant, par des découvertes successives, l'ancienne conception de la matière, et elle est arrivée non seulement à proposer une métaphysique scientifique par les théories de l'état radiant (de Reichenbach à Faraday et à Crookes), mais encore, par la criminologie et l'anthropologie, à proposer une nouvelle conception de la responsabilité et par conséquent de la morale sociale. Il est donc logique d'admettre que cette morale, cette philosophie, cette foi, trouveront leur traduction par des figures emblématiques tout comme jadis la trouvèrent les dogmes hellènes, orientaux ou chrétiens, inspirateurs de tant de chefs-d'œuvre. D'autre part les magiques spectacles de l'électricité, les prestiges chromatiques de la chimie et de la spectroscopie, les fantasmagories de l'occultisme, les puissances de la mécanique, constituent la possibilité d'une série de décors aussi beaux que tous ceux des temps anciens et pouvant s'allier aux ressources de la nature éternelle.

On a dit que l'orchestre était apparu dans le monde pour remplacer la fresque qui se mourait. Il semble que l'impressionnisme n'ait

---

1. Cf. *l'Allégorie en peinture*, dans *De Watteau à Whistler* (1905).

apporté ses trouvailles que pour contribuer à la renaissance d'un art décoratif après un siècle de peinture caractériste et individualiste où les grands décorateurs ont été très rares. Le symbolisme scientifique attend aussi bien son Milton que son Tiepolo, et il les aura. Ce qu'il fallait d'abord, c'était que la peinture s'affranchît assez du joug académique pour conquérir le droit d'ôter du ciel de l'art les vieilles idoles et d'y faire briller des fées nouvelles. Une œuvre comme celle de Besnard n'est encore qu'une indication et une promesse, mais elle est importante parce qu'elle démontre la viabilité du principe. Elle rend libre la route de l'avenir, où s'engageront certainement tous les jeunes peintres chez qui le souci de la technique n'abolit pas l'amour et la préoccupation des idées générales, le goût de la synthèse, le désir d'exprimer des idées visibles.

* *
*

A ces considérations sur la peinture s'en pourraient adjoindre d'autres sur les arts décoratifs. Mais ceux-ci ont déjà compris tout le parti qu'ils pourraient tirer de l'étude des formes sous-marines, des caprices de la cristallisation, et même des analyses cellulaires par le moyen du microscope. Toute une stylisation nouvelle de la faune et de la flore s'inaugure grâce à la science. Il n'est pas jusqu'aux principes de la géologie, de la minéralogie, de la phylogénie, qui n'entraînent une modification profonde de ce qu'on pourrait appeler la philosophie du dessin, par l'adjonction toujours plus nombreuse d'analogies entre les diverses formes organiques. Autant de notions scientifiques nouvelles, autant de figures destinées à augmenter le peuple de la mythologie scientifique. Et ce peuple finira par être encore plus nombreux que celui des dryades, des sylvains et des lares que la mythique grecque groupa autour des grands dieux fondamentaux, ou que celui des saints que la mythique chrétienne groupa autour de la Trinité. Ce sera la même réalisation d'un paradis ou d'un Olympe par l'art; les moyens et les aspects, seuls, différeront.

Je n'ai voulu que poser la question et résumer son état. Nous sommes au début. Mais ce qu'on peut dire, c'est que le malaise actuel vient de cette recherche, parce qu'il y a un désaccord violent entre la masse des talents et leur inoccupation à des fins sérieuses. Le talent, isolé d'un but profond, est une fleur qui pourrit vite ; et nous sentons bien tous qu'il y a aujourd'hui beaucoup trop de talents pour ce qu'il y a d'œuvres, beaucoup trop de manières de dire pour le peu qui se dit. Ce qu'on peut affirmer encore, c'est que jamais l'art, pendant quarante siècles, ne s'est déclaré incapable d'exprimer les

idées générales, quelles qu'elles fussent. Il lui
est arrivé quelquefois d'hésiter, d'avoir peur,
de faire mine de se réfugier dans l'imitation
et le recommencement du passé; mais, comme
c'était la. mort, il s'est toujours ressaisi et a
retrouvé le moyen de dire les nouveaux idéaux.
Il en est, une fois de plus, à l'une de ces
minutes-là; mais le seul fait de l'impressionnisme indique qu'un langage nouveau ne se
crée pas sans motif. Les idées qui veulent être
énoncées se font parfois précéder de leur
moyen d'énonciation. La fonction crée l'organe.
Il est évident, en voyant l'impressionnisme,
qu'on se trouve en présence d'un moyen qui n'a
pas été inventé simplement pour diaprer de reflets
subtils le maillot d'un canotier, une prairie ou
le dos d'une baigneuse, car la disproportion
immense entre le langage créé et la chose à dire
serait absurde. Le naturalisme n'a été que l'ac-
cident de l'impressionnisme. Il a été le premier
thème venu pour expérimenter les données
d'un langage merveilleux. Et cet organe admirable qu'est la peinture impressionniste n'a
été créé qu'en vue d'une fonction qui commence seulement à nous apparaître. Cette fonction est la création esthétique de mythes nouveaux, c'est-à-dire l'art mural de l'avenir.

Je ne sais pas si la mentalité de nos peintres
est préparée à envisager une destinée aussi
altière pour la peinture : mais je sais bien qu'il
est pourtant inéluctable que cette destinée soit
remplie, ou que le pinceau devienne un hochet

futile et misérable. Il faudra que cela se décide bientôt : la contribution de tant de talents brillants ou sagaces ne saurait, sans cela, sauver de la déchéance un art que toute l'idéologie moderne dépasse, et au milieu duquel l'habileté se convulse comme un serpent coupé.

L'impressionnisme, *matière de l'art futur*, la création d'un symbolisme nouveau, *but de l'art futur* — sinon, la réaction, le retour au passé, le désaveu du présent, c'est-à-dire la mort : voilà le problème actuel. Faute de le résoudre, l'art s'ennuie.

DEUX MAITRES

LES IDÉES ET LE SYMBOLISME DE RODIN[1]

Après des débuts obscurs (jeunesse pauvre, travaux subalternes chez Carrier-Belleuse, refus aux Salons), M. Rodin alla, en 1867, à Bruxelles, travailler avec Van Rasbourg au fronton de la Bourse et à diverses autres besognes. Là il resta dix ans. De cette période de sa vie, le public ne sait rien. L'étude obstinée et silencieuse l'occupa tout. C'est durant ces dix années de retraite que M. Rodin a complètement pris conscience de lui-même. Il réapparut en 1877 avec *l'Age d'airain*, et, depuis, ses œuvres se succédèrent sans interruption, unifiées par une méthode et une volonté exemptes de doute. En réalité, toutes ses œuvres furent conçues

1. J'ai publié, en 1905, à Londres, un livre sur Rodin qui n'a pas encore été édité en français. Le présent morceau en résume toute la partie spéculative, et il corrobore et complète sur certains points deux chapitres d'*Idées vivantes* (1903).

dans la période de Bruxelles. Quand l'artiste se
montra, il savait ce qu'il ferait, il s'était posé
toutes les questions essentielles et y avait ré-
pondu. L'isolement lui avait été précieux. En
général, un artiste obtient un succès dans sa
jeunesse, puis il modifie ses conceptions, et on
le suit, on compte sur lui, il témoigne de son
évolution, de ses doutes, de ses recherches
devant un public qui, attiré par son succès du
début, exige qu'il n'hésite pas et donne sans
cesse de meilleurs gages de son talent. Cette
formation sous l'œil du public est dangereuse.
On n'a connu M. Rodin que tout formé, sa personnalité s'est révélée entièrement constituée
et sans retouches souhaitables. Il a fallu le
prendre tel qu'il était, et cette décision dans la
production ininterrompue a semblé frappante.
Elle n'eût pas plus existé en cet artiste qu'en
d'autre, s'il ne s'était imposé dix ans de scrupules préalables, dix ans de lutte avec soi-même
pendant lesquels il a certainement connu l'anxiété,
le doute, toute la tragédie intérieure de l'artiste
qui se cherche, avant de faire son début effec-
tif à trente-sept ans.

Les œuvres de M. Rodin ont donc été conçues
presque simultanément. Il les a exécutées peu
à peu, et les principales furent conduites à leur
fin presque parallèlement, mais il les « savait
par cœur ». On s'est étonné de sa production
rapide, représentant un effort énorme : c'est
qu'on ne savait guère la date véritable de cet
effort. Il faut la placer entre 1867 et 1877 pour

les trois quarts de ce qu'on a vu : certaines
œuvres ont attendu quinze ans d'être exécutées
en trois mois d'après une esquisse antérieure.
C'est un des traits du statuaire que cette conduite parallèle, à longue échéance, de ses
œuvres et de ses idées, cette préparation très
lente terminée par une réalisation brusque qui
garde le prime-saut apparent de l'improvisation
et se fortifie d'années de méditation dissimulée.
Cette sorte de tactique de sa logique contre son
instinct est très particulière à l'artiste : et cet
audacieux est un des hommes qui se défient le
plus de leur instinct, le contrôlent minutieuse-
ment et tendent par un long travail de revi-
sion à lui laisser toute sa force en lui interdi-
sant pourtant toute fantaisie. Comme Baudelaire
ou Poe, qu'il admire, M. Rodin est un esthéticien ennemi de ce qu'on appelle « l'inspiration »
lorsqu'elle prétend excuser le laisser aller et
voir en la négligence la preuve du naturel.

C'est donc dans cette période décennale que
la technique et l'idéologie de M. Rodin se sont
formées ensemble, et c'est de là qu'il faut dater
la construction sous-jacente dont ses œuvres
révélées n'ont été que les résultats. Il avait tout
prévu et n'a rien « inventé à mesure », sauf
depuis 1897. Encore sa nouvelle manière, qui a
surpris et scandalisé même (avec le *Balzac*),
n'est-elle que le développement logique d'idées
antérieures.

Examinons ces idées elles-mêmes.

Le trait dominant du tempérament artistique

de M. Rodin, c'est le désir d'exprimer le caractère passionnel des êtres. Voilà le fond de sa
nature : un art non pas *statique*, mais *dyna-
mique*, autant que la sculpture l'admettra. Ce
désir conduit à l'étude du mouvement, comme
au secret même d'un tel art. Par suite, il devient
nécessaire de donner aux silhouettes une signification majeure : il faut qu'en tournant autour
des statues on découvre dans leurs aspects
successifs de quoi justifier et équilibrer les
silhouettes, leur ôter l'apparence inusitée ou
absurde que l'audace du mouvement leur con-
férerait. Il faut donc une harmonie, une logique
des formes résultant de l'équilibre dans les
diverses silhouettes d'une figure. Observons que
la statuaire, en général, à notre époque, se
soucie assez peu de ce point de vue. Elle
souhaite que le spectateur, immobile à un point
choisi, contemple une statue comme un bas-
relief, ou comme une figure placée dans un jardin : s'il s'avise de tourner autour, il ne voit
guère que l'envers de l'œuvre. Tout est calculé
pour l'effet unique de la statue vue d'un certain point : c'est le principe du tableau qu'on
ne regarde pas par derrière, et les sculpteurs
ne travaillent avec soin que du point où le spectateur se placera, le reste leur semble accessoire. M. Rodin pensa au contraire, par l'étude
des Antiques, que l'on devait dessiner une
figure en cherchant tous ses profils, en les
reliant par des plans successifs, et travailler en
tournant constamment autour d'elle. C'est ainsi

que les anciens obtenaient le *dessin du mouvement*, qui doit pouvoir être vu sans désavantage de tous les points et non d'un seul.

Le mouvement modifie l'anatomie. Cette science est indispensable. Mais elle devient une source d'erreurs si elle est prise en elle-même : elle est le non-acte, elle est la mort. Elle nous enseigne le détail d'un mécanisme ; mais, si nous voulons traduire l'action et la vie, il faut nous rappeler que la pensée, l'énergie vitale, transforment les aspects de l'organisme. La vie superpose au dessin anatomique le dessin du mouvement. Or, la valeur non seulement anatomique, mais vivante, d'une figure, comment l'exprimer ? Évidemment par l'étude des profils successifs dans la lumière.

Maintenant, il faut un fond à une figure. La bosse et le bas-relief sont des procédés connus : mais la figure s'en détache tout en restant prisonnière. Vouloir une statue libre, visible de tous côtés, c'est légitime, mais c'est la priver de la ressource d'un fond. Les statues habituelles semblent découpées sèchement sur les verdures ou les murailles qui les environnent. Comment isoler une figure tout en lui conservant le bénéfice d'une ambiance favorable ? Ne semble-t-il pas contradictoire de vouloir à la fois lui garder le bénéfice d'un fond et la rendre visible de tous côtés ? Si on ose ne lui vouloir pour fond que l'atmosphère même, comment relier une surface de marbre ou de bronze à l'atmosphère sans qu'elle garde son désagréable aspect de

4

découpure? M. Rodin voulait cependant résoudre
la difficulté, qui entravait toute sa conception du
mouvement et de l'expression des idées par le
langage des attitudes variées.

Pour lui, en effet, le nu a une signification
spéciale. Le corps humain est un chiffre aux
combinaisons infinies, une synthèse d'énergies
dont on peut tirer des formules sans limitation.
M. Rodin a là-dessus des opinions presque théo-
logiques et mystiques, qu'on trouve d'ailleurs
chez les grands artistes de la Renaissance. Ces
opinions sont communes aux grands dessinateurs, aux occultistes orientaux, à certains
philosophes, et on les trouve dans les symbolismes de toutes les religions; je me borne à
rappeler que la croix est considérée par les
mystiques non seulement comme l'instrument
du supplice divin, mais encore comme le schéma
de l'homme priant les bras étendus, en sorte que
le chrétien priant avec ce geste représente le supplice de son dieu, et tout ensemble figure avec
ses quatre membres les points cardinaux, etc.
Mais ceci nous mènerait trop loin, et je n'y
touche que pour dire l'importance extrême que
M. Rodin, très épris de symbolismes antiques
parce qu'ils se conformaient au sens profond de
la nature, accorde au corps humain. L'étude du
nu, fort délaissée actuellement, lui semble con-
tenir les secrets essentiels de l'art, et c'est une
idée classique et très juste. C'est être d'accord
avec la Renaissance et les Antiques que de
penser, comme il le fait, que la représentation

du corps humain est le plus haut objet des arts plastiques, parce qu'en effet le nu contient virtuellement tout un symbolisme de géométrie, d'esthétique et de religion. Seulement il faut savoir parler ce langage, rendre visibles ces symboles, et pour cela renouveler les présentations du nu par la combinaison originale des attitudes, la relation imprévue des membres au torse. Le symbolisme est ici inséparable de la plastique. Comment donc, résolu à libérer ses figures du fond conventionnel, M. Rodin pouvait-il leur créer un « fond aérien » ?

Pour faire participer une figure à l'atmosphère, la peinture a des ressources de deux sortes.

La première de ces ressources est offerte par ce qu'on appelle les *valeurs*. On peut les définir : les relations d'opacité ou de transparence d'un objet et du fond sur lequel il est vu. Les valeurs sont indépendantes des couleurs : on peut les réduire au noir et au blanc. Qu'il s'agisse d'un objet plus clair ou plus sombre que son fond, le degré de valeur donne la silhouette et indique la distance, le plan où cet objet est situé entre nos yeux et le fond, et peu importe qu'il soit rouge ou vert. Une personne à contre-lumière est une masse opaque remplie d'une certaine coloration, où l'on discerne ensuite des détails. La valeur, qui indique le plan, est donc un élément commun à la peinture et à la sculpture. M. Rodin était logique en cherchant, d'abord et ensemble, le *volume*, c'est-à-dire l'opacité, la valeur et le dessin des plans successifs d'un mouvement : ayant le geste et l'épaisseur, à la fois, il était sûr d'obtenir une image logique.

La seconde ressource, ce sont les tonalités intermédiaires par lesquelles le peintre conduit nos yeux d'une figure jusqu'au fond, par le moyen de zones radiantes environnant cette figure et participant à la fois de sa coloration propre et de celle du fond. Ces zones sont la figuration de l'atmosphère et aident à comprendre la distance entre nous et la figure, et celle entre la figure et le fond. Comment obtenir l'adaptation de cette ressource à la statuaire? M. Rodin étudia les Antiques — car tout son art en est venu — et non des gothiques, comme on l'a dit trop souvent. Il remarqua alors que les anciens, qui faisaient presque uniquement de la statuaire faite pour être vue en plein air, sur fond de ciel, avaient réussi à éviter la sécheresse et le découpage des silhouettes en renforçant arbitrairement les modelés de certains plans, les liaisons des plans, principalement en exagérant légèrement les courbes, en les indiquant plus fortement que sur le modèle vivant. La lumière jouait mieux sur ces surfaces élargies : l'accentuation des silhouettes augmentait la réfraction de la lumière et créait ainsi un rayonnement de la forme, une zone radiante reliant les surfaces à la clarté ambiante. La proportion du grossissement était d'environ 5/4 pour 4. Bien entendu, il ne s'agissait pas de grossir systématiquement toutes les parties, car on n'eût obtenu qu'une statue un peu plus grande. Il fallait n'augmenter que certaines parties, choisies parmi les plans où la lumière devait affleurer.

Quand M. Rodin eut constaté cette loi, apparemment fort simple, il l'expérimenta en reprenant des esquisses ou des morceaux et en les traitant par un renforcement progressif de certains plans. Il fut satisfait du résultat, mais il comprit aussitôt qu'il était à la limite périlleuse où son art rejoignait les autres — à la négation de la matérialité des arts. Tons intermédiaires de la peinture, modelés radiants de la statuaire, qu'était-ce, sinon l'équivalence des radiations d'effluves que la photographie constate autour des mains, c'est-à-dire la preuve que nulle surface ne se termine là où nos yeux le supposent? Rien n'est arrêté, rien n'est fini dans la nature, il n'y a qu'un état radiant, un parallélisme d'ondes sonores, lumineuses, magnétiques, dont la source est unique et qu'on appelle force vitale, fluidique, rythmique, chromatique, selon les cas. Idée scientifique, certes, mais dangereuse pour la sculpture ! N'allait-on pas s'écrier, avec une apparente raison : « Vous faites de l'occultisme en statuaire, vous allez déformer le visible, falsifier l'anatomie, tomber dans l'arbitraire et l'absurde! » Il fallait donc du silence et de la prudence. C'est pourquoi M. Rodin a mis beaucoup de temps à montrer ses œuvres soutenues par ce principe.

Est-il novateur ? On l'eût cru, on l'a dit : cependant rien n'est plus inexact. En réalité, la

4*

théorie de l'amplification raisonnée des plans (c'est son nom le plus souhaitable) est absolument classique.

Elle est classique, mais nullement académique, et ces deux termes, qui passent pour synonymes, sont en fait les représentants d'une contradiction séculaire. L'académisme a toujours confondu l'exact avec le vrai, l'apparence avec la réalité seconde et essentielle, qui est la réalité seule valable en art. Réagissant contre toutes les formules qu'on a extraites, à tort ou à raison, de l'art antique, M. Rodin n'a voulu qu'observer, travailler ; avec l'amour profond des formes, le respect de leur beauté organique, il a reconstitué les remarques que cet amour et ce respect faisaient faire aux Grecs devant la vie. Il a médité là-dessus durant de longues années, car il est fort précautionneux, s'efforce plutôt d'oublier les méthodes acquises que de les combiner, tend à regarder la nature avec l'état d'âme d'un simple. « La lenteur est une beauté », dit-il souvent. Il abhorre la « sculpture à intentions littéraires » et, plutôt impatient des éloges qu'on fait de ses idées, n'est sensible qu'à ceux qui concernent son exécution. Au reste, écoutons-le parler :

« Je ne suis qu'un ouvrier, dit-il. Je n'invente rien, je retrouve. Ce que je fais paraît nouveau parce qu'on a perdu de vue le but et les moyens de mon art. On prend pour une innovation un retour aux lois des antiques : et ces lois ne sont pas celles que des générations de médiocres leur ont attribuées pour légitimer leurs propres erreurs. C'étaient des observations déduites du travail devant la nature par des réalistes sincères. Je ne nie pas que je pense, que j'aie le goût des symboles et de la synthèse, mais je ne les invente pas d'après la littérature pour les interpréter sculpturalement. C'est la nature qui me les présente : la nature offre symboles et synthèses au sein de la réalité la plus stricte, il suffit de savoir les lire. Que de fois un nœud de bois, un bloc de marbre, par leur configuration, m'ont donné une idée, la direction d'un mouvement : il semblait que déjà une figure y fût enfermée, et que tout mon travail consistât à casser tout autour d'elle la gangue qui me la cachait ! Je n'imite pas les Grecs. L'École enseigne qu'il faut les copier. Je pense que l'essentiel, c'est de retrouver leur méthode, et cette méthode n'est pas un cahier de recettes, c'est un état contemplatif où il faut se mettre. J'ai commencé par des études très fidèles de la nature, comme *l'Age d'airain*. Puis j'ai compris qu'il fallait s'élever à une réalité plus haute, qui est l'interprétation de la nature par un tempérament. Ainsi ai-je été conduit à l'exagération logique des formes, à la recherche du caractère, à l'amplification raisonnée. J'ai compris la nécessité de sacrifier tel détail d'une figure à sa géométrie générale, telle partie à la synthèse de l'aspect. Voyez ce qu'ont fait les gothiques dans leur architecture : et mon art procède de l'architecture comme de la géométrie. Un corps est un édifice et un polyèdre. Qu'est-ce que la

sculpture ? C'est l'art du trou et de la bosse. Il
faut accentuer la saillie des muscles, forcer les
raccourcis, creuser les trous : il faut éviter ce
qui est lisse et sans modelés. Les ignorants, devant des plans serrés et justes, disent : « Ce n'est
pas fini. » La notion du fini est aussi dangereuse que celle de l'élégance : toutes deux peuvent
tuer un art. On obtient la solidité, la vie, par
le travail poussé non dans l'achèvement des détails, mais dans la justesse des plans successifs.
Le public, égaré par le préjugé, confond l'art et
la propreté. Il admire un moulage sur nature,
une copie exacte, mais sans mouvement ni éloquence. L'important est d'exécuter un modelé
en cherchant la ligne active du plan, de rendre
le creux, la saillie, leurs liaisons, d'obtenir
ainsi de belles lumières et des ombres sans opacité. Outrer selon l'accent à rendre, c'est am-
plifier selon le tact et le tempérament qu'on
possède : c'est une loi, non une recette, et cette
loi est dans les Antiques, dans Michel-Ange. Le
critérium, c'est de travailler par les profils, en
profondeur et non par face. C'est donc une question de technique, et non d'idéalisme, et les
idées qu'on trouve dans ce que je fais n'ont
rien à voir là. L'esprit du spectateur les déduit
de mes formes. »

* *
*

Ainsi donc M. Rodin tient à s'affirmer un
réaliste, un technicien remontant aux véritables

méthodes classiques de son art, et il s'attache
avec force à la matérialité de la sculpture. Tandis
qu'on disserte sur les expressions qu'il a données
à ses damnés dantesques, à ses faunes, à ses
nymphes, à ses amants ou à ses héros, et qu'on
commente son idéologie, ses intentions lyriques
ou dramatiques, il formule une réserve expresse
et prétend que tout ce domaine imaginatif ne
serait rien sans sa façon de modeler. Ses détracteurs admettant ses facultés imaginatives,
mais contestant sa technique, il se plaît à ne
rien dire de l'œuvre de son âme pour mieux
défendre l'œuvre de sa main. Mais nous allons
voir qu'il est dans le vrai en ne séparant pas
l'une de l'autre, et que son réalisme le conduit,
en grand artiste, par d'insensibles gradations, à
des points de vue d'une singulière puissance
métaphysique.

Ce prétendu révolutionnaire n'aime pas l'académisme : mais c'est justement parce qu'il y
voit la parodie, la fausse interprétation et la
dégénérescence des vrais classiques. Il admire
les Égyptiens, les Grecs et la Renaissance. Il
admire aussi les gothiques, mais il avoue les
comprendre moins bien. C'est en effet un statuaire passionné, païen si l'on peut dire, et peu
mystique, dont la contemplation n'est qu'un
réalisme renforcé. « Je sens les gothiques, dit-
il, mais je ne puis analyser à mon gré le génie
celtique. Il m'échappe encore : j'ai surtout une
immense admiration pour l'organisation morale
de cette époque d'art où les groupes œuvraient,

où les individus restaient anonymes, où l'auteur d'une statue ne songeait pas plus à la signer qu'un ouvrier actuel ne signe le trottoir qu'il pose. Admirable dédain de la notoriété. C'est la signature qui nous perd. Nous ne faisons plus rien de grand : nous faisons du portrait.

« Les rois, les reines des cathédrales n'étaient point des portraits. Les compagnons se servaient mutuellement de modèles, ils interprétaient sans copier, ils faisaient des figures habillées (le nu et le portrait datent de la Renaissance). Ils sculptaient la pierre avec l'outil, c'étaient vraiment des sculpteurs; nous ne sommes que des modeleurs, et le moulage sur nature, employé sans vergogne par bien des gens connus, est une honte moderne. Les imagiers considéraient l'art comme une fonction vitale, et se moquaient des signatures, des titres et des faveurs. Le travail fini, ils n'en parlaient plus, conversaient entre eux : et ce devait être bien curieux, leurs discussions, avec des mots amusants, des idées naïves et profondes. Quand les cathédrales seront disparues, la civilisation descendra d'un degré. Et déjà leur langage nous est mystérieux. Pour le retrouver, il faudrait *faire des fouilles non dans la terre, mais vers le ciel !* »

M. Rodin a le secret de ces formules saisissantes, illuminant tout un ordre de réflexions, malgré l'extrême simplicité de sa causerie un peu difficile. A propos de la Renaissance et de Michel-Ange spécialement, M. Rodin avoue n'en avoir tiré un enseignement profitable qu'après un voyage en Italie en 1875, et de là date vraiment sa théorie de l'amplification dans sa forme définitive.

« Je croyais auparavant, nous apprend-il encore, que le mouvement tel que je le rêvais était un secret de cet art, et, pour y atteindre, je donnais à mes modèles des poses michelangesques. Mais, en observant, au retour, les allures de mes modèles laissés libres, je remarquai qu'ils avaient naturellement ces attitudes que Michel-Ange avait, non pas préconçues, mais transcrites d'après la nécessité individuelle des mouvements : la pensée créait l'attitude mieux que le sculpteur ne l'eût commandée. J'avais été chercher à Rome ce qui est partout : l'héroïsme latent de tout mouvement vraiment naturel. En sorte que j'atteignais au réalisme : et pourtant c'est à ce moment-là que j'ai perçu les éléments de ce qu'on appelle mon symbolisme. Je n'entends rien aux théories. Mais je suis symboliste si cela doit désigner les idées que m'a suggérées Michel-Ange. C'est-à-dire que le principe essentiel est le modelé, le plan, qui seul rend l'intensité, la souple variété du mouvement et du caractère. Si nous pouvions imaginer la pensée de Dieu tandis qu'il créait le monde, pour moi, je dirais qu'il a pensé au modelé, principe de la nature, des êtres, et peut-être des planètes.

« Michel-Ange procède plutôt de Donatello que des Antiques, dont procéda Raphaël. Il a compris qu'avec le corps humain on peut créer une architecture, et que, pour obtenir un volume harmonieux, il faut pouvoir inscrire une figure ou un groupe dans un cube, une pyramide, un cône, une figure géométrique simple. Prenez un exemple pictural, comparez un tableau d'intérieur fait par un Hollandais et un de ces tableaux d'intérieur qui foisonnent aujourd'hui. Ceux-ci ne touchent, n'émeuvent pas. Pourquoi? Parce qu'on n'y voit pas la profondeur, le volume, la science des distances. L'artiste reproduit des détails, mais il ne sait pas reproduire le cube. Voyez par contre un Pieter de Hooch, un Vander Meer: voilà ce que j'appellerai une peinture cubique. Elle donne la sensation de la plénitude de l'atmosphère, le volume des objets dans le volume d'air où ils sont insérés. Le peintre actuel arrange les objets: les Hollandais en respectaient la place, ils rendaient les distances, la profondeur. Et alors je dis que *la raison cubique* est la maîtresse des choses, et non pas l'apparence. Si j'ajoute que la vue des perspectives de la campagne me donne des principes de plans que j'utilise dans mes statues, que je sens la raison cubique partout, que le plan, le volume, sont les lois de la vie et de la beauté, suis-je symboliste, métaphysicien? Non: je suis réaliste et sculpteur. L'unité m'oppresse et me hante.

« Quel est le principe de mes figures? Qu'y aime-t-on, lorsqu'on les loue? C'est le pivot de l'art, c'est l'équilibre. Non pas l'inertie: des oppositions de volumes qui produisent le mouvement. Voilà le fait flagrant de l'art, quoi

qu'en disent ceux qui l'opposent à la « brutale »
réalité. Il en est de l'art comme de l'amour.
Pour beaucoup, l'amour est un rêve, un luxe,
une ivresse, une psychologie : mais l'essentiel,
c'est le fait de la conjonction physique. Le reste
est détails passionnants, charmants, certes,
mais détails. Ainsi, qu'on me parle de mes
symboles, de mes expressions, de tout ce que
j'imagine : l'essentiel, ce sont les plans. Res-
pectez-les de tous côtés : le mouvement inter-
vient, déplace les volumes, crée un nouvel
équilibre. Le corps humain est un temple en
marche. Il contient un point central autour duquel se distribuent les volumes. Quand on a
compris cela, on a tout compris. »

Ce langage d'un isolé incapable de conces-
sion est, on le voit, étrangement mêlé de réalisme et d'idéologie. Mais nous allons toucher
directement à un ordre d'idées générales qu'on
ne s'attendrait guère à rencontrer chez un sculpteur, surtout se défendant d'être « littéraire ».
Ecoutons encore quelques propos de M. Rodin,
que je me borne à condenser en les trans-
crivant :

« Quand on suit la nature avec un fidèle
amour, on en obtient tout. Lorsque j'ai pour
modèle un beau corps de femme, les dessins
que j'en fais me donnent des images d'insectes,
d'oiseaux, de poissons. Cela paraît invraisem-
blable, et je ne m'en doutais pas moi-même.
Autrefois, je cherchais des formes de vases
pour la manufacture de Sèvres. Je n'arrivais

5

pas à trouver une beauté de proportions et de
lignes qui me satisfît, parce que je n'appuyais
mes recherches que sur l'imagination. Depuis,
j'ai dessiné des corps de femmes, et l'un d'eux m'a
donné dans sa synthèse une superbe forme de
vase, avec des lignes vraies et harmonieuses. Il
ne s'agit donc pas de créer. Créer, improviser,
sont des mots vides de sens. Tout est dans ce
qui nous entoure. Tout se tient dans la nature,
tout est un mouvement continu. Une femme,
une montagne, un cheval, sont construits selon
les mêmes principes, et leur conception est
identique. Les jeunes artistes composent et
plient leurs modèles à leur dessein préconçu
au lieu de s'en inspirer, de comprendre que là
est l'infini. »

J'ai tenu à relater ces propos, parce qu'ils
nous mènent directement à la synthèse et aux
généralisations, qui, dans l'esprit de M. Rodin,
sont virtuellement contiguës à son réalisme. Il
rejoint ici en effet une vérité à la fois scientifique
et symbolique, que la science actuelle a reprise,
mais que les doctrines hermétiques et occultistes de l'antiquité avaient puissamment
exploitée déjà : la monotonie des formes géné-
ratrices dans la nature. La nature, en effet, crée
tout avec très peu de formes. Les variantes sont
infiniment différenciées, et il n'existe pas dans
l'univers deux feuilles qui soient totalement
pareilles, mais les matrices sont relativement
peu nombreuses.

La nervure d'une feuille, le filon d'un mine-

rai, le dessin d'une artère, d'une arête, d'un
poumon, d'un arbre, d'une cellule nerveuse,
d'une veine de bois, d'une aile, d'un corail,
sont semblables, et l'homme s'en inspire dans
les objets qu'il refait. Le seul corps humain reproduit à peu près tous les dessins de la faune
et de la flore. Nos vaisseaux, nos édifices, nos
outils ne sont que des adaptations des formes
primordiales dont notre corps est un résumé.
Nos instruments sont l'extension de notre organisme, qui lui-même est une réplique et une
combinaison des formes de l'univers.

La multiplicité naît de l'identité et y retourne,
et tout se réduit à une géométrie fondamen-
tale, qui est l'effet d'une génération cellulaire
peut-être unique. Les formes se construisent
et se différencient sur la géométrie comme, sur
les côtés d'un polyèdre, se construisent des
figures de même base et de volumes divers. A
cette identité des formes correspond une identité des lois : ainsi, entre tous les arts, il y a une
relation synthétique, et l'analyse leur prouve
une racine commune, indépendamment de la
question d'arts matériels et non matériels, qui
n'est qu'une illusoire classification. La science
récente a ruiné la vieille conception de la matière, aboli les préjugés de l'idée opposée au
fait. Après la télépathie, les rayons cathodiques,
la polarisation, l'interpénétration, la dissymé-
trie moléculaire, il ne reste plus rien de « ma-
tériel » dans l'idée de la matière, et les pro-
priétés sensibles des divers arts s'échangent de

l'un à l'autre, qu'ils soient marbre, sons, couleurs ou rythmes dans leur présentation. Il
s'ensuit que notre moyen capital de connaissance esthétique ou scientifique consiste dans
la faculté de comparaison, d'analogie. Le plus
grand poète, et en général le plus grand artiste,
est celui qui constate le plus d'analogies, qui
les découvre là où on ne les soupçonnait pas, et
l'analogie spontanée est la marque du génie,
parce qu'elle permet à un homme d'enfermer,
dans une forme donnée, le plus grand nombre
d'allusions à toutes les formes, conséquemment
de faire de son œuvre le symbole représentatif de
tous les règnes naturels. Le corps humain est lui-
même une somme considérable d'allusions aux
formes de la nature, et une image frappante de
la continuité de l'univers : c'est pourquoi sa représentation est le plus haut but de l'art plastique, pourvu que cet art sache y faire sentir,
en le représentant, en accentuant son caractère, toutes les allusions qu'il recèle. L'analogie, la comparaison sont les bases de la création artistique, et aussi de la critique supérieure
qui n'est que la recherche des identités pour
sérier les phénomènes. Le poète exprime par
des métaphores, le peintre par des tons, le
statuaire par des plans, les analogies qu'ils ont
vues ; la critique supérieure les exprime par des
raisonnements, et c'est toute la différence, car
l'art n'est qu'une critique supérieure de la nature, la création n'étant permise à l'homme
qu'au second degré.

Et nous voici en plein idéo-réalisme, en pleine métaphysique. Ainsi M. Rodin nous y a menés tout en protestant qu'il ne voulait être qu'un probe ouvrier soucieux de technique logique et classique. Et c'est qu'en effet la contemplation intense de la nature concilie le réalisme et l'idéalisme, qui ne sont que des mots. La contemplation révèle que tout n'est que signes, et signes de signes, et les éléments du réel, plus on s'y attache avec force, prennent la valeur de notions abstraites. Le culte du plan et du modelé a engendré en le statuaire tout un symbolisme. Il est donc licite de parler du symbolisme de M. Rodin : seulement on n'a pas vu où il était. Ce qu'on appelait son symbolisme, c'était son imagination dans le groupement et la variété expressive de ses personnages, et tout son symbolisme est dans sa façon d'interpréter la forme. Pour le reste, c'est simplement un homme épris de mouvement, de passion, de tragique, qui prend des sujets dans le Dante, ou dans l'histoire, ou dans la mythologie, et cherche à les traiter par l'expression la plus directe, la plus générale et la plus simple. Son art se lit aisément, il n'a pas d'intentions subtiles ou obscures; comme Puvis de Chavannes et plus encore, M. Rodin écarte toute allégorie compliquée, et le nu lui suffit, avec très peu d'accessoires au sens connu de tout le monde, pour enclore dans le marbre ou le bronze une idée générale, solliciter la passion ou l'émotion.

C'est un homme doué, qui s'est tenu en dehors des écoles. Il en est venu ainsi à se formuler tout un système à la fois moral, artistique,
philosophique et sculptural, à coordonner toutes
ses pensées par son métier et à en tirer toute
une vision de la vie, originale, singulièrement
cohérente à son art. Les lectures, les voyages,
n'ont fait qu'ajouter leurs alluvions à cette
substructure silencieusement établie dès sa
jeunesse, dès l'époque où, à quinze ans, il dessinait au Muséum. Je me souviens d'avoir un
jour excité la curiosité de M. Rodin en lui exposant, au cours d'une promenade, le détail de la
théorie de l'état radiant à propos d'un congrès
scientifique tenu à Londres, où M. Crookes
avait refait magistralement l'histoire des principes dynamogéniques de Faraday et de tout ce
qui s'ensuivit. Nous passâmes de là à une série
de réflexions sur la matérialité en art. C'était
à propos d'un article déclamatoire paru le matin sur « la philosophie de M. Rodin » et dont
l'auteur n'avait pas compris grand'chose à son
propre texte. En quelques mots lumineux et
sobres, l'artiste me donna une définition précise de sa façon d'appliquer à la statuaire l'idée
du symbolisme par identité — définition que
j'ai beaucoup plus mal transcrite précédem-
ment. J'eus l'impression que cet esprit aigu, à
la façon des rayons cathodiques, perçait ce qui
lui était obscur et ne le contournait pas. Sur
quoi il conclut doucement que le moyen d'éviter de tels commentaires était qu'il tût ses opi-

nions philosophiques, car on ne pouvait les
faire comprendre qu'à ceux qui comprendraient
sa façon de sculpter, et réciproquement. M. Rodin est peu enclin à discuter ou à convaincre ;
extrêmement volontaire dans son travail, il s'en
remet au temps pour recueillir des adhésions,
parce que la formation lente de ses idées l'a
persuadé que les adhésions lentes sont les seules
qui ne se détachent pas, étant venues non à un
homme, mais à des principes, non par sympathie, mais par un travail fait dans le même sens.

* *

Il ne sera pas inutile de réunir ici quelques-
unes des opinions de M. Rodin sur l'Antique.
Les gens dont le métier est d'être intransi-
geants en ont fait un épouvantail contre l'académisme : il ne s'en occupa pas. On a vanté
hyperboliquement ses conceptions : si, par certains côtés, elles sont sensuelles et nerveuses,
si son type de prédilection est la femme cam-
brée, souple et mince, à face violente, telle que
la choisirent Baudelaire et Rops, il s'en faut
que l'on trouve en cette sculpture ni l'érotisme,
ni la démonialité, ni surtout le moindre caractère de « décadence » dans les intentions. Un
tel art n'a rien pour flatter la perversité des
dilettanti du « frisson trouble ». Il est sain
par le réalisme, la force, le style, la vérité. Et

la partie principale de l'œuvre interprète Dante, Hugo, la mythologie, avec un romantisme passionné dont les élans, les sentiments, les gestes sont toujours compréhensibles. L'indication vigoureuse de la beauté de caractère, la puissance de présentation des organismes excluent, de ce peuple de figures, tout symptôme de décadence : ces dix ou douze monuments, ces quarante groupes très importants, ces cent cinquante œuvres moyennes, constituent une vaste héroïsation du monde passionnel, un poème de l'amour, de l'effort, de la douleur, de la pensée où la sensualité n'a que sa place restreinte, où tout est un exemple de beauté robuste, une harmonie humaine allant du tragique et de l'exaltation aux plus délicates nuances de la tendresse, de la sombre méditation du colossal *Penseur* à l'étreinte suave des petits groupes d'amants endormis dans la pâleur cristallisée des marbres.

M. Rodin a écrit sur l'Antique, à propos d'une statuette grecque du musée de Naples, quelques réflexions très significatives. Exprimant une opinion personnelle, elles se trouvent propres en même temps à une généralisation touchant l'enseignement de cet Antique dont il parle avec ferveur, lui, le prétendu révolutionnaire, le pseudo-négateur des sources classiques, à en croire certains académiques.

« Tout d'abord, dit-il, l'Antique est la vie même. Rien n'est plus vivant : aucun style au monde n'a pu rendre la vie comme lui. Les

anciens ont été les plus grands, les plus sérieux,
les plus admirables observateurs de la nature
qu'il y ait jamais eu. L'Antique a pu rendre la
vie parce que les anciens ont vu ce qu'il y a
d'essentiel, les grands plans. Ils se sont bornés
aux grandes ombres données par ces grands
plans : et comme là est la vérité même, jamais
leurs figures ainsi construites n'ont pu s'amol-
lir. Ensuite, l'Antique est simple, et cela lui
donne une énergie étonnante ; et puis, c'est
étudié beaucoup plus qu'il n'y paraît. Je m'en
suis rendu compte dans une circonstance spéciale : ayant fini l'*Age d'airain*, j'ai voyagé en
Italie. J'y ai trouvé un Apollon ayant une
jambe exactement dans la même pose qu'une de
celles de ma statue, qui m'avait demandé six
mois de travail à elle seule. J'ai vu que, tandis
que superficiellement tout semblait sommaire,
en réalité tous les muscles étaient construits, et
l'on voyait s'éveiller un à un tous les détails.
C'est que les anciens étudiaient tout par les
profils successifs, parce que, dans une figure
quelconque, dans un fragment de figure, pas
un profil n'est pareil à l'autre. Lorsqu'on les
étudie séparément, l'ensemble apparaît simple
et vivant. »

Ici M. Rodin, sans prononcer aucun nom d'artiste actuel, est amené à une critique très vive
de l'enseignement académique, qui se réclame
de l'Antique et en extrait des dogmes con-
traires à son véritable esprit.

« La grosse erreur de ce qu'on a appelé

l'école néo-grecque, ou tout uniment l'Ecole, est celle-ci : ce n'est pas le *type* qui est antique, c'est le *modelé*. Faute d'avoir compris cela, cette école n'a fait que du cartonnage. Il est mauvais de donner l'Antique aux débutants : c'est par lui qu'on doit non commencer, mais finir.

« Quand vous voulez apprendre à quelqu'un à manger, vous lui donnez des aliments intacts, afin qu'il s'habitue à les broyer. L'idée ne vous viendrait jamais de lui donner pour s'exercer des aliments déjà triturés. Eh bien, quand vous voulez enseigner la sculpture à quelqu'un, mettez-le directement devant la nature. Quand il sera très fort sur elle, vous pourrez lui dire : « Voilà ce qu'a fait l'Antique. » Et celui-ci lui sera une source d'énergie nouvelle, il sera armé pour le comprendre pleinement. Au lieu que si vous donnez l'Antique au débutant qui n'a jamais lutté avec la nature, il n'y comprend rien et perd sa personnalité. Vous en faites un plagiaire qui, au lieu de faire à la nature sa propre prière, lui répétera la prière de l'Antique sans en comprendre les termes. Il mourra vieil écolier, il ne mourra pas homme.

« Enseigner l'Antique au début des études, c'est le rendre incompréhensible. D'abord, on n'enseigne pas l'Antique, ce n'est pas possible. Cet art de vérité et de simplicité ne saurait s'enseigner. Le sculpteur travaille sur nature, et après, il va voir dans les musées comment l'artiste de jadis a rendu ce que lui-même vient de

chercher devant la vie. Mais s'il va droit à l'Antique en fermant les yeux à la nature, comme
l'Antique a toujours travaillé d'après elle, il ne
pourra transporter cette vision dans son œuvre,
sinon facticement. Il ne sera ni antique ni moderne, mais mauvais..»

Ainsi donc, il s'agit de retrouver un état d'esprit, et non des procédés. Les maîtres dont les
écoles se réclament n'ont pas connu d'écoles, et
leur sincérité devant la vie a fait toute leur
grandeur : leur indépendance, leur spontanéité,
sont le meilleur enseignement. Aux notions du
« fini » et du « noble » s'opposent celles de la
synthèse et du caractère ; et il faut se figurer les
Grecs non comme des professeurs édictant les
canons du beau, mais comme ce qu'ils furent :
des artisans heureux, sensuels, passionnés de
beauté plastique, travaillant en plein air à des
œuvres faites pour être vues sous un beau ciel
éternel, réalistes admirant la courtisane et
l'athlète, symbolistes épris de quelques mythes
très simples, observateurs heureux, ignorant
l'atelier, la carrière artistique et les professorats
d'esthétique — des hommes libres, enfin, tels
que Taine les a décrits dans *la Philosophie de
l'art*, et plutôt semblables par leur vie à nos
paysagistes impressionnistes qu'à des dignitaires d'Institut. Est-ce à dire que cet état d'esprit soit à jamais perdu? Oui, certes, si l'on
comprend les Grecs à la façon des ateliers, mais
nullement si l'on fait comme eux, si l'on aime
la vie et la nature.

« De nos jours, dit M. Rodin, un homme peut
faire de l'Antique. Non dans le sens faux du
type antique, mais dans le vrai sens du *modelé*
antique ; non en respectant les canons du type
grec comme les seuls qui donnent la beauté
(car il y a autant de beautés que de races), mais
en modelant toute figure selon les principes de
l'Antique, quel que soit le type à représenter.
Un peintre, un graveur, un sculpteur prendra
la nature, et, s'il a la richesse de tempérament
d'un artiste de l'antiquité, il fera de l'Antique,
parfaitement en désaccord avec celui qu'on enseigne, certes, mais en accord avec les musées.
L'éducation habituelle commence par la fin.
Lorsqu'on commence par la nature, on peut
aller jusqu'aux inventions les plus invraisem-
blables. L'Antique lui-même le prouve. Savez-
vous quelque chose de plus impossible qu'un
Centaure ? Pourtant, est-il à Olympie quelque
chose de plus beau ? Les Antiques étaient
tellement forts sur la nature qu'ils devenaient
ses complices et créaient, non des fantômes,
mais des êtres viables, malgré des impossibilités
physiques. Etudier mal l'Antique est pire que
l'ignorer : il n'est pas l'alphabet de l'artiste,
mais la récompense de son travail.

« Dire que l'Antique, ce portrait de la claire
merveille de la vie, est beau, c'est en faire un
éloge superficiel. La beauté n'est pas un point
de départ, mais d'arrivée. Une chose ne peut
être belle que si elle est vraie. La vérité elle-
même n'est qu'une complète harmonie, et

l'harmonie n'est, somme toute, qu'un faisceau
d'utilités. Le miracle de la vie ne pourrait se
perpétuer sans le renouvellement continu d'un
universel équilibre. Les Antiques ont senti ce
rythme immense, et leur art, se modelant sur
lui, nous apparaît comme une naturelle et sublime expression de beauté.

« Un Antique a fait une statue. Comment s'y
est-il pris ? Il est inutile de faire intervenir des
règles qui n'ont germé que dans les cerveaux
de commentateurs disséquant une série d'œuvres
après des siècles. L'Antique reste incompris parce
que nous n'avons pas l'esprit assez simple. Pour
comprendre non la nomenclature, mais l'esprit,
adressons-nous à la nature que cet homme regarde, elle nous parlera comme à lui. On ne comprend pas Rembrandt en le copiant au Louvre,
mais en y arrivant par l'observation des effets
qu'il a choisis dans la nature. Or, elle est toujours là, cette Mère, qui attend patiemment
qu'on refasse l'Antique. Le modèle est là, qui
attend que quelqu'un vienne enfin, de n'importe
où, car c'est une erreur de croire que l'Antique
vient du Midi. Il est partout. On peut faire de
l'Antique avec une Hollandaise ou une Américaine ; le type n'est rien, le modelé est tout.
Ce qui fait le fond de la technique des anciens,
c'est le plan obtenu par la jonction des profils
successifs. Les néo-grecs ont dit : « L'Antique,
c'est la ligne. » Et leurs œuvres, où toutes les
lignes dansent, sauf les lignes des deux profils,
montrent leur erreur. L'Antique, c'est le plan.

Regardez une œuvre grecque : vous devinez sa face par son profil. L'œil ne peut saisir la face opposée du côté qu'il regarde, mais il la déduit avec certitude au côté qu'il examine. Tournez autour, et vous aurez une irréfutable preuve par trois. Le statuaire outre les demi-teintes par des exagérations légères, afin de « monter la lumière d'un ton ». La draperie vit comme le corps qu'elle recèle, elle en reçoit la vie sans qu'il soit besoin du subterfuge de « la draperie mouillée » chère aux ateliers accadémiques. »

Observons qu'à l'appui de cette remarque de M. Rodin, miss Loïe Fuller a obtenu les effets de draperie mouillée avec des étoffes non mouillées, parce que ses danses d'une si riche invention plastique, indépendamment de ses magiques utilisations de la lumière spectrale, sont déduites de l'observation continuelle de la nature, puis des Antiques, que la surprenante danseuse a étudiés soigneusement. Et M. Rodin poursuit :

« Il y a dans l'Antique un étonnant mystère de vie qui fait disparaître toute notion de taille. Lorsqu'une chose est bien organisée, la grandeur est dans le modelé, non dans la dimension. Si on photographiait la Tour Eiffel et une statuette de Tanagra, et si l'on montrait les deux épreuves à une personne ne connaissant aucun de ces deux objets, elle déclarerait certainement la statuette plus grande que la tour. Une poire, une pomme, sont, au point de vue du modelé, grandes comme la sphère céleste.

La vérité, l'harmonie, la proportion des plans
et des volumes, sont des notions essentielles
qui abolissent les questions de grandeur et
de petitesse. Aussi ce resplendissement de la
vérité est tel que, ne trouvant pas de mot pour
le rendre, nous l'avons appelé idéal. »

Il me faut borner ici ces citations. On pensera, du moins je l'espère, qu'elles suffisent à
détruire la légende du statuaire faisant bon
marché des principes et les sacrifiant au dé-
vergondage de son imagination capricieuse et
« littéraire ». On pensera qu'en peu d'ateliers
académiques il serait loisible d'entendre parler
de l'Antique avec ce respect, cette clarté et
cette force de conviction. Assurément l'homme
qui parle ainsi a une grande autorité et beaucoup d'idées, mais non au détriment du souci
de la forme. Et il reste à dire quelques mots de
ses dessins, parce qu'ils ont contribué fortement à déconcerter, à scandaliser le public et
la portion des critiques qui n'ont pas de connaissances techniques et jugent selon leur
sentiment pur et simple, hâtivement. Ces dessins, que M. Rodin a montrés parfois, laissé
publier par des journaux, éditer en albums à
tirage très restreint par des amis, simplement
à titre de documents, ne sont pas des dessins
à proprement parler. Du moins les classerait-
on en trois séries : la première, fort ancienne,
date de l'époque où l'artiste, ayant pris les
excellentes leçons de Lecoq de Boisbaudran,
peignait et dessinait selon les formules ordi-

naires. La seconde est relative à des interprétations de *la Divine Comédie*, ou à Baudelaire (dont M. Rodin couvrit de dessins les
marges d'un exemplaire unique pour M. Paul
Gallimard) : ce sont là des dessins beaucoup
plus libres que les précédents, des croquis sur-
chargés de faux traits, des indications de groupes
rehaussées de teintes d'aquarelle ou de sépia,
analogues aux dessins de Hugo ou, en général,
à ce qu'on appelle des dessins de sculpteur,
comme en a fait par exemple Carpeaux.

On n'y trouve aucune transcription de la vie
réelle, mais des synthèses de lignes, les envo-
lées de l'imagination, la gravitation de l'esprit
autour de projets. Mais la troisième série doit
exclure tout à fait le terme « dessin », et cela
doit être avant tout bien convenu. Ce sont uniquement des recherches de volumes et des
réductions de formes vivantes à des figures
géométriques. M. Rodin observe le modèle
sans lui indiquer de pose, ou le saisit en plein
mouvement, dans une attitude instable : il ne
le quitte pas des yeux tandis que sa main trace
une rapide silhouette. Souvent la main tombe
ainsi en dehors du papier, la ligne tracée
accuse des déformations que l'artiste rectifie
d'un trait ou d'un embrouillement de traits :
mais il y en a toujours un qui est juste et curieux. Il s'agit donc de « mouvements écrits »
ou, si l'on veut, de « lectures de mouvements
à première vue ». M. Rodin remplit alors son
dessin d'une teinte d'aquarelle dont la couleur

lui est indifférente, et dont il ne veut obtenir qu'une valeur plus ou moins intense. Encore le pinceau déborde-t-il légèrement les contours, pour mieux accentuer l'amplification des silhouettes. De là ces silhouettes sommaires, remplies de rouge, de bleu, d'ocre, qu'il serait absurde de prendre pour des dessins représentant directement une créature humaine, comme nous nous souvenons de l'avoir vu faire par des visiteurs effarés. Ce ne sont que des notations de volumes, et même des essais d'inscrire un être en mouvement dans une des figures de la géométrie dans l'espace, comme il s'y doit réellement inscrire à l'exemple de tout organisme vivant. Seulement, l'aspect de ces êtres convulsés dans des mouvements imprévus, parfois très osés, et teints de couleurs violentes, a donné le change et fait croire à des dessins fantastiques, analogues aux hallucinations que fixe le pastel ou le crayon lithographique de M. Odilon Redon. Il n'en est rien, et la méprise ne serait qu'amusante, si elle n'avait fait taxer l'artiste de bizarrerie, d'outrance, de prétention et de mépris de la forme. Ces notations purement documentaires ne peuvent intéresser que des professionnels [1].

Et s'il faut maintenant en venir à une conclusion, ne sera-t-il pas naturel de la faire consister en la constatation de la parfaite « norma-

---

[1]. Pourquoi ne pas dire très franchement qu'à mon avis l'artiste n'aurait jamais dû les exposer ?

lité » de cet art? Et nous n'entendrons point
par là autre chose que le goût de l'équilibre dans
l'audace, le contrôle d'un tempérament lyrique
par un bon sens supérieur, c'est-à-dire une per-
ception aisée des idées générales, des analogies,
des proportions. Cette pauvre expression de
« bon sens », il faut presque la remettre en
honneur, pour l'opposer à dessein à cette « originalité » dont des zélateurs mal avisés félicitent
M. Rodin, en entendant par là une emphase
et une outrance qui n'ont jamais été les qualités du véritable artiste. C'est ainsi qu'un homme
peut être tout ensemble louangé et desservi,
célèbre et mal connu. Au lieu de l'être imagi-
naire que la polémique fait à son image et selon
ses besoins par des déformations successives,
reconnaissons en M. Rodin ce qu'il est réellement. Quelque grand sujet qu'il traite, à quelque
degré de hardiesse qu'il parvienne dans l'expression du tragique, de la douleur, de la volupté,
sa robuste logique de technicien, sa lente méthode expérimentale, son amour du caractère
et de la forme, lui donnent une sérénité permanente. Son symbolisme est dans sa conception
des formes et de leur raison secrète ; son idéologie n'a rien de littéraire, en ce sens qu'elle
trouve ses motifs et sa fin exclusivement dans
la sculpture. Sa manière est traditionnelle,
classique, sinon académique, et son tour d'esprit est tout français. Vous ne trouverez en lui
aucun indice des étrangers. Son ascendance
esthétique est nettement dessinée : de lui on

remonte à Barye, à Préault, à Rude, à Pigalle, à Coustou, à Puget, et, au delà, à Germain Pilon, et enfin aux primitifs français qui ont fait le tombeau de Philippe Pot. De ce tombeau aux *Bourgeois de Calais*, la lignée est directe, facile à suivre, sans heurt. C'est la lignée des producteurs autochtones, réalistes, synthétistes, sculpteurs de caractère, que n'a pas influencés l'intervention italienne dégénérée en école néogrecque.

Ajoutez-y deux influences très précises et parallèles : celle des Antiques, source éternelle du beau considéré comme la splendeur du vrai, celle de Donatello et de Michel-Ange donnant la version moderne de la statuaire hellénique, reprenant ses principes et y introduisant des éléments de sensibilité, de nervosité. Joignez-y enfin une conception synthétique de sujets d'humanité générale assez proche de celle de Victor Hugo, l'envergure d'une pensée capable d'être sollicitée par toutes les formes du monde passionnel, et vous obtiendrez une image de M. Rodin où il n'entrera aucun élément étrange, inquiétant ou obscur. Les gens « épris du rare », qui veulent absolument découvrir dans un grand producteur des abîmes mystérieux qu'eux seuls sauront sonder, y perdront certes ; mais ceux qui sont enclins à l'admiration sans accepter le fétichisme seront ravis de la fierté, de la santé, de la force et de la droiture de ce tempérament nourri de vérité, vivifié par le contact du terroir originel. Ils seront frappés de la cohérence

de ces points de vue, de la simplicité puissante
de cette technique, du progrès régulier de cette
autorité et de cette maîtrise de soi-même, de
cette unité dans l'accroissement, dans l'appro-
fondissement d'un art, de cette aversion pour
la hâte, le caprice, la demi-mesure, le dérègle-
ment de la main et de l'esprit, de cette organisation enfin d'une vie toujours plus sérieuse,
plus attentive à la proportion de ses efforts à
ses résultats. Et c'est pourquoi, lorsque j'entends
parler du modernisme, du baudelairisme et de
tant d'autres choses à propos de M. Rodin, je
me dis qu'on fait erreur, qu'il travaille bien loin
de toutes les brillantes et fugaces théories de
cette époque inquiète dont la trépidation exas-
père et émousse tout ensemble l'intelligence, et
qu'il est le seul artiste du temps présent qui
nous donne à ce point la sensation du classi-
sisme et de l'Antique.

IDÉES SUR EUGÈNE CARRIÈRE

A M. et Mᵐᵉ Ménard-Dorian.

Il est mort. Je n'en puis douter, car j'ai
suivi son cortège funèbre, du fond de Clichy au
cimetière Montparnasse, sous un ciel désolant,
dans le vent froid. Nous étions mille qui mar-
chions derrière la voiture noire, et cela faisait
un long ruban de foule que la foule regardait.
Il est mort : cependant je ne peux pas croire
qu'il soit mort. Tout est indiscontinu. Il est
encore avec nous, ou alors il était déjà un peu
là où il est, lorsque nous lui parlions. Il ressemble un peu plus à ses figures inimitables.
Aucun de nous qui l'avons connu n'oserait
faire une chose qu'il eût désapprouvée. Il ne
nous manque même pas, nous sommes encore
pleins de lui. Etre mort, c'est n'avoir pas su
vivre. Il a su, lui, Eugène Carrière. Le mal a
pu le saisir à la gorge, mais non à l'âme.
Aucun mal ne pouvait toucher à cette âme-là.

C'est pourquoi, malgré tout le chagrin, je reste empli d'une stupeur vague, paisible, je suppose quelque malentendu mystérieux, et j'ai beau me redire qu'il est mort, le terrible mot n'a pour moi qu'un son sourd, ne désignant rien de définitif.

C'était un homme chargé de secrets; une sorte de sainte obstination le revêtait tout entier. Son agonie a été exemplaire, lucide et merveilleuse. Il était libre penseur, mais aucun saint n'a été plus beau. Et nous ne savons sur les saints que des légendes, mais celui-là s'est éteint au milieu de nous et nous avons vu ses plaies. Quand il assista aux obsèques de Fantin-Latour, on lui demanda de parler. Il s'avança et dit : « Heureux ceux qui se préparent glorieusement à la mort! » A ce moment-là il se savait inexorablement perdu, et nous savions qu'il le savait, et nous comprîmes tous qu'il parlait pour lui-même. Dans de telles conditions, le mot est d'un homme de Carlyle.

Avec son agonie il a su faire de l'harmonie. Il a peint sa mort comme ses portraits. Je me rappellerai toujours une des dernières visites que je fis à son chevet. C'était au crépuscule d'hiver, la chambre était pleine des mystères fauves qu'il aimait. Un rare éclair languissait au flanc d'un vase où hésitaient des fantômes de fleurs, et on devinait aux murs des études — les suprêmes. Quelques amis étaient assis : visages déjà indistincts, blocs d'ombre. Au milieu, le grand rectangle pâle du lit où Car-

rière ne remuait pas, statue de soi-même. Une
amie admirable, dont le portrait a clos son
œuvre, avait amené Pablo Casals et son violon-
celle. Casals s'assit près du lit et joua des pré-
ludes de Bach, avec sa puissance, son charme,
son émotion dont la qualité est unique. Nous
étions là, tous muets et mornes, écoutant l'instrument sublime qui priait pour Carrière et lui
portait notre âme mieux que ne l'eussent pu
faire nos pauvres paroles. Et nous étions
presque saisis de remords en découvrant qu'en
nous la curiosité admirative et la passion de
beauté le disputaient à la douleur : car ce que
nous avions sous les yeux et ce que nous for-
mions nous-mêmes, c'était beau comme un
Rembrandt, beau comme un Carrière. L'ombre,
les volumes, les sonorités, l'affreuse certitude,
l'idée de cette agonie magnétisée par la musique consolatrice, tout contribuait à nous faire
comprendre que ces minutes atteindraient dans
nos futurs souvenirs à une sorte de perfection
extraordinaire, et que c'était encore Carrière
qui nous les léguerait. Ce ne fut qu'en sortant
que nous osâmes pleurer.

Le prodigieux esprit de synthèse de ce physionomiste, presque effrayant à force de divination des pensées sous les masques, se retrouvait dans sa vie et dans sa conduite. Carrière
était un grand peintre de caractère, et c'était
un grand caractère. Il vécut pauvre, parmi le
peuple, en homme du peuple. Sa vie fut nue
d'événements. Il peignit sa femme et ses en-

fants. On a dit que c'était faute d'argent pour avoir des modèles. Je crois bien plutôt que ceux-là lui suffisaient et lui révélaient tout l'univers. Il se continuait en eux par le sang et par l'art, il lisait sur leurs visages le reflet de sa méditation et le développement de ses idées. Et il a créé ainsi peu à peu un poème de la maternité qui restera comme une des plus pures réunions de chefs-d'œuvre qu'un contemplatif ait jamais évoquées.

Carrière était un isolé, une cime. Comme Rodin, il était sans rapports avec son temps, et ses références d'art remontaient très loin, à Velasquez, à Rembrandt. Il avait vu se développer l'art impressionniste avec sympathie, mais sans s'en préoccuper dans son travail. Rodin et lui, du fait de cet isolement, avaient de profondes affinités, et leurs œuvres se sont pénétrées les unes les autres. Rodin a dû à Carrière ces modelés vaporeux qui nimbent ses marbres d'une lumière radiante si mystérieuse, si peu matérielle. Carrière a dû à Rodin cette façon toute sculpturale de ne s'occuper que des grands plans et de dérober tout détail dans l'ombre. Ces deux hauts artistes se comprenaient et s'affectionnaient aussi dignement qu'il convenait à leurs personnalités.

Carrière était un exemple vivant et logique de ce qu'on a appelé « l'art social » par une expression vague et souvent desservie et dénaturée. Il cherchait à être, par son œuvre et par soi, un type de large humanité. Inaccessible à

la vanité, au lucre, il travaillait et restait fidèle
à son désir de perfection, à son horreur de
toutes les facticités. Une énergie extrême lui
avait fait vaincre la misère, les obstacles, les
découragements, mais elle l'avait surtout aidé
à vaincre ses propres passions; et il était devenu, par la discipline de son corps et de son
esprit, une sorte de mystique hors de toute
religion. Jamais le dangereux nom de libre
penseur, qui couvre parfois tant de sottise, n'a
été mieux applicable dans son sens profond
qu'à propos de cet homme empli de l'amour
des hommes, de la foi dans la rédemption
sociale par la fraternité, par la solidarité intel-
ligente des efforts humains. Carrière était un
être d'élite, dont l'idéalisme n'avait rien de
chimérique et se fondait sur la connaissance de
la nature, sur la confiance dans les ressources
innées de l'homme, sur l'étude des progrès logiques du sens de liberté dans la société.
C'était un vertueux au vrai sens latin du mot ;
sa vertu était la *virtus* antique, la force. Il
n'avait pas la religion du sacrifice, mais celle
de l'entr'aide loyale, et il pensait que l'homme
doit non pas se diminuer pour servir autrui,
mais se fortifier pour pouvoir donner plus. Et
les artistes peuvent dire que jamais ils ne
l'abordèrent sans revenir encouragés, calmés,
voyant la route plus belle et sentant moins leur
blessure.

L'éloquence de Carrière était spéciale comme
son génie de peintre. Déjà menacé par le mal

7

terrible qui devait l'assassiner lentement ces
trois dernières années, il parlait d'une voix
sourde, bégayante. Il laissait naître, avec cir-
conspection et timidité, quelques phrases qui
semblaient se figer lentement hors de son
silence. Il distillait ses pensées comme un
arbre distille une gomme précieuse. Mais ses
quelques phrases simples étaient si justes et
résumaient tant de choses en si peu de mots
qu'on en restait saisi et ému.

L'influence morale de Carrière était très
grande. Depuis l'affaire Dreyfus, où il s'était
révélé, comme citoyen, aussi digne et aussi
ferme que dans sa vie et son labeur, il se mêlait
de plus en plus à la vie publique. Il se savait
malade, et la pensée de la mort exaltait son
âme jusqu'à une sorte d'apostolat. Il s'est vu
mourir. Il semble qu'une si altière existence
ait été couronnée par la mort qui en avilit tant
d'autres, et que le martyre du cancer à la gorge
ne lui ait été imposé que pour montrer mieux
encore la beauté mâle de ce type d'humanité
magnifique. La fin d'Eugène Carrière a été celle
d'un héros — et c'est là ce que le public n'a pas
su et ce que ses amis ont mission de dire. Cette
fin affreuse, il sut en faire un spectacle de noblesse, et comme la dernière et suprême leçon
de sa pensive existence.

Il tint à mourir lucidement et debout. Le jour
de l'ouverture du Salon d'Automne, il était là,
à son poste de président, pâle, épuisé, mais
serein. Je lui parlai : déjà il ne pouvait plus

répondre distinctement, mais son regard restait
fier et bon. La même semaine, il entrait dans
une maison de santé. L'opération eut lieu, plus
atroce encore que celle qui, deux ans auparavant, avait enrayé le mal. Carrière fit ses adieux
aux siens, à sa femme dévouée, à ses filles,
artistes délicates, à son jeune fils dont les premières sculptures annoncent un digne héritier
de son nom. Mais la mort se jouait de lui. Il se
réveilla sur la sinistre table, amputé, sanglant,
mais vivant encore, et on le ramena chez lui,
muet et inerte. Il vécut ainsi, écrivant d'une
main fébrile, n'existant que par son indicible
regard, réduit au mutisme puisque, de sa
pauvre gorge où un appareil amenait l'air res-
pirable, ne pouvaient plus sortir que des sons
rauques et inarticulés. Cela dura des semaines.
Il tint à voir tous ceux qu'il avait aimés, et il
les reçut comme un stoïcien.

Les pages qu'on va lire sont les dernières qu'on
ait écrites sur son œuvre avant sa fin, les dernières qu'il ait lues. Je les avais composées durant
son séjour chez les frères Saint-Jean-de-Dieu,
afin qu'en rentrant dans sa maison il les trouvât
imprimées, en signe de ma grande affection, et
peut-être s'en illusionnât un peu sur notre
espoir de sa guérison. Mais Carrière aimait trop
la vérité, et l'envisageait avec une fidélité trop
perspicace dans la douleur comme dans le
bonheur, pour s'illusionner sur quoi que ce
fût. A la façon dont il me serra la main et
m'embrassa pour me remercier, je sus que son

âme, indulgente à mon intention, écartait avec une douce fermeté cette forme inutile du mensonge. Et puis, quelques heures après, tout a été fini un matin. La nature avare nous l'a ôté. La nature prodigue n'a plus voulu se servir de l'être admirable qu'elle avait façonné. Moins pour Carrière que pour tout autre, le chagrin devra nous engager à offenser la mort de nos reproches : notre ami ne l'aurait pas voulu, et de nous tous il fut celui qui s'inclina le plus noblement devant les volontés et les secrets de l'impénétrable nature.

Je publie ces pages telles qu'elles parurent. Je n'ai pas le courage d'y rien changer. Ces pages parleront de Carrière comme d'un vivant. Eh bien ! soit : il est vivant, et je parle de ce qu'il a fait, qui ne périra pas tant que le grand art de l'évocation des formes sera compris sur la terre. Qu'importe s'il a quitté le corps qu'il habitait ? Du fond de sa tombe à peine close, et à travers cette terre qui le couvre, s'élève une protestation de survie idéale.

* *

Isolé dans l'art moderne, Carrière semble n'avoir pas eu connaissance de l'impressionnisme. Ses références se trouveront auprès de Rembrandt et de Velasquez, et il ne s'apparente à aucun de ses contemporains. Tout au plus

songerait-on à Ricard, à Whistler, pour s'aper-
cevoir assez vite qu'il s'agit d'une analogie
toute extérieure, d'une relative similitude d'aspect, plutôt que d'essentiels rapports.

L'idéal de Carrière est restreint. Mais son singulier génie, s'il s'étend peu, creuse profondément. Il semble avoir pris pour principe que
l'effort concentré de la contemplation sur un
seul point de l'univers pénètre les secrets des
lois éternelles autant et mieux que l'effort dis-
persif et généralisateur d'une âme avide de tout
concevoir et de saisir la multiplicité des formes
et des sujets. Carrière possède une volonté
exceptionnelle. Au lieu de l'employer à tout
embrasser, et de risquer d'être superficiel en
étant brillant, il l'a mise en œuvre pour éliminer ce qui ne lui semblait pas indispensable,
et il s'est privé expressément de ce qu'on
appelle « la joie de peindre ».

Il est inutile de chercher à estimer à son véritable prix l'art d'Eugène Carrière si l'on ne
mesure pas, avant tout, le degré d'éléments
psychologiques dont il a demandé l'expression
aux formes de la peinture. Ce n'est aucunement
un peintre littéraire, car jamais il n'a tenté de
suggérer par le dessin, le ton et le modelé, une
idée réservée à d'autres langages. Mais c'est un
peintre analyste et subjectiviste qui ne représente jamais des aspects visibles de la vie pour
eux-mêmes, mais pour rappeler la réalité seconde
toute intérieure, toute mentale, dont ces aspects
sont les symboles. Il y a le peintre qui, séduit

par la joie de la vie, veut tout peindre, trouvant partout des motifs radieux et jouant, comme dit Novalis, avec les formes et les apparences. Il y a le peintre qui ne veut choisir dans la nature que les éléments propres à rendre tangibles les désirs de son âme. L'un est dominé par sa vision, qui constitue toute son intellectualité ; l'autre domine sa vision et la met au service de sa méditation. Eugène Carrière est ce second peintre. C'est pourquoi très peu de sujets lui suffisent ; et n'ayant rien trouvé de plus synthétique et de plus attachant que le mystère du visage chez sa femme, ses enfants, et quelques contemporains, il s'en est tenu à ces thèmes, et en a déduit toutes ses idées générales sur la physionomie de la vie.

Il est toujours dangereux de parler de la philosophie, de l'idéologie d'un artiste plastique. Mais, personne, en ce temps, mieux qu'Eugène Carrière n'a droit à ce qu'on parle de ces choses à son propos, et c'est cela, bien plus que des différences de technique, qui l'isole irrémédiablement d'une époque où l'impressionnisme a vivifié le dogme de l'extériorité, le culte des recherches apparentielles, en prêchant la défiance contre toute prépondérance de l'idée en peinture.

Carrière se sert de la peinture pour révéler sa personnalité, mais il ne la lui soumet pas. C'est un grand peintre, mais c'est surtout un homme qui exprime ses pensées avec la préoccupation d'avoir vécu sa vie très complète, et il est tenté par tout ce qui est profond.

Il suffirait, pour comprendre, qu'il ne limite pas tout son devoir et son pouvoir d'homme au fait de bien peindre, de lire ses quelques écrits : préface pour l'exposition Rodin, conférences au Muséum, lettres publiées. Ce sont des pages de grand prosateur. Il y est parvenu d'emblée à l'excellence de la forme et aux plus belles qualités du langage, parce qu'il a introduit, avec une simplicité condensée, l'absolue cohérence de ses idées personnelles. Si ces quelques pages admirables survivaient seules à une destruction totale de ses tableaux, elles attesteraient, sous le nom d'Eugène Carrière, quelqu'un qui fut véritablement grand, et qui sut aller au fond des choses.

Voici, par exemple, quelques phrases extraites de la préface que fit Carrière à une exposition de ses œuvres chez Boussod, en 1896 :

« Je vois les autres hommes en moi, et je me retrouve en eux : ce qui me passionne leur est cher. L'amour des formes extérieures de la nature est le moyen de compréhension que la nature m'impose. Je ne sais pas si la réalité se soustrait à l'esprit, un geste étant une volonté visible : je les ai toujours sentis unis. L'émouvante surprise de la nature aux yeux qui s'ouvrent sous l'empire d'une pensée enfin voyante, l'instant et le passé confondus dans nos souvenirs et notre présence, tout cela est ma joie et mon inquiétude. Sa mystérieuse logique s'impose à mon esprit : une sensation résume tant de forces concentrées ! Les formes qui ne sont pas par elles-mêmes, mais par leurs multiples rapports, tout, dans un lointain recul, nous rejoint par de subtils passages : tout est une confidence qui répond à nos aveux... »

Mallarmé n'eût pas écrit autrement cette dernière phrase. En voici d'autres, isolées :

« L'admiration de la nature nous amène à l'admiration de la nature humaine, son expression consciente : et ainsi tout nous défend de l'avilir. Les enfants sont presque toujours beaux et les hommes déchus. Pourquoi ? Je pense qu'on ne leur a pas permis de regarder en eux. Par l'abominable excitation à tirer de nos dons tous les profits extérieurs en sacrifiant tout ce qu'il y a de beau en nous et autour de nous, nous arrivons à la fin de notre vie découragés de tout, ayant automatiquement transmis la vie à d'autres avec l'exemple de la déformation. Les critiques gourmandent les artistes sur l'insuffisance de leur métier, jamais sur celle de leur désir, les artistes regardent trop leurs mains et s'occupent moins de leur pensée. Voilà qui fait la misère de tant de gens doués. Lorsqu'avec l'âge l'exécution s'alourdit, le vide moral d'un cerveau jamais exercé apparaît cruellement... »

Ce style synthétique, d'une lente et sourde énergie, à la fois imagé et abstrait, se concentre encore davantage dans cette causerie : *L'Homme visionnaire de la réalité,* faite au Muséum en 1903, devant les squelettes et les fossiles, document de la plus curieuse éloquence : Carrière y grave d'étranges « dessins analogiques » si je puis oser cette expression. Voici par exemple ce que le peintre dit du rhinocéros :

« Ses vertèbres, en modelé de plantes grasses, sont d'accord avec la terre plantureuse où il règne, chargée de végétations fortes dont sa masse se nourrit. Il est l'image en mouvement du sol qui le produit. Sa tête paraît formée de murailles. A partir du front massif l'abaissement des naseaux est amené en une courbe juste et naturelle, d'une sculpture délicieusement décorative. Et quelle beauté dans le grand silence des mâchoires aux plans unis d'où surgit le fleurissement des dents, semblables à de belles anémones ! »

Il a dit des serpents :

« Quel art eût pu forger des chaînes aussi belles que ces squelettes, dont les vertèbres en anneaux se diminuent insensiblement, de volute en volute, du centre plus fort aux extrémités déliées, et se terminent, à l'instant qu'il faut, par le beau fermoir de la tête? »

De la baleine :

« Imagineriez-vous une rampe plus belle, d'un modelé plus moelleux dans sa sobre vigueur, que celle qui borne la mâchoire inférieure? C'est une volupté de promener la main sur elle, non seulement à cause du grain lisse et de la beauté de la matière, mais parce que la vie de ce modelé harmonieux réjouit ma main vivante qui se trouve elle-même au contact.

« Les auvents sont de grandes arcades de cathédrales. Le crâne, ce sont des toits, des portiques superposés. »

Il remarque à propos du tatou géant que, « dans la lourdeur même de son premier effort, la vie s'offre inséparable de la grâce, le tatou étant un bloc arrondi de pierre, gravé d'un décor de marguerites serrées sur toute l'amplitude de sa voûte ». Il trouve entre toutes les formes du Muséum une continuité qui précise la vie sous les armatures et fait se retrouver en elles l'homme qui les contemple. Il en arrive à une philosophie pathétique très proche de celle de Carlyle : « A travers ces ossements qui nous environnent, forêt de splendeur vivante, je sens circuler comme une brise de liberté ! » Toute cette conférence-visite est ainsi le témoignage d'un étonnant cerveau de peintre-penseur. Cet optimisme des origines et de la mission contemplative de l'homme, qui rapproche aussi Carrière de M. Rosny, se retrouve enfin dans la brève et si belle préface à l'exposition Rodin, en 1900.

Cette page donnera l'idée la plus juste de l'originalité d'Eugène Carrière. C'est un poème, et les phrases en sont des stances, dont les pauses mêmes ont leur valeur. Aucun peintre n'écrirait de la sorte, avec ce mélange de ferveur et de précision. Carrière a regardé si profondément l'essentiel de l'homme qu'il avait à juger, qu'il nous laisse là un document incomparable, l'envisagement d'un maître par un autre. Plus on étudie ce morceau, plus on reste frappé de la prodigieuse condensation des idées, moulées exactement dans des termes immodifiables. Mais, quel que soit l'objet de l'analyse de Carrière, il y apporte la même sagacité intuitive.

L'art d'Eugène Carrière s'est lentement imposé. A l'heure actuelle, beaucoup ne le comprennent pas encore, et il a été loué souvent avant d'être compris, car son œuvre hautaine, mélancolique, intense et sobre n'est pas faite pour l'enthousiasme de tout le monde. On a rendu justice à la maîtrise de son dessin, au style et à l'expression de ses maternités et de ses portraits. Mais le parti pris de quasi-monochromie de sa couleur laisse, dans beaucoup d'esprits, une inquiétude et une déception, non moins que le parti pris d'enveloppement ombreux de toutes ses figures. Or, un artiste comme Carrière n'a pas de parti pris, il adopte des résolutions logiques, mûrement réfléchies, et il a ses raisons qui ne sont point incommunicables.

Carrière n'eût pas été en peine de donner à sa peinture un caractère spécial par d'autres moyens que l'estompement et la monochromie, s'il n'avait été conduit à l'emploi de ces moyens par des raisons fort supérieures au pauvre désir de se singulariser. Préoccupé de suggérer avant tout l'âme, et de la faire jaillir de la notation scrupuleuse des points essentiels du visage des êtres, cet art du sacrifice nécessaire étant le but noblement difficultueux des plus grands physionomistes, il a été amené à la certitude toute classique du rôle essentiel

des plans et des modelés, qui sont, dans un
visage, infiniment plus individuels que la couleur. Il sait, d'autre part, que la couleur ne consiste pas dans la polychromie plus ou moins
vive, mais dans la justesse des valeurs, dans
l'intensité d'observation apportée aux conflits
de l'ombre et de la lumière. Il s'est soucié
avant tout non de montrer la façon dont l'atmosphère impose des teintes diverses sur un
visage comme sur tout objet, mais de procéder
du dedans au dehors en montrant pour ainsi
dire l'irradiation de pensée émise par ce visage.
Enfin, il a été frappé principalement non du
ton, mais du plan, dans le visage humain : et
en effet, ce que nous nous rappelons en pensant
à un être, ce n'est pas la couleur de son épi-
derme que la pénombre ou le soleil modifient, mais
le relief de ses os sous la chair. C'est par là que se
révèle durablement le type dans notre mémoire.

Carrière était donc logique en excluant de
plus en plus le ton pour concentrer toute sa
volonté de synthèse sur les lumières et les
ombres, c'est-à-dire voir plutôt sculpturalement
la statue vivante et non la figure peinte et plate
qu'est un homme, et en exprimer les volumes
par des valeurs graduées du noir au blanc.
Cependant il n'a adopté comme moyens ni l'eau-
forte, ni la lithographie, ni le dessin, et a con-
servé la peinture, parce que la matière picturale en elle-même lui permettait un modelé
plus souple que n'en comportent ces divers procédés, et il n'a pas réduit sa peinture au noir

et au blanc. Il a adopté un ton d'ombre fauve
et chaude assez analogue à ce que nous montrent
les Rembrandt vieillis, ou à la préparation que
Ricard appelait *ma sauce* et dont la composition exacte ne nous est pas connue. L'ombre
brune et rousse de Carrière est d'ailleurs com-
posée de toutes les couleurs essentielles, comme
le furent les gris de Corot qu'on accusait aussi
de monochromie, et toutes ses premières
œuvres offrent l'agrément inattendu et raffiné
de notes chromatiques. Il les a éliminées peu à
peu, dans son désir croissant de ne distraire
l'œil de l'étude psychologique des visages par
aucun caprice de cet élément charmeur, mais
superficiel, qu'est la couleur notée pour elle-
même, sans volonté de la faire concourir à la
plus grande ressemblance. Pareille évolution
s'est constatée chez Rembrandt, chez Prudhon,
chez Ricard, chez Whistler, c'est-à-dire chez
tous les peintres analystes. Il suffit, d'ailleurs, de
placer une œuvre de Carrière auprès d'une
eau-forte ou d'un fusain pour voir combien,
sous sa monochromie apparente, il admet de
nuances coloristes proprement dites.

On pourrait alléguer sans discussion que peu
importe le nom donné à d'aussi admirables
représentations de l'être humain, et qu'on peut
laisser à un tel évocateur le choix de ses moyens:
que ce soient peintures, eaux-fortes, ou substances indéfinies, les œuvres sont de la plus
puissante expressivité. Mais Carrière n'en est
pas moins un peintre et un coloriste, et non un

dessinateur, parce que la polychromie n'a jamais fait le peintre, mais bien la science des modelés, des volumes, des passages de tons, la beauté de la matière, la sûreté de la touche, l'opportunité du glacis, la répartition des lumières diffuses et la centralisation des effets et des valeurs sur un point donné, qualités distinctes de la composition, de l'expression, de la forme, et qu'il possède au plus beau degré sans laisser d'avoir ces dernières.

Transposées en n'importe quelle tonalité, les œuvres de Carrière resteraient proportionnellement harmonieuses : leur degré de beauté ne dépend aucunement du chromatisme. Mais toutes les colorations *exactes* que leur synthèse, *vraie* par les plans, dissimule, pourraient être surajoutées, sans que les visages en prissent plus de vérité vivante, car l'essentiel y est déjà, et la notation d'un rouge de lèvres, d'un jaune de pommettes ou d'un bleu de prunelles n'accroîtrait en rien la ressemblance, ni l'intérêt d'art. Carrière dépouille, dès à présent, les êtres de tout ce que notre mémoire n'en retiendra pas.

S'il a choisi l'ombre pour le décor habituel de ses figures, ce n'est pas seulement parce qu'elle est plus propice à l'évocation et au prestige mystérieux des faces apparues. C'est qu'elle permet, plus que la lumière, la concentration picturale des effets, par le dérobement des parties non indispensables. L'enveloppement ombreux des figures de Carrière est le complément logique de leur monochromie, l'ombre seule

permet de reculer dans l'arrière-plan tout ce
qui surcharge un être sans le souligner. Carrière
a poussé au dernier point la science de ce recul.
C'est cette fermeté dans la fluidité qui a suggéré
à certaines personnes l'expression de « peinture
occultiste ou spirite ». Carrière ne peint pas des
spectres, ni des larves, ni des corps astraux,
mais il peint les âmes par-dessus les masques,
et en ce sens, il est occultiste au sens étymologique : il dévoile ce qui est caché, il conjure
la pensée des êtres, il la polarise sur sa toile.
Il s'en fait une idée et nous l'impose. C'est dans
cette acception que Carrière est idéaliste,
comme Rembrandt, Prudhon, Ricard ou Whistler. Un Holbein note avec une effrayante exactitude tous les détails d'un être, et nous laisse
choisir, retenir, éliminer : c'est un réaliste qui
agit selon la nature. Carrière, ou sa famille
intellectuelle, font pour nous ce travail, et ne
nous convient à voir que son résultat.

Carrière n'a voulu approfondir que très peu
de secrets, parce qu'à ses yeux tous les secrets
de la nature sont solidaires, et qu'il nous sera
plus profitable, durant une courte vie, d'en approfondir deux ou trois que d'en entrevoir un
grand nombre.

Il n'y a pas de plus grand mystère que la
présence d'une âme, d'un corps. C'est ce que
nous voyons à toute minute, c'est ce dont nous
sommes faits nous-mêmes, et pourtant ce que
nous ne pouvons expliquer. C'est donc le mystère par excellence, le mystère évident, lié à tous

les instants de la vie quotidienne, et dont chacun de nous est le portrait. L'être engendré, l'être qui engendre, l'adulte, l'homme, la mère, l'enfant, voilà les thèmes d'Eugène Carrière : les sentiments de protection, d'amour, de prévision, d'anxiété, d'espérance, de survivance, qui emplissent le père et la mère en présence de l'enfant, lui sont des prétextes inépuisés.

Il n'a eu qu'à regarder en lui et auprès de lui pour les recueillir, et son imagination sereine, dépourvue d'inquiétude et nourrie de sentiment, s'est contentée de quelques subtiles modifications d'attitudes pour ne jamais refaire le même tableau. Plus encore que l'identité de leurs aspects chromatiques, une sorte de mysticité affective donne un style aux maternités d'Eugène Carrière. Elles sont pleines d'une ferveur taciturne, et leur douceur est presque farouche. Carrière donne toujours l'impression de la grandeur, comme Rodin auquel il ressemble, parce qu'entre tous les gestes il choisit toujours ceux qui sont conformes à l'instinct, et que cela rend éternels. Car un geste instinctif n'est jamais banal, et le geste appris le devient vite, quelque délicat qu'on l'ait voulu. Une mère et un enfant de Carrière sont des entités indifférentes au temps, aux pays, aux modes, et le problème posé entre ces deux êtres garde toute son obscure majesté.

Eugène Carrière est imbu de l'idée de la haute dignité de l'homme. Il en sait la faiblesse

et la misère, mais il sait aussi quelle force de
réaction, de bonté, de compréhension est enclose dans l'être humain ; et c'est cette conviction calme et énergique qui l'inspire lorsqu'il
en dresse une effigie. Il y condense la pitié,
l'estime, la joie et l'amour qu'il garde à toute
l'humanité, et il la peint de manière qu'on les
retrouve en elle. Il y a, dans Eugène Carrière,
beaucoup de l'esprit d'Emerson : comme l'es-
sayiste américain, il peut parler de l'homme
qu'avec une sorte d'effusion lyrique qui n'a rien
d'emphatique et qui vient d'un grand amour,
clairvoyant sur nos fautes et confiant en ce que
nous pouvons. Un portrait d'homme de Carrière
est toujours une chose imposante par tout ce
qu'elle condense d'intellectualité, il y a de la
pensée dissoute dans cette ombre magique.
Mais rien ne lui est plus agréable que de pencher, sur les genoux d'un père, une fillette qui
sourit ou rêve, et, pour lui, l'homme qui est
père signifie davantage et s'augmente moralement de la petite âme qui proroge la sienne de
quelques minutes dans l'éternité. Il trouve de
surprenantes caresses du pinceau, de ces
modelés tendres et subtils qui restent, en notre
époque, ses secrets, et qui sont la musique
même du silence, l'immatérialité de la forme
demeurant pourtant solide et magistrale, mais
synthétisée avec génie jusqu'à ne plus figurer
qu'à titre de revêtement de l'âme.

Les intentions élevées de l'art de Carrière
demeurent uniques en notre temps. Il y a, dans

sa façon de modeler et de composer, une sorte
de robustesse fruste qui vient de sa grande
faculté de relier l'être humain aux formes générales de la nature, et de sa volonté de le considérer
comme un animal, un végétal, une plante, un
répertoire vivant de leurs divers aspects. Carrière ne conçoit rien d'isolé : il est obsédé par les
analogies formelles. Comme tous les vrais grands
dessinateurs, il est arrivé à s'élever spontané-
ment au-dessus de l'aspect immédiat et admis
de toute forme, et à la dépouiller de sa réalité
accidentelle pour n'y voir qu'un chiffre, un élément presque métaphysique, ce que les philosophes appellent un substratum de pensée. La
synthèse géométrique de toutes les variétés de
formes arrive à lui apparaître en même temps
que ces formes elles-mêmes. C'est ainsi que le
profond réalisme, chez les grands contemplatifs, finit par équivaloir à l'idéalisme absolu.

Il vient un moment où l'homme supérieur,
qui étudie les apparences, retrouve sous tous
leurs détails la trace de l'idée abstraite qui les
anime, et n'a plus souci que d'elle. Là en vint le
vieil Hokusaï, là en est venu Rodin, et là en est
Carrière. De tels artistes cessent d'être acces-
sibles à la foule, parce qu'ils ne pensent plus
du tout à représenter quelque chose. Ils se
passionnent pour une étude beaucoup plus
haute (comme certains mathématiciens qui
sont une dizaine en Europe à s'entretenir de
certaines questions et ne se comprennent
qu'entre eux). Dans ses trop rares pages,

Eugène Carrière a résumé, avec une extrême concision, les éléments d'un enseignement d'art fondé sur l'étude des analogies des formes. Et cet enseignement éloquent vibre d'une sourde ferveur, d'un amour grave pour toutes les relations de l'être vivant avec les modèles cellulaires et magnétiques de la nature.

Je ne touche à ces points de vue que pour bien montrer l'erreur où l'on tomberait en regardant l'œuvre de Carrière, comme on aborde celle de tout autre peintre de notre époque, en n'attendant que l'imitation plus ou moins vigoureuse de la réalité apparente. On méconnaîtrait totalement la qualité intime de son génie, si l'on ne comprenait en quoi sa monochromie et son amour de l'ordre sont les conditions de sa magie et les desseins de son expresse volonté. Tout en lui est concentré sagacement et obstinément; il faut entrer dans ses vues, ou le quitter. C'est un artiste que seuls peuvent goûter pleinement les aimants et les graves, parce qu'il condense en son œuvre les choses de la vie éprouvée et profonde. C'est un grand homme tout à fait spécial qui, tout en obéissant strictement aux lois fondamentales de l'art qu'il a choisi, le plie à son rêve, et se fait de la peinture une conception très haute, dégagée des conditions de vraisemblance immédiate et de brillante instantanéité que nous sommes toujours enclins à lui imposer. Coloriste, mais non polychromiste, poète et symphoniste de la vie intérieure, c'est de l'âme et à l'âme que parle Eugène Carrière en scrutant le mystère des formes, et là personne en notre temps ne l'égale. Dans les Salons, son œuvre tendre, sévère, magistrale et magnétique, semble la leçon silencieuse de toutes les fulgurations de l'impressionnisme, le rappel de l'immanente mélancolie du grand art.

DES FIGURES

UN CHERCHEUR

FÉLICIEN ROPS

Un livre de M. Erastène Ramiro, édité récemment par M. Floury avec le goût exquis que
cet éditeur apporte à tout ce qu'il fait, a remis
au point, avec tact, beaucoup de choses au
sujet de Rops ; et c'était nécessaire pour lui
plus que pour personne peut-être.

Il y a eu, dans l'art moderne, quelques figures
célèbres et mal connues, dont on pourrait dire
que leur obscurité fut une condition de leur
gloire. Ainsi Whistler, dont le nom fut un
sortilège, sans qu'on en vît vraiment l'œuvre :
quelques toiles entrevues, un croquis au pastel de loin en loin montré au public, apparu au
recul d'un cadre profond, suffisaient à entretenir sa légende de magicien exceptionnel. Gustave Moreau bénéficia d'une chance plus singulière encore : ma génération n'en connut
longtemps que cinq ou six photographies. Nous

les achetions avec piété. Leur auteur passait
pour une sorte de prince indien créant dans le
silence des merveilles qu'on ne connaîtrait
peut-être jamais. Puis il fut nommé professeur
à l'Ecole, et nous sûmes que son enseignement
était admirable. Il est vrai que nous ne pré-
voyions pas qu'il dût un jour conduire certains
peintres, par réaction nerveuse, aux folies de
certaines expositions récentes.

L'épreuve de la révélation publique est parfois
dangereuse en de tels cas. Le mort, exposé soudai-
nement, semble moins mystérieux, moins beau
qu'on ne se plaisait à le supposer. On l'a paré de
tous les charmes imaginables : il faut qu'il ait
été fort pour ne pas décevoir. Moreau a mal ré-
sisté à l'examen dans la froide atmosphère de
son musée posthume, où se voient ses ébauches de
tableaux irréalisables. Whistler, par sa récente
exposition d'ensemble, s'affirmait au contraire
plus cohérent, plus mesuré, plus classique
qu'on ne l'eût pensé. Il étonnait moins que de
son vivant, mais grandissait devant le juge-
ment d'une foule que le magnétisme de l'homme
ne fascinait plus. Rops a été dans le cas de
Moreau et de Whistler, et je crois bien qu'à
l'exemple du second il gagnera à être dépouillé
de sa légende.

Félicien Rops a eu en effet une légende, qui
dure encore. Lui non plus n'était pas connu.
On ne voyait que de rares pièces signées de ce
nom. Leur cherté, leur tirage restreint, leur
caractère érotique, tout contribuait à les écar-

ter du public. Le peu qu'on en savait suffisait à
faire supposer un génie, hypothèse que la
curiosité et la vérification difficile rendent toujours plaisante, et que justifiait la puissance
surprenante des eaux-fortes, des vernis mous
et des crayons qu'on pouvait connaître. Je me
souviens d'être resté des années sans savoir de
Rops autre chose qu'un nom, et trois œuvres :
la *Buveuse d'absinthe*, dessin, la lithographie
de l'*Enterrement au pays wallon*, et un frontis-
pice pour les *Poèmes* de Mallarmé. Cela suffisait à ma jeunesse pour accueillir avec enthousiasme le renom de l'artiste, et cela dura
jusqu'au jour où une visite chez l'éditeur
Edmond Deman, à Bruxelles, me révéla les
Sataniques, les pièces secrètes — et la génialité
extraordinaire et effrayante de leur créateur.

Rops a passé pour un dessinateur obscène, et
il y a quelque chose de vrai. Il a passé pour
un lyrique tragique, et c'est vrai aussi. Et c'est
encore un intimiste réaliste, un ironique, un
petit-maître, un rêveur symboliste, et un technicien hors pair. Son œuvre est si variée que
chacun y trouve ce qu'il veut. Mais ce qu'on
n'avait pas dit, c'est la puissance de travail,
l'intégrité de caractère, la hauteur d'âme et la
noblesse morale de l'artiste. Ce livre les raconte :
nul besoin aujourd'hui de faire mystère de son
auteur. Aucune autre raison que la modestie
d'un amateur érudit n'a déterminé M. Eugène
Rodrigues, président de la Société des Cent
Bibliophiles, à prendre gaîment ce pseudonyme

d'une truculence espagnole pour signer le catalogue parfait des œuvres gravées de Rops, puis
l'ouvrage dont je parle : ouvrage excellent,
fidèle, savoureusement écrit et bien pensé, qui
nous restitue la physionomie d'un très grand
artiste et nous la fait aimer.

Félicien Rops apparaît, en cette biographie
minutieuse, tout différent de ce qu'on en disait,
et sans aucun mystère. Mais combien plus intéressant par son évidence! Qui donc parlait d'un
graveur exceptionnel, halluciné d'érotisme et
de satanisme, bizarre et terrible? Nous sommes
en présence d'un Wallon sain, spirituel et sensuel, dont toute l'existence est absorbée par
l'étude des techniques de son métier. M. Ramiro cite beaucoup de ses lettres. M. Marx en
avait déjà mentionné un certain nombre, ainsi
que M. Eugène Demolder, l'énergique et tendre
romancier belge qui fut le gendre de Rops. Ces
lettres sont admirables, et formeraient un volume
du plus grand intérêt. Mais de quoi parlent-
elles? Confient-elles les rêves brûlants d'un
curieux du sadisme, d'un lyrique du stupre?
Nullement. Elles énoncent au sujet du vernis
mou, de l'eau-forte, des procédés les plus délicats de cet art, des séries de remarques savantes.
Elles témoignent chez leur auteur d'un violent
amour de la perfection. Elles sont d'un alchi-
miste penché sur les matras et les éprouvettes.
On assiste à cette fiévreuse enquête qui dura
jusqu'à la mort. Avec son disciple et ami Ar-
mand Rassenfosse, le très bel illustrateur des

Fleurs du Mal, Rops échange des volumes. Il
retrace ses essais, il conseille, il corrige franchement, puis, avec une simplicité non moins
franche, il avoue ce qu'il doit à son ami, le
remercie d'une idée, d'une indication. C'est un
chercheur éternel, un étudiant à vie. On reste
surpris et charmé de voir se désespérer, s'accuser d'ignorance, avec une modestie inouïe,
l'homme qui a fait les plus magistrales eaux-
fortes de l'art moderne et n'a déjà plus de rival
à l'heure où il accuse son impéritie. Puis ce
sont des effusions soudaines, de longues confi-
dences, des élans joyeux ou tristes, des découragements et des fusées de rire, des croquis
d'écrivain valant ceux du burineur, des ten-
dresses enthousiastes qui révèlent un caractère
ingénu, confiant, insoucieux du commerce, se
gaussant de la réclame. Eh! quoi, est-ce là ce
redoutable Rops? La bonté même, loyale, naïve,
une conscience acharnée, un caractère d'une
intégrité sauvage, une raillerie sans sarcasme,
un cœur d'enfant — voilà le Rops des lettres,
l'homme sans méchanceté sinon sans malice qui
eut la chance d'avoir une certaine fortune, sans
quoi il eût couru grand risque de mourir inconnu et besogneux. Ecoutons-le se confesser
dans une lettre prise au hasard (1863) :

« Crois-moi, mon cher ami, nous sommes
nés trop tard : notre siècle étroit et bête me
pèse sur les épaules comme un vêtement qui
n'est pas à ma taille. Fou à la fois touchant et
grotesque, je me promène en ce monde de qua-

torze pour cent, avec un costume moyen âge
aux fières arabesques, dans la foule des habits
noirs du positivisme. Je fais rire les notaires et
j'inspire de douces gaîtés aux huissiers. Les
gens graves me montrent à leurs enfants comme
un terrible exemple de l'entraînement des arts.
Et pour les gens officiels qui ont la palme
brodée au collet — les palmibêtes — je ne
suis pas un « homme sérieux » ! Je sais bien
qu'il vaudrait mieux ressembler à n'importe
quel X..., à celui-ci ou à celui-là, être plat
comme un trottoir et bête comme un chiffre,
aimer les filles faciles en partie double, estimer
les bonnes actions qui rapportent plus que les
belles actions qu'on admire, préférer les billets
à ordre aux billets doux. Au lieu de cela, je
marche vivant dans le rêve de Ruy Blas. Je ne
veux pas comprendre que l'on n'est plus dans
les images, mais, « dans les huiles, » ou « dans les
sucres » ; je reste atteint des folies douces que
tu connais, allant vaguement on ne sait où,
quelque part, du côté de l'aurore où le ciel est
empourpré, vers les frais ruisseaux où Galatée
fuit sous les saules, lâchant toujours la proie
pour l'ombre, bâtisseur de châteaux dans toutes
les Espagnes, regardeur d'étoiles en plein midi,
faiseur de tempêtes dans toutes les gouttes
d'eau, me créant des bonheurs d'enfant de
l'oiseau qui chante, de l'insecte qui vole, du
nuage qui passe, du rocher gris sur le ciel bleu.
Je reste en extase devant une mèche de cheveux
blonds frisottant sur une nuque ronde ; la blan-

cheur des dents, les promesses des yeux, l'éclat
de la grâce me ravissent, et je me mets à analyser ces faits profonds pendant une heure ! »

Sentimentalité romantique qui vraiment n'est
guère d'accord avec l'idée « satanique » qu'on
s'est faite de celui que Baudelaire appelait « ce
tant bizarre M. Rops » ! Écoutons encore :

« Je ne tiens à produire que pour quelques
personnes avec lesquelles je me sens en communion de pensées, qui ont les mêmes vues
artistiques relativement à notre époque à la modernité, et qui jugent de la même façon les
hommes, les femmes et les choses de notre
temps ; je voudrais bien m'appeler Gavarni,
Millet, Rousseau, Daubigny, Courbet, si je le
pouvais, mais jamais les réputations de Doré et
de Grévin, qui sont pourtant bien grandes, et
jusqu'à un certain point justifiées, ne m'ont
troublé en mon obscurité. Vous voyez que j'ai
une façon qui m'est propre d'être vaniteux. »

Cette « vanité » n'était que du très noble orgueil d'artiste. J'ai très peu de gens bêtes
parmi mes collectionneurs, écrit Rops en 1882.
Si je disais mes prières du matin, je demande-
rais à Dieu, comme j'aime me trouver en belle
compagnie, que le « public m'honorât toujours
de sa réprobation. J'y tâcherai d'ailleurs, et je
conserve encore l'ambitieux et noble espoir de
n'être jamais admiré des foules que je porte en
mépris... » Ainsi Whistler écrivait dans le Ten o'
clock, ce parfait petit livre d'art : « Voir pour le
fait de voir est, quant à la foule, le seul désir

9*

à satisfaire. L'artiste demeure sans relations avec le moment où il se hasarde — un monument de solitude qui induit à la tristesse. » Rops travaillait avec passion, s'accusait, souffrait et s'acharnait de nouveau, non pour être riche ou glorieux, mais pour la volupté hautaine du désir de perfection. Écoutons cette plainte poignante de 1884 :

« ... Comme art, naturellement, je ne fais rien qui vaille. J'ai essayé de dessinoter dans les coins, cela ne marche pas. Je suis une brute. Il faut que je me renouvelle entièrement ou je suis fichu ! Besoin de changement de carapace, comme les crustacés ! Cet atelier me fait peur et me glace d'effroi. Il va falloir encore chercher, lutter pour tâcher de bien faire, et rien n'arrivera encore ! Rien, rien que l'art bêbête qu'un autre aurait pu faire ! Et alors pourquoi le faire ? J'ai relu les lettres de Flaubert, j'ai passé par tout cela, et je connais plus qu'artiste au monde ces offres, ces colletages avec les fœtus monstrueux des créations qui ne peuvent prendre vie. Je ne sais ce qui adviendra de moi et de cette œuvre ratée qui est mienne, mais je sais seul que je suis une probité artistique, et que même en faisant mal j'ai essayé de faire bien. Ah ! l'âme placide des D... et des B... que je l'envie. Être satisfait de son œuvre, couver ses planches d'un œil amoureux et orgueilleux, que cela doit être bon !... »

Il ne fut jamais satisfait, et travailla jusqu'à la dernière minute, malgré d'atroces tortures.

physiques qui vinrent à bout de cet être robuste, joyeux, à l'âme fière, au caractère
loyal...

Si Rops a peut-être trop fait part, dans son
œuvre, à l'érotisme, il faut considérer avec son
biographe qu'il n'y fut engagé par aucune
raison pécuniaire. Ayant débuté comme litho-
graphe caricaturiste, satiriste politique influencé
de Daumier et de Gavarni, l'ardeur de sa nature
l'entraîna à oser des dessins licencieux, auxquels le souvenir des vignettistes du xviiie siècle
ne fut pas étranger, et de là il en vint à céder
aux offres d'un éditeur, de Poulet-Malassis, qui
était un homme de goût enclin à l'érotisme,
pourvu que celui-ci fût présenté avec art, et
aux conseils d'Alfred Delvau. Rops, comme la
plupart des hommes du second romantisme et
comme Baudelaire lui-même, considéra vrai-
semblablement l'érotisme comme une des
formes de désaveu outrancier de l'esprit bourgeois, et il s'y montra plus frondeur qu'obscène.
C'est aux culs-de-lampe d'Eisen, de Choffard,
de Gravelot qu'il faut apparenter ses frontis-
pices grivois, dont la verve endiablée, le caprice ornemental, l'esprit, le dessin si ingé-
nieux et si souple, font constamment oublier
le thème pour en admirer l'art. De l'audace, de
l'effronterie rieuse, de la franchise libertine —
mais jamais rien de bas dans ce qu'il a signé.
Les gens de sa génération n'avaient d'ailleurs
pas les idées actuelles sur ces questions. Les
plus grands poètes, et jusqu'au chaste Mallarmé

lui-même, le poète de la pure métaphysique,
ne dédaignèrent pas de donner au *Parnasse
satyrique* des pièces auprès desquelles les pièces
condamnées des *Fleurs du Mal* ne sont que
d'anodines bergerades, tout en étant des artistes de mœurs strictes. L'érotisme, le satanisme et la mystification macabre étaient pour
eux des moyens de défense et des attitudes
contre l'école du bon sens. Rops ne vit que
cela dans l'offre de Poulet-Malassis, qui avait
sagacement deviné en lui l'illustrateur rêvé.
Mais ces travaux le préparèrent à une étude
plus sérieuse des troublants problèmes du vice.
Quand un amateur lui eut demandé les *Cent
croquis légers pour réjouir les honnêtes gens,*
Rops eut l'occasion d'affirmer sa maîtrise technique et, tout en acceptant souvent les sujets
badins qu'on lui demandait de traiter, il y mêla
ses pensées plus graves, plus proches déjà de
celles de Baudelaire qui avait de suite pressenti
sa haute valeur. Le plaisant, le grivois cédèrent
la place à une interprétation passionnée, intense, de la débauche, traversée des éclairs
d'un spiritualisme ardent, ou des mélancolies
d'une âme amoureuse des grands rêves. Enfin,
quand Rops en vint à sa période de maturité,
quand, fortifié par les études opiniâtres, mûri
dans son esprit et sa vie, il aborda, avec les *Sataniques,* la difficulté de conférer à la luxure
tragique la beauté du grand art, il y réussit,
parce que son âme et son génie de graveur
étaient réellement hors de pair.

C'est à côté de Baudelaire qu'on le placera, car leurs façons d'envisager furent semblables et leurs techniques s'équivalent en puissance, en perfection, en amère originalité. Par l'un et par l'autre « dans la brute assoupie un ange se réveille ». Tous deux ont aimé se pencher, en romantiques macabres, très sarcastiques et au fond très tendres et souffrants, sur les abîmes de l'insatisfaction et de l'anomalie charnelle pour en entendre monter les sanglots de l'âme repentante qui désire la lumière pure du fond des enfers inexorables. Tous deux furent avant tout des ouvriers de perfection, de probes artistes, aimant avec une légère affectation à être appelés des maudits et des princes du mal, tout en étant de très honnêtes hommes, des amis délicats et des esprits droits. Chez tous deux la préoccupation du métier tempéra l'excessif romantisme des sujets et créa l'équilibre et l'aisance apparente qui sont le secret des belles réalisations. Les grands chefs-d'œuvre de Rops, la *Buveuse d'absinthe*, la *Pornocrate*, l'*Enterrement au pays wallon*, la *Tentation de Saint-Antoine*, l'*Incantation*, le *Scandale*, sont des œuvres où la stricte magnificence de la forme laisse à l'esprit qui les étudia l'impression du beau classique.

Cette beauté épurera l'œuvre et le souvenir de Rops des scories d'une outrance romantique plus voulue que native, d'un symbolisme circonstanciel et vite fané, des audaces d'un érotisme qui ne fut souvent que la revanche

d'une timidité inavouée. Le grand trait net
du caractère de Rops, restera, aux yeux de
l'avenir, cet acharnement à la conquête d'une
technique absolue, cette noble et féconde insatisfaction qui fut la vertu de sa vie imaginative et le frein de sa vie physique. On ne
peut pas dire que ce soit un maître, au sens
étymologique, car il ne pouvait s'imiter et il
eût maudit les pastiches insupportables qu'on a
fait de lui. Isolé, personne ne le fut davantage.
Et il ne se pensait même pas un « maître-gra-
veur » ! Cependant, il l'a été, cet homme fou
de recherches, éblouissant, spécieux, ardent et
rongé par le doute, dont enfin le masque tombe
et dont le visage nous apparaît plus pur que la
gloire qui lui fut faite.

UN FACTICE

J. BOLDIN

C'est un peintre remarquable : d'abord
parce qu'il a beaucoup de talent, ensuite et plus
encore parce qu'il est représentatif du faisan-
dage auquel le ferment du snobisme peut conduire une œuvre d'artiste véritable. Il offre
l'exemple très significatif d'un homme trahi par
ses sujets, et personne dans notre époque ne
saurait mieux montrer combien le talent peut
être inutile, et combien il sied de n'en point
avoir un respect immodéré. M. Jean Boldini en
sait plus long que la plupart de ses confrères ;
cependant il ne nous apprend rien et il périra
probablement tout entier. Est-ce sa faute ? Non.
Celle de ses modèles et de la mode.

Son observation rapide excelle à circonscrire,
d'un trait crispé ou détendu soudain, le sursaut
nerveux des féminités modernes, dont l'armature
d'acier ploie, se cambre, révèle des rigidités ou

de fugitives ellipses sous les étoffes miroitantes : peintre des corps qu'il suggère, et dont il donne à deviner les secrets, Boldini les suit dans l'élan de son dessin, les ramène et les concentre en une synthèse d'angles inattendus, d'une mathématique irritante, avec le charme des poses instables.

L'indication graphique de ces corps est presque une écriture de mouvements : ce ne sont que flèches, faisceaux, rayons jaillis en tous sens, attachés au défaut de l'épaule ou au pli de la ceinture, et de là s'élançant, divergeants comme des branches d'éventail, avec l'inflexion parfois d'une moelleuse et tout italienne langueur. Rageur presque, le pinceau darde ces traits, puis écrase de savoureuses touches sensuelles.

Toute robe peinte par cet artiste semble vraiment un éventail brusquement ouvert. La fougue du virtuose extrait des angles une beauté expressive. Le trait des pointes-sèches de Helleu file, gracile, comme une aronde sur le ciel blanc et marbré de la feuille de Japon, mais le trait de Boldini est oblique et sans courbe. Il peint des femmes maigres, aux coudes aigus, aux épaules étroites, aux têtes petites et casquées hautement, de longues femmes trop grandes et sans gorge, aux muscles serrés ; elles sont vives, inquiètes, toujours prêtes à bondir, assises à peine sur des canapés bas. Le pied impatient, verni d'éclairs fugaces, disperse la soie amoncelée des amples jupes,

Les doigts tourmentent un pli : l'être entier, posé comme un oiseau agacé, va se dresser, partir. Aux yeux dilatés se devine peut-être le reste d'ivresse de morphines récentes. Mondanité, charme, vice enfantin, sinueuse coquetterie d'âme, désir informulé, ennui, tout scintille en ces êtres, tout ce qui n'est pas la vie essentielle.

L'artiste observe, surprend, exprime cette vanité qui s'agite avec élégance. Et ce qu'il aime, c'est peindre. Il est né pour peindre, c'est sa passion, sa raison d'être. Cela se sent si vivement qu'il intéresse tout à fait.

Certains lui reprochent ce qu'après tout on ne devrait reprocher qu'à ses modèles : les défauts qu'il semble avoir, ce sont les leurs. Ce peintre voit juste, c'est un sincère et même un simple. Il définit des êtres trépidants et sans style. Comment sa peinture ne serait-elle pas trépidante, comment atteindrait-elle au style ? Elle devrait mentir, et elle perdrait de son charme, qui est dans l'extrême sincérité de la transcription. Boldini peint une aristocratie qui s'est diluée, mésalliée, compromise. Il en saisit le caractère de décadence, la grâce grimaçante et antipathique, et il réalise ainsi d'étonnants documents de modernisme. L'aversion que ses tableaux inspirent à certains tempéraments est due à la tenace fidélité de sa vision : les modèles l'inspireraient dans la vie, et Boldini a ainsi le mérite négatif d'un excellent acteur qui, sous l'habit du traître de mélodrame, se fait huer parce qu'il joue trop bien et assume les vices du félon qu'il représente. Evidemment, de tous les portraitistes de l'actuelle « femme du monde », Boldini est le plus fort. Il est aussi le plus libre, car les autres aiment visiblement l'élégance entortillée qu'ils peignent. On sent qu'ils y admirent naïvement un exemple de beauté. Leur âme s'attendrit un peu devant ces gravures de modes en mouvement. Ils font comme M. Bourget, « ils y croient ». Mais je n'aperçois rien de tel dans Boldini, et c'est ce qui m'en plaît le plus. Cet artiste perçoit des couleurs, des formes, des psychologies : il les rend. Toutes se valent devant l'art. Il fait son devoir d'artiste. Il respecte le caractère. Il est légèrement caricatural parce qu'il en trouve motif dans ces femmes : il n'a ni afféterie ni raillerie inutile. Il est véridique, et constamment dans le sens de ce qu'il commente : c'est là sa façon d'avoir du style, même quand ses modèles n'en ont pas. Quand ses portraits, en un Salon, apparaissent un peu agaçants par leur allure zigzaguante, défaite, provocante et névropathique, allons-nous oublier que les originaux sont tels ?

Il s'efface totalement derrière le caractère de ses modèles. Il est probable que s'ils lui déplaisaient il les peindrait avec moins de force, et même je ne doute point qu'il en éprouve parfois des difficultés. L'idéal de ce genre de femmes est d'être peintes plus pompeusement, plus faussement, encore que les audacieuses

qui vont chez Boldini ne soient pas celles qui
demanderaient aux habituels faiseurs de les
peindre avec une houppette à poudre, ou de
les camper sur un fauteuil doré dans d'abon-
dantes peluches. Boldini doit parfois être obligé
de refuser certaines demandes d'arrangement,
certaines falsifications du caractère. Mais s'il
est à présumer que l'aspect irritant, anguleux,
maigre, vif et grêle de ces organismes amuse et
sollicite ses facultés de peintre, j'imagine qu'il
serait tout à fait capable de se révéler un maître
de la belle chair nue ou de la santé magnifi-
cente, car cet analyste des nerveuses n'est aucunement un énervé. Il y a chez lui des études
de chevaux et de charrois qui sont d'un maître
large et sincèrement épris de la vie forte.

Ce peintre d'agitées n'est nullement un snob,
et cela se voit bien à sa technique. Hormis les
conseils paternels, il n'a connu la leçon et l'em-
preinte de personne. Son dessin est spontané,
d'une verve hardie et heureuse, son trait est
étonnamment expressif, son armature persiste
toujours sous la couleur de touches légères,
sans empâtements. Il met en place avec une
décision rare, une amusante prédilection pour
les obliques montantes, et surtout un besoin
instinctif de mouvementer la robe élégante,
d'en briser la silhouette, d'y faire remuer l'être
qu'elle habille en le célant ou le précisant tour
à tour.

L'épaulette lâche du corsage de bal tombe à
demi, révélant une clavicule saillante, le détail

d'un sternum trop peu charnu, l'attache d'un sein grêle. La taille ploie dans l'étoffe défaite. Tout l'apparat du costume se néglige et semble mal rattaché. Il y a du désordre et de l'insolence, de l'offre et de la complication dans ces arrangements d'une maladresse aguichante et voulue, parfois même le certain aspect « fille » de la femme du monde que l'acerbe dessinateur exprime avec une ironie mesurée, mais sans détour. Un mélange de « canaille » et de « grand chic » dans la façon d'être, peu ou point de cet américanisme qui se retrouve en la Gandara ou Helleu, une verve qui se rit de la distinction et en a une quand même, verve nullement française pourtant malgré l'ascendance de Manet et de Degas, mais bien italienne, du faste dans le sans-gêne — voilà l'aspect de Boldini et de ses modèles.

Le contraste est curieux de cette décadence des types et de la santé de cette technique. Boldini peint sans rouéries, avec une franchise aisée, par touches une fois posées, sans préparations, sans recettes fatiguant la toile, sans grattages, sans subtilités ni maniérisme. Le procédé est direct, net, évident comme une grande écriture déliée, élancée et instinctive, révélatrice d'un tempérament. Toute la complication est dans les expressions des modèles, dans leur anatomie qui raconte silencieusement le surmenage, les goûts factices, la recherche des sensations exacerbées, la rétorsion des sentiments. Le peintre demeure naturel et délibéré.

C'est encore un de ses grands contrastes avec
les autres portraitistes de l'élégance nerveuse.
C'est avant tout un coloriste du noir : non pas
du noir de l'ombre mystérieuse, où, dans un
recul tout whistlérien, l'être se dérobe ou
s'avance à demi, mais du noir considéré comme
une couleur franche, vue au plein jour. Il n'y a
aucun mystère, aucune suggestion, dans l'œuvre
de Boldini. Mais c'est un très beau peintre.
Il fait, comme personne, chatoyer les noirs.

Les Goncourt ont écrit une phrase que je vois
citer beaucoup depuis quelque temps, à tort et
à travers, relativement au costume moderne,
au drap noir qui attend son grand peintre pour
être tout aussi esthétique que le velours ou le satin.
« Si Bronzino revenait, ajoutent-ils, est-ce qu'il ne
ferait pas une belle chose avec du drap d'Elbeuf? »
Il me semble que Boldini est, à sa façon, le
Bronzino qu'ils souhaitaient. Regardons les noirs
du veston de Willy, du costume de Mme Georges
Hugo, de la robe de Mme Veil-Picard ou de la
redingote de Whistler. C'est, en vérité, fait de
main de maître.

Rien de moins suspect, de moins sensuel,
que son œuvre. Aucune volupté, aucun conseil
de désir et de trouble charnel ne naissent de
ces êtres minces, crispés, inquiets, qui ne
tiennent pas en place, dont les yeux sont froids,
les chairs atones, les lèvres prêtes au papotage
et désintéressées des langueurs, des insistances,
des intimités du baiser. Et cette peinture des
êtres artificiels, comparses d'une existence pa-

10*

pillotante et hâtive, où même le désir et le
vice sont de brèves interpolations dans une vie
de parade et une oisiveté surmenée, cette peinture est brillante, froide, sans moiteur, sans
attirance comme ils le sont eux-mêmes. Elle
ne suggère rien, elle ne fait pas rêver, elle ne
touche point l'âme. C'est à peine si elle effleure
les sens, les sollicite par l'accentuation d'un
cambrure, le défi d'un rire, l'animalité d'une
chevelure lourde; elle satisfait surtout l'intelligence analyste par la spirituelle sincérité de
ses notations.

Les portraits d'hommes de Boldini lui feront
plus d'honneur que ses effigies de femmes.
Ils montrent mieux l'envergure de son talent,
et de quoi il serait capable. Ils lui donnent
prétexte à plus de psychologie, et ils débar-
rassent son art de la part de frivolité inhérente
aux ajustements de la mode, au maniérisme
des poses mondaines. Ils révèlent excellemment
le tempérament vigoureux de l'artiste. Les qualités de crânerie, de mouvement, la saveur de
l'accentuation persistent, mais les visages deviennent autrement intéressants, le portrait de
John-Lewis Brown et de sa famille, avec son
aspect comique, son entrain caricatural à la
Degas, était une surprenante pochade fort soigneusement préparée. Mais le portrait de Willy
est l'analyse subtile et la forte synthèse de tout
un caractère. C'est l'homme même, avec une
justesse absolue du dessin, du ton, une étude
intense des moindres traits sans sécheresse ni

surcharge pourtant, et cela s'impose avec la
seule ressource d'un vêtement noir sur un fond
gris, d'une cravate blanche, d'un pardessus
doublé de satin noir jeté sur un bras, l'unique
note d'une canne de bois fauve. C'est très fort, très
maître. Quant au portrait de Whistler, c'est le
seul qui ait jamais été digne de ce grand homme.

Les autres effigies de Boldini ont été faites
pour l'amour de la peinture, mais celle-là l'a
été pour l'amour de Whistler, et c'est tout simplement un des chefs-d'œuvre de l'art moderne.
Le physionomiste des caillettes neurasthéniques
a su là envisager et pénétrer le masque d'un
génie singulièrement complexe, qu'il admirait
et comprenait. Des cheveux au bout des bot-
tines, c'est Whistler, sa façon inoubliable de
se tenir, son rictus mélancolique, l'inquiétude de son front, l'élégance éteinte de sa vê-
ture, le dandysme sardonique de sa réticente
courtoisie, tout cela saisi, scruté, fixé dans une
admirable symphonie de noirs mats. Le document est inestimable touchant Whistler : il
est décisif en ce qui concerne Boldini. Qui l'a
vu ne se trompera plus sur la valeur exacte
d'un tel artiste. Des effigies plus anciennes,
Verdi (une tête avec foulard blanc et chapeau
haute-forme), Menzel (une tête prestigieuse),
achèveraient d'ailleurs d'offrir des garanties s'il
en était besoin pour donner à ce psychologue
de la mondaine sa vraie place dans l'époque,
en attendant de la lui faire dans les musées.

Ces choses, certains nus, des fleurs, dé-

montrent surabondamment que l'artiste est très
supérieur à ses thèmes occasionnels. Sa per-
ception aiguë lui tient lieu de pensée en présence de créatures qui n'en ont pas et n'en sau-
raient inspirer.

On aimerait qu'ainsi armé il tentât des
expressions d'âmes plus complexes et plus profondes, plus dignes de son caractérisme énergique, puisqu'il sait et qu'il peut. On aimerait
que de ces spirales, de ces zigzags, de ces cris-
pations du trait éblouissant dardé avec de
souples élégances de jeu d'épée jaillît, éclair
définitif, la grande ligne décorative, et que
toute cette œuvre tapie, ramassée, soudaine-
ment se décidât à bondir. Mais quoi ! telle
qu'elle s'offre, il la faut aimer. Harmoniste des
noirs, des gris, des blancs, avec parfois une
note bleue, ou rose, ou thé, d'une exquise
fadeur de fard et de pastel, géomètre plein de
grâce astucieuse, italien, nerveux, bizarre et
savant, Boldini a des allures de grand peintre.

Et cependant ce n'en est pas un, et nous le
sentons nettement, avec un indéfinissable malaise, devant ses morceaux les plus réussis.
Pourquoi ? Parce qu'il fait le portrait de la
Médiocrité, sans la caricaturer au point qu'on
sente qu'il la haïsse, sans la flatter non plus ;
sa virtuosité se joue dans le vide d'un monde
qui ne l'intéresse pas, elle s'y joue pour le
plaisir de se jouer, elle ne s'adresse pas à nous
— et c'est pour cela que nous passons poliment
devant ce sourire stérile.

UNE SIMPLE

MISS MARY CASSATT

Peindre l'adulte, c'est constater un état d'âme ; peindre l'enfant, c'est constater une prescience d'âme. Peindre l'adulte, c'est résumer ; peindre l'enfant, c'est prévoir. L'homme et la femme se dégagent, par l'action ou la beauté, sur le fond des événements de la vie présente ; l'enfant se dégage sur le fond des mystères de la vie antérieure, dont ses gestes se souviennent, et les gestes qu'il essaie dans l'existence actuelle projettent encore leur ombre au mur de l'inconnu qu'il a quitté pour entrer dans la phase de la vitalité visible.

Le mystère de l'enfant est un sourire fait chair, et ses larmes ne sont déjà plus des regrets, mais pas encore des refus de ce qui lui adviendra. L'adulte pleure parfois en se souvenant de la vie des limbes ; mais l'enfant ne peut pas encore savoir qu'elle valait mieux. L'enfant

s'avance, l'adulte se retourne. Tout ce que fait
l'enfant le prépare à ce qu'il fera ; ce que
l'adulte fait l'incline vers le regret de la préexis-
tence, ou plutôt de la vaste nuit limpide qui
n'est ni avant ni après, mais qui baigne la vie
de toutes parts, et que nous appelons passé et
avenir, faute de mots, pour croire à la véracité
de notre fugitif séjour sur la terre. Le geste de
la méditation chez l'adulte, c'est la contemplation des origines ; il se penche en voilant ses
yeux et son front comme pour redescendre là
d'où il s'éleva. Mais tous les gestes de l'enfant
montent, s'écartent de lui, aspirent à embrasser l'inconnu et le nouveau : ainsi ceux qui, à
bord, s'éloignent du rivage, s'ils sont jeunes et
hardis, tiennent leurs yeux fixés sur la haute
mer qu'ils voudraient déjà atteindre, et ce n'est
que longtemps après qu'ils se retournent vers
la ligne indistincte de la côte prête à se dérober.

L'enfant imite l'arbre nouveau par la direction de ses gestes ouverts au ciel et chercheurs,
nourris moins de la sève terrestre que de la
lumière qui les vivifie. L'adulte se réfère à ses
racines ; plus il vieillit et plus il se retourne
vers le terreau primitif. Ce sont des schémas
très simples de la vie. L'attitude première est
celle de l'aspiration, de l'ivresse spacieuse, se
dégageant des ombres de la naissance et s'élançant vers l'avenir pour traverser la phase vitale
et rejoindre à travers elle la période posthume.
L'attitude seconde est celle de l'adolescent qui

porte ses mains à son front lors de la première douleur : c'est à celle-là qu'on reconnaît qu'il a pris avec l'existence le contact décisif ; auparavant, il était ou exalté ou gauche ; mais lorsqu'un premier désespoir amène ses mains à ses tempes, alors se décrète la maturité. Et la troisième attitude est celle de refuser, de rentrer en soi : bras croisés ou mains pendantes, vides et ne désirant plus rien étreindre, l'homme qui a compris tourne vers le sol toutes les directions physiques et morales de son être, et n'a plus confiance qu'en l'appui de ses pieds cherchant racine et possédant, avec une crispation effrayée, la terre où il rentrera. A cet âge, l'homme projette l'ombre de ses gestes sur l'avenir, il rétrograde.

L'enfant avance, et c'est sa spéciale beauté, téméraire, radieuse, irrésistiblement émouvante, faite pour mettre les larmes aux yeux des plus âgés. Son imprudence désarme et séduit. Il y a dans l'enfant nu qui rit, chante, balbutie et ignore, un magnétisme extraordinaire. C'est l'éternelle nécessité de l'évolution à travers la douleur qui s'incarne en cette chair rose et heureuse, c'est l'Inconscient matérialisé. Tout est accouchement perpétuel dans le secret d'un sein inconnu, toute naissance est une mort et toute mort renaît, et l'enfant en est le symbole saisissant. L'époque actuelle, psychologue inquiète, a plutôt cherché à devancer l'âge de cet être, à déchiffrer sur ce visage ébauché les pensées qui y dorment en puissance. Miss Mary

Cassatt est peut-être le seul peintre de ce temps
qui ait donné de l'enfant une interprétation
limitée à lui-même : elle n'a pas, devant cet
être en formation, l'impatience de deviner sa
maturité. Elle arrête sa contemplation tran-
quille et sûre à la minute même où lui apparaît
la créature étudiée, elle en saisit l'âme présente, et cela lui suffit pour créer une psychologie neuve, attachante et fortement inspirée
de la nature.

Les enfants d'Eugène Carrière sont surchar-
gés de pensées précoces ; à travers leurs crânes
tendres, miroite la lueur phosphorescente de l'in-
tellect qui s'élabore, leurs regards sont insonda-
blement graves, ils portent en eux tout un programme de souffrance et de rêve. Les futures
luttes sociales, les transformations de la morale
s'inscrivent sur ces visages ombreux : ce sont
des messagers de la race de demain, et une
mélancolique maturité les fatigue, de cette fatigue divine et mystique déjà errante aux fronts
des infantes de Velasquez. Les enfants de Renoir
et de Besnard ne sont que des fleurs et des fruits ;
d'une délicate animalité, ils ne vivent que par
l'efflorescence de leur chair duvetée, dont la
pulpe fraîche n'est pas encore imprégnée du
suc de la conscience. Les fillettes de Mlle Breslau sont animées d'une vie nerveuse, leurs yeux
sont fins, leurs gestes déjà retenus et stylisées
par l'éducation. Elles ont, pour première forme
de pensée, l'obéissance aux convenances jolies.
D'autres peintres s'efforcent d'esquisser l'adulte

à travers l'enfant, où, s'ils le montrent au premier âge, vagissant et presque informe, ils s'attachent à suggérer par lui toute l'obscure ter-
reur du non-être, ils évoquent en cette larve la
vie pré-organique; s'ils le dotent d'une âme, elle
est trop âgée, ou alors elle ressort du spiritisme.

Miss Mary Cassatt aura eu le mérite rare de
noter l'âme de l'enfant dans sa première phase,
à deux ou trois ans, et de ne la montrer ni an-
ticipée ni informe, par la seule force d'un regard de pénétrant peintre qui ne sépare pas la
chair de l'esprit, et elle aura dû à son admirable
sincérité picturale de pouvoir réussir en cette
recherche si difficile sans recourir à aucun artifice intellectuel. Elle fait de la peinture, et rien
de plus, elle figure ce qu'elle voit ; elle n'use
ni du stratagème de l'ombre, ni du décor, ni de
l'allégorie — et l'analyse à la fois large et pa-
tiente de son dessin précise, par le geste vrai,
par l'ingénuité vive des moues, des rires et des
clins d'yeux, la pensée inhérente à la formation musculaire : chez les enfants qu'elle peint,
l'âme a l'âge exact de l'ossature et du système
nerveux, le caractère individuel s'associe au
caractère ethnographique, et parce qu'elle a
beaucoup regardé nous pourrons beaucoup ré-
fléchir.

Miss Mary Cassatt, dont l'œuvre est considérable, abondante, mûrie, fit partie des premiers
groupements impressionnistes, et participa aux
expositions fameuses organisées par eux dans
un appartement de la rue Le Peletier. Elle y

connut Renoir, Cézanne, Degas, et de celui-ci
elle devint non l'élève, mais l'assidue admira-
trice. Ses deux grands cultes dans l'art moderne sont Corot, dont elle considère surtout,
avec raison, les figures comme des choses merveilleuses — et Degas, qu'elle tient pour un des
plus grands génies du dessin qui aient paru
dans l'histoire de la peinture. Avec Berthe Morisot, Miss Cassatt présentera dans l'histoire de
l'impressionnisme l'exemple d'une belle parti-
cipation de la féminité. Mondaine, voyageuse
attardant ses admirations et ses études aux
musées italiens, l'artiste américaine a gardé de
sa race neuve, plus ouverte que la nôtre peut-
être aux œuvres simplifiées et primitives, une
passion singulièrement forte pour les réalités
du dessin, pour l'expression large par les plans
et les volumes, l'aversion de l'art hermétique
et subtil. Elle ne se réfère pas à des Américains
protestataires comme Whistler ou Poe, hantés
des rêves déliés et complexes de la vieille
Europe. Ce qui frappe d'abord en elle, c'est le
besoin d'expression immédiate et l'amour de la
santé. En cette vaste série de jeunes femmes
et d'enfants, pas un visage névrosé, pas une
velléité de psychologie déroutante ou ambiguë.
Les carnations franches, les regards riants et
clairs, les lèvres pures et bonnes, les chairs
heureuses d'une belle race, les gestes libres,
naturels et logiques, plaisent par la simplicité. C'est bien là l'œuvre d'une Anglo-Saxonne
exempte des raffinements préraphaélites, fémi-

nine par la tendresse des modelés et des expressions, mais robuste, mais éprise de la beauté du
sang, de l'alacrité des organismes sans tares, de
la souple séduction des corps ne demandant qu'au
grand air, à l'eau froide, à l'accoutumance des
exercices, le charme que d'autres empruntent
aux fards, aux ennuagements des pénombres,
aux coquettes préciosités des dentelles encadrant
de précoces et pâles visages, lassés d'être avertis par l'âme dans un organisme qui s'ignore.

Miss Cassatt s'est tour à tour manifestée par
la peinture à l'huile et le pastel : c'est un des
premiers pastellistes de ce temps. Elle use de
ce moyen exquis avec un éclat, un goût, une
franchise rares, et, en sa façon d'en user, elle
me semble très proche de Manet. Comme lui,
elle repousse la mièvrerie qu'on a faussement
accolée au nom même du pastel, elle en écrase
violemment les sucs, elle profite de leur éclat
floral, plus brillant que toute couleur à l'huile,
mais elle broie les bâtons avec décision, comme
faisait Manet, pour éclairer vivement une lèvre
ou un œil, pour restituer la pulpe d'une joue
ou d'un cou, sans serrer trop ses hachures,
sans estomper du doigt, en gardant à chacune des touches son éclat distinct et sans ac-
cumuler les poussières. Elle a aussi, il y a
quelques années, montré une série de dix eaux-
fortes en couleur : tentée à une époque où
presque personne n'abordait ce genre difficile
et prenant, cette série révèle une véritable maîtrise chez Miss Cassatt. Des portraits, des ef-

figies de jeunes filles, des babys, des mères
soignant leurs enfants, c'en est assez pour limiter la vision et l'effort de l'artiste, et lui permettre de compter parmi les plus sérieux et
les plus savants des impressionnistes. On sait
d'elle certaines toiles, une jeune femme lisant
dans un jardin, une loge de théâtre, qui égalent
les meilleurs tableaux de ce temps et ras-
semblent toutes les qualités de premier ordre,
sûreté du dessin, mise en place originale, puissance harmonieuse des tonalités, caractère intensément vrai, charme de certains accessoires,
facture personnelle à la fois forte et fine. Il serait puéril de s'attacher à comparer Miss Cassatt
aux autres femmes peintres exposant à notre
époque, et de situer ses qualités à l'égard de
celles d'Eva Gonzalès, de Berthe Morisot, de
Louise Breslau, de Marie Duhem, de Cécilia
Beaux, d'Hélène Dufau, de Nanny Adam, ou
de quelques autres femmes qui tiennent hautement leur rang parmi les peintres modernes.
De tels parallèles, superflus, tendraient à faire
admettre, par une restriction inutile, qu'il
existe une démarcation entre les hommes et
les femmes dans un art où celles-ci en ont de
tout temps démontré l'inexistence. Miss Cassatt
prouve par toute son œuvre que les qualités
viriles ne sont pas incompatibles avec la féminité : il y a, dans ses scènes enfantines, des
gestes qu'une femme seule pouvait observer,
comprendre et transcrire, et c'est ce qu'elle
a fait avec une telle vérité que ses toiles dure-

ront; relativement peu connues d'un public auquel l'artiste ne s'est point soucié de s'imposer, les montrant peu et n'ambitionnant rien, elles resteront les témoignages d'une organisation supérieure, elles compteront spécialement dans l'impressionnisme, auprès des chefs-d'œuvre de Degas, pour montrer à quel point cet art si décrié jadis a, dès le début, aimé le naturel et regardé la vie avec un réalisme pieux.

Avant tout, s'offriront à l'admiration les enfants peints par Miss Cassatt, leurs yeux illuminés de joie, leurs corps nus d'une chair si blonde et si fraîche, leurs bras agités vers l'avenir et levés vers tous les fruits, pommes carminées des vergers ou seins rosissants dans la blancheur déclose des corsages. Les eaux-fortes en couleurs représentant des scènes intimes, enfants au tub, dont la chair ambrée frissonne parmi les linges et les faïences à fleurs, enfants allaités et endormis, enfants demi-vêtus, impatients des mains maternelles, ces eaux-fortes aux tonalités cloisonnées, nettes, vives, comprises avec un goût décoratif charmant, procèdent à la fois des Japonais et de Degas par leur bel aspect d'estampes à teintes plates et la ténuité de leur dessin. On reste étonné d'une science qui sait, discrètement ferme, s'effacer devant le naturel des scènes et ne pas surcharger leur charme immédiat. L'artiste se fait oublier, on n'applaudit pas à sa virtuosité, elle n'est pas le but du tableau : tout se coordonne, la vie apparaît telle que le peintre

l'a surprise, avec tout juste la stylisation nécessaire à concentrer l'intérêt là où il faut que
nos regards le rencontrent. C'est après quelques
minutes d'examen qu'on se convainc de tout
ce qu'a nécessité la présentation si simple du
sujet. On découvre certaines finesses psychologiques; tel baby qui tette, renversé à demi sur
les genoux maternels, a dans l'œil une expression d'animalité béate que seul peut rendre un
observateur sagacement familier. Un autre rit
de tout son être, chaque fossette de son torse ou
de ses coudes exprime le rire autant que sa
bouche et ses yeux, sans afféterie, sans que la
mesquinerie des moyens réduise le tableau au
rang d'une vignette grossie. La composition
reste toujours picturale, large, servie par une
exécution vigoureuse : le pastel ou le pinceau
touche de carmin une lèvre, illumine un nez
ou un œil, précise une valeur, colore les
ombres, dispose les fonds par de spacieuses
hachures massées, accumulées sans timidité.
Tout est à sa place, les valeurs sont d'une justesse constante, et les grands plans se présentent avec beauté. De loin, un tableau de
Miss Mary Cassatt est toujours une tache harmonieuse, décorative. L'influence de Manet se
sent dans les accessoires, et aussi dans certaines
compositions, comme, par exemple, ce tableau
intéressant, sobre plein d'air et de lumière, où,
sur une rivière, l'été, glisse un canot portant à
l'avant une jeune femme et son enfant, tandis
qu'au premier plan s'affirme en une vaste sil-

houette d'un bleu sombre le rameur arc-bouté
qui s'efforce.

Sur la viridité moelleuse des prairies anglaises, dans l'enchevêtrement des branchages
des vergers enrichis de fruits, dans le sable
jaune des plages que limite le déferlement de
perle d'une vague étale, dans l'atmosphère
emplie des lumières diffuses que tamise un ciel
floconneux et ouaté, les chapeaux d'été, para-
sols de paille et de fleurs rutilantes, versent
une pénombre violette à la limite de laquelle
naissent éclatantes des boucles brunes et blondes,
des joues de pêches, des bouches de cerises,
des mousselines claires, des menottes potelées;
c'est là que se plaît l'étude attentive de l'artiste
d'outre-mer, éprise de jeunesse et de santé,
lorsque le décor des étoffes à fleurs, des linges
frais, des porcelaines, des tubs miroitants où se
reflètent les petits corps lisses ne contente plus
sa fantaisie soumise à la vérité. En tout cela,
Miss Mary Cassatt réalise une vision de grâce
instinctive, elle cueille des motifs délicats, elle
goûte le parfum de l'heure entre toutes heureuse,
et il y a en elle un grand amour de ces choses.
Et il est inutile qu'elle cède au désir de marquer
sur ces fronts infantiles la préoccupation du
souci qui les attend, ou de faire briller en ces
yeux le reflet des limbes d'où ils vinrent. Du
fait seul de cette minutieuse étude du vrai,
l'avenir se laisse prévoir : consultons la série
de ces effigies d'enfants, elle nous dira qu'un
observateur de haut mérite a surpris l'éclosion

d'une race bien caractérisée, d'une race dont
tous les caractères futurs sont déjà contenus
aux replis d'un beau dessin complet. Ce n'est
plus seulement l'enfant-fleur des peintres du
xviii° siècle, l'enfant-joujou dont la grâce s'en-
veloppe du luxe des costumes et qui apparaît
parmi les satins, les bijoux, les plumes, comme
un oiseau soyeux : ces yeux pensent, ces
lèvres sont réticentes, on surprend déjà, sous
le babil, des sentiments conscients et définis.
L'œuvre entière de Miss Cassatt donne bien
l'impression d'une psychologie s'élaborant en
même temps que l'organisme, sans le précéder,
sans le suivre ; elle a su fixer une heure ingrate,
difficilement saisissable, de l'évolution humaine,
et, en cela, elle est vraiment un des peintres de
notre époque qui ont le plus naturellement
touché à la constatation de la pensée à travers
la constatation de la forme. Nous sommes si
désireux de trouver tout de suite chez un être,
même embryonnaire, quelque secret qui réponde
aux nôtres, que nous voyons la plupart de nos
peintres poursuivre ce secret jusque sur le
masque de la puérilité, le forcer à dire ce qu'il
ne sait pas de lui-même, le vieillir avant l'âge,
le prendre pour le thème anticipé de leur
inquiète recherche du caractère. Aucun, ou
presque, ne le situe à son âge et ne fait paraître
sur le visage enfantin les sentiments qui lui
sont propres : niés au seul profit de l'éclat des
yeux et des lèvres, ou exagérément affirmés,
ils se superposent à sa véritable psychologie,

même chez Carrière et même chez Renoir.

Il était réservé, à Miss Mary Cassatt, de trouver la juste mesure. C'est peut-être le premier peintre d'enfants qui ait existé depuis bien longtemps à cause de ce tact exquis. Il faut y joindre l'attrait d'une exécution de haute valeur, d'un coloris qui, sans être pleinement révélateur, se réfère à une harmonie chaude, dorée, sans jamais ravaler l'importance des plans, l'ordonnance des lignes, l'évidence de l'expression, du geste et du décor. Il importe peu qu'une telle artiste, à l'écart des Salons, des faciles et incompréhensibles louanges de la critique courante, ait seulement obéi à son plaisir de peindre et y voulût trouver le seul prix de son effort, avec l'estime où la tiennent un public restreint de confrères et d'amateurs. Elle a été fidèle sans servage au groupe des premiers impressionnistes : après en avoir partagé dignement les vicissitudes, elle en suivra la fortune. Manet persista à se présenter aux Salons dans un sentiment de chef d'école, convaincu de la bonté de sa cause et de son droit à se montrer sincère et entière au grand public dans sa noble intransigeance. Miss Cassatt a préféré, par aristocratisme, se ranger auprès de Manet, de Degas, de Renoir, combatifs dans leur art et amoureux du silence dans leur vie, trouvant plus noble l'exclusion et s'en remettant aux années et à la justice immanente. L'œuvre de Miss Mary Cassatt, devant cette justice qui du moins en art garde sa valeur inaliénable, apparaîtra singu-

lièrement cohérente et significative dans ce dernier grand sursaut de spontanéité de l'école
française. Ce qu'elle a fait, nul ne l'a fait de la
même manière : elle a conquis son originalité
par son grand, son sérieux amour du travail
sincère, avec un sens heureusement précis de la
destination exacte et des limites naturelles de
son tempérament et de son art.

UN SENSITIF

J.-J. HENNER

Personne, en art, ne peut se dispenser d'être troublé et inquiet, à moins d'être un sot ou une force de la nature. Henner fut serein parce qu'il était une force de la nature, qui s'exerçait dans un domaine très restreint. Il fit ce qu'il sentait et fut doué de manière à n'en jamais sortir et à n'en pas éprouver d'ennui. Il fut, comme M. J.-P. Laurens, un membre de l'Institut nullement académique.

Le poème de nudité qu'il chanta, strophe par strophe, eut une moiteur et une ferveur particulières, Henner « faisait toujours la même chose » comme on l'a dit de Corot, de Millet, comme personne ne peut se dispenser, en art, d'être troublé et inquiet, à moins d'être une force de la nature, certains autres créateurs qui ont échappé, par une grâce spéciale, à l'effréné désir de variété, à la névrose de transpositions de soi-même qui caractérisera notre époque. Ces hommes qui n'ont pas envie de changer et qui osent se répéter, nous ne savons comment les nommer et, faute de mieux, nous les appelons des classiques, parce que ce mot nous paraît obscurément désigner les êtres produits par une époque plus saine et plus paisible. En réalité, ils ont reçu une éducation plus forte, qui les a plus profondément marqués que nous ne le fûmes par celle que nous nous fîmes. Respectueux du métier acquis lentement, et ne cherchant pas à être avant tout originaux, ils travaillent dans un seul sens.

Henner n'a jamais fait qu'un tableau, qu'il a recommencé toute sa vie. Qui en vit un les vit tous. Cependant lui savait bien que ce n'était pas le même, et pourquoi il en avait tant fait. Je mets à part les tableaux de commerce, qu'il repeignait sur la demande des marchands et par lesquels il édifiait patiemment une considérable fortune ; un tel homme peut prendre ces libertés, et beaucoup de maîtres ne s'en sont pas fait faute. C'est même un trait des grands teneurs de pinceaux d'autrefois que ce sans-gêne commercial. Mais, comme eux, Henner tenait son pinceau tout autrement, quand il faisait un tableau « pour de bon ». C'est le propre des gens très forts que cette double personnalité indépendante dans ses deux aspects. Avant de plaisanter « la manie d'argent du père Henner », bien des peintres devraient se prouver capables d'oublier aussi totalement l'argent quand ils

essaient de créer une vraie œuvre. Cette idée
du gain les poursuit partout. Henner faisait
une part — et quand il peignait pour peindre,
le désir d'argent se taisait.

Il évoque quelques grands hommes : Gior-
gone, Corrège, Prudhon. Il n'en a pas été indigne.
C'était, comme eux, un musicien des pénombres
chaudes et un transfigurateur du nu féminin.
Dessinateur par les modelés, par les plans, il
fut maître en la science de susciter hors de
l'ombre harmonisée la forme d'un jeune corps
vêtu de lumières tremblantes par la magique
union de l'ambre et de la nacre, étiré dans une
paresse délicieuse, et pareil à un sourire.

Deux ou trois puissantes valeurs suffisaient à
soutenir le poème de Henner. Un vert sombre
de feuillages, un bleu velouté de ciel ou d'eau,
quelquefois un rouge de coiffe ou de voile, et le
ton de la chair commençait à chanter. Peu de
réalité dans le paysage de moire, de satin et de
fourrure — mais quelles admirables harmonies
luxueuses et éteintes ! Toujours un certain
mystère chaleureux se révélait sourdement dans
les fonds. Modelée très largement, construite
avec des procédés de statuaire, sans détails
autres que les indispensables, la femme nue
rêvée par le vieux maître trouvait sa beauté
dans la plénitude absolue des volumes. Quelques
glacis poursuivaient une ombre fuyante sur
l'ivoire pâle ou fauve de son corps. Les passages de tons de la figure aux fonds étaient
presque toujours d'une suavité chimérique et

délicieuse. Sans se soucier de l'impressionnisme, ni du mot ni de la théorie, Henner en appliquait à sa manière un des principes essentiels, la vibration radiante des surfaces éclairées et sa réaction sur les arrière-plans. Dans aucune de ses œuvres, il n'existe de limitations linéaires, de sécheresse du contour. Les corps sont moins éclairés par l'ambiance qu'ils ne l'étaient par le seul fait de leur rayonnante nudité — et ceci rapproche singulièrement Henner de Carrière.

C'était le principe de Prudhon, c'était le principe de Corrège. Seulement, Corrège l'osait avec génie dans la lumière. Corrège, c'est le miracle voluptueux d'un conflit de lumières entre elles, au sein desquelles une clarté plus claire que toutes fascine le regard. Prudhon demande à l'ombre de plus aisés contrastes. On retrouve Prudhon en Henner, mais les ombres de Prudhon sont froides, profondes; celles de Henner sont chaudes et tout imprégnées de couleur. Elles ressemblent aux bruns du Bassan et aux bruns rouges de Caravage. Quand Henner, comme dans le *Saint Sébastien* du Luxembourg, construit son harmonie sur des tons froids, un noir de fusain, une chair morte modelée en bleu ardoisé et blanc d'argent, il se rapproche des blancs crémeux, des irisations de lait bleuâtre de Prudhon. Quand il construit son tableau sur une harmonie ambrée, il se réfère aux dorures de Giorgione, et son ombre monte d'un ton tout vénitien. Il a oscillé entre ces deux contrastes, mais il a toujours su les adopter tout entiers

tour à tour. Quant à sa manière de dessiner par
les plans et les volumes, en massant les ombres,
puis en distribuant les lumières et en y accro-
chant quelques suprêmes scintillations, elle est
prudhonienne par l'esprit comme par l'exécution. Mais Henner n'a pas eu la grâce, l'élégance
caressante, la morbidesse unique de Prudhon,
la miraculeuse ductilité de ses formes vaporeu-
sement fermes. Il modelait avec un charme
presque amolli : les contours, les formes générales de ses figures avaient parfois de la lourdeur. Il affectionnait la pose d'une femme étendue, les bras levés et croisés sous la nuque, une
jambe allongée, l'autre ployée à demi. Souvent
la jambe allongée est roide, et sans suffisante
ondulation : l'origine alsacienne prime la han-
tise des maîtres d'Italie.

L'âme de cette œuvre est assez difficile à définir, peut-être parce qu'elle est extrêmement
simple. Henner a peint des portraits, des
nymphes, des tableaux religieux. Il faut considérer ceux-ci comme des œuvres dépourvues
de toute véritable pensée religieuse. Il en faisait des interprétations de coloriste insoucieux
des nuances psychologiques. Il y répandait la
langueur rêveuse de son atmosphère favorite,
et cela donnait à ses tableaux de piété un certain caractère poétique et mélancolique, une
sorte d'effusion suave et fervente. Mais ce caractère se retrouve dans toute sa peinture profane.
Quand Henner peignait une Madeleine, il ne
faisait attention qu'au fait d'épancher, avec une

grâce savoureuse, sur une épaule nacrée, le flot odorant d'une fauve et riche chevelure. Son *Saint Sébastien* offre, au Luxembourg, un contraste bien curieux avec celui de Ribot. Ribot a peint en réaliste de talent solide un homme râlant. Henner a peint aussi bien Adonis que saint Sébastien. Une réplique de Ribera, une réplique de Prudhon, une étude d'anatomie, une étude de nuances, mais non deux tableaux de pensée religieuse. L'œuvre pieuse de Henner n'a qu'un intérêt purement pictural.

Ses nymphes sont l'expression la plus précise de son âme. On y sent l'antique. Les nymphes de Henner sont profondément mêlées au mystère sylvain, et la divine inertie de leur instinctivité heureuse donne à leurs visages un charme taciturne. C'est toujours la même, c'est l'églogue incarnée, avec une souveraine intuition de la poésie pastorale, dans l'ombre, rêvée par Chénier, qui laisse précise pourtant la beauté. Plus que les figurines pourtant exquises de Corot, les nymphes de Henner sont les habitantes des paysages de Corot. La simplification puissante des corps et des sites qui les entourent les élève presque au symbolisme. Il n'y a même pas un accessoire : le poème de ces nudités est sans date et s'impose par le seul prestige des tonalités. C'est la peinture, et rien d'autre. On s'est agacé de la monotonie de ces belles choses, inlassablement répétées par Henner. On a essayé de les imiter. Il les a lui-même imitées, et parfois mal, dans les petites choses de commerce

qu'exhibaient aux vitrines du boulevard les marchands de mauvaise peinture. Il a même ainsi
failli réduire à un procédé la divine harmonie
qui chantait dans son âme élégiaque. Et notre
époque pardonne mal aux hommes introublés :
elle leur reproche de faire toujours la même
chose, et, s'ils en tentent une autre, elle leur
reproche sarcastiquement de n'y pouvoir réussir. Mais les nymphes de Henner sont malgré
nous et malgré lui d'admirables créations, dues
à une technique profonde et non à un procédé.

Ses portraits sont non moins beaux. La *Jeune
fille en deuil* du Luxembourg est ce qu'on peut
imaginer de plus sûr en art, par l'accord des
noirs et du fond d'un bleu si tendre — le bleu
de Gainsborough et de Watteau, le bleu ciel
qui arrive à suggérer la plus fine tristesse. Ce
poème du bleu et du noir est l'exemple même
de la juste puissance des valeurs, et on n'a pas
été plus loin dans la simplification d'une figure,
dans l'idéalisation sans mièvrerie d'un être
vivant. C'est très naturellement beau, et cela
contient tout son prestige et toute sa suggestion.
On n'a pas à ajouter son rêve personnel à ces
formes : elles se présentent déjà vêtues du rêve
immanent en leur réalité. Parce que Henner
associe magistralement trois ou quatre valeurs,
un rêve se dégage, et c'est celui que contiennent
les couleurs en elles-mêmes. Dans toutes les
nobles œuvres qu'il a peintes, la *Femme au
divan noir*, les *Nymphes*, l'*Eglogue* du Petit
Palais, le portrait de Mme Roger-Miclos, le

12*

Saint Sébastien ou telle *Pieta*, il est impossible
de trouver des éléments de rêverie littéraire :
la couleur agit seule poétiquement.

La *Suzanne* du début, qu'on retrouve au
Luxembourg, donne le plus curieux renseigne-
ment sur la façon dont Henner en vint à sa manière définitive. C'est un très savant morceau,
d'un dessin minutieux sans sécheresse. Il ne se
dépouille pourtant pas du caractère tout objec-
tif du nu de l'Ecole : les pénombres y sont déjà,
mais elles ne s'illuminent pas de l'irradiation
des contours. Plus tard, Henner en est venu à
supprimer tout élément linéaire, à ne plus mettre
« tout ce qu'il y a », à pénétrer les secrets de
la science des sacrifices, qui est la raison la plus
haute de l'art pictural, et à n'exprimer exactement que des valeurs.

C'était un homme qui éprouvait de la joie à
réunir quelques tonalités magnifiques et à en
composer une sorte d'hymne, en cherchant en
chacune d'elles et dans leur réciprocité le maximum de beauté chromatique. C'était là toute
son idéologie. Le nu, une draperie, un fond de
lac et de forêt dans l'ombre, voilà ses sujets :
et il ne demandait pas autre chose à la mythologie ou aux sujets de dévotion, et il rassasiait
sa passion sans se soucier des théories sur l'expressivité, sans regarder ce que faisait autrui.
D'une nymphe, à l'autre nymphe sans même
varier les attitudes, il observait la transformation subtile d'un vert ou d'un bleu, accentuait
une ombre, précisait une lumière, notait la

réaction un peu différente d'un brun sur un rouge. C'était son plaisir, il n'aimait que cela au monde.

C'était le coloriste, et le coloriste comme on dit le bibliomane; c'était un homme tout occupé de quelques harmonies. Il assistait aux tentatives de ses contemporains avec une profonde indifférence et une bonhomie narquoise, satisfait d'une seule recherche et n'y touchant jamais assez, insatiable de la couleur, et trouvant une poésie dans ses lumières nacrées comme Corot dans ses gris : conception étroite si l'on veut, mais celle d'un ouvrier fou de son métier. Annuellement paraissait au Salon un de ces morceaux têtus et splendides. On pouvait s'en irriter, tant ce recommencement contenait de silencieux démentis aux préoccupations, aux variations inquiètes de l'idéal des autres peintres. On boudait à cette éternelle nymphe couchée, à cette éternelle Madeleine, à ce sempiternel effet de chair dans l'ombre, à cette immanquable chevelure très rousse sur une peau très blanche. Mais le morceau imposait le respect quand même, parce que de beaux tons avaient chanté une fois de plus, et on sentait bien que Biblis ou les saintes femmes n'avaient là aucune importance, et que Henner avait encore satisfait à sa passion de chercher, sur n'importe quel thème, ce que peut imposer de magique à une rétine humaine l'accord chromatique de quelques tons.

Ce peintre, qui ne faisait attention à rien de ce qui nous tourmente, absolument isolé de

l'Institut et de l'art indépendant, classique sans
servilité, relié aux grands maîtres, a peut-être
choisi la meilleure part en excluant de sa production toute tentative d'idées générales et
d'innovations expressives. L'œuvre corrosive du
temps ne peut rien sur de telles œuvres. Le
temps discute, périme, rejette des idées qui sou-
levèrent l'enthousiasme. L'apport de Henner
dans son temps est nul. Plus fort que tous les
académiques, il n'innovait rien. Mais ses valeurs
apparaîtront toujours justes, ses tons toujours
puissants. Il n'a peint que des morceaux de nu
et des chevelures. Mais tant qu'on s'intéressera
à un nu et à une chevelure — et on s'y intéressera bien après avoir cessé de comprendre les
idées qui nous passionnent — on jugera que
Henner a peint avec force et beauté la carnation
d'un sein ou le flot d'ambre d'une torsade,
choses universellement émouvantes et compréhensibles.

UN ISOLÉ

J.-P. LAURENS

Il est isolé dans ce livre. Il l'est aussi dans
l'art moderne, parce qu'il consacre un talent
robuste et une âme sévère et ardente à un genre
condamné dans l'époque, en prenant noblement
pour soi le fardeau des anathèmes encourus
par ce genre. Il est isolé, et content de l'être,
parce que c'est un homme à qui l'histoire apparaît vivante, et sa compagnie funèbre et luxueuse
lui est chère — et l'Institut dont il est, ne comprend probablement rien à l'œuvre de cet homme
qu'il a convié, et qui lui donne du relief sans
avoir cherché à lui en devoir.

Son œuvre considérable est si intimement liée
au problème de la peinture d'histoire qu'on ne
saurait la dissocier de l'examen de cette question
elle-même. Nous vivons dans une période où
la peinture d'histoire est vigoureusement con-
testée, non seulement en les œuvres de ses

représentants, mais dans la légitimité de son existence, dans sa viabilité esthétique et psychologique. L'œuvre de M. Jean-Paul Laurens domine à ce point toute la survivance de ce genre jadis florissant qu'on peut se demander si elle en confirme les principes, ou si elle le condamne précisément en rehaussant d'insolites qualités un genre illogique et caduc.

Pour les plus résolus détracteurs de la peinture d'histoire, l'œuvre de M. Laurens est en effet une pierre d'achoppement, une contradiction à la thèse qui déclare non avenue cette forme d'art. Ce nom gêne leurs conclusions. Mais ils seraient enclins, transformant cette pierre d'achoppement en pierre de touche, à trouver en une telle œuvre un argument adroit, la déclarant fort supérieure au genre qu'elle illustre et dont, par contraste, elle fait ressortir la misère. Un artiste comme M. Laurens a-t-il trouvé dans la peinture d'histoire le motif d'un développement normal de sa personnalité, dépassant par sa seule vertu un genre bâtard. Ajoute-t-il un rameau à un arbre vivace, ou donne-t-il à une racine morte le prestige d'une vitalité qui ne vient que de lui seul?

La question est posée impérieusement par l'œuvre de M. Laurens, et il semble bien que le dilemme se réduise à une question d'impropriété des termes. La peinture d'histoire est un genre détestable, mais l'histoire est une admirable source de pensée. C'est l'histoire, et non la peinture d'histoire, qui a nourri l'esprit et le

talent de M. Laurens — et c'est à la peinture
d'histoire que fait retour le bénéfice de sa grande
et libre personnalité. Il honore un genre qui ne
le forma pas, il lui a contribué une série d'éléments individuels que les fidèles du genre n'y
mirent jamais avant lui. Par là se simplifie le
problème et se résout l'antinomie, et par là
M. Jean-Paul Laurens apparaît comme un
artiste d'exception, indemne des légitimes critiques que s'est attirées une forme de peinture
où le ridicule, l'outrance, la faiblesse et la
vanité ont rivalisé d'excès.

Nous ne trouverons en lui, par la grâce de ses
robustes et saines origines, aucune trace des
manies spécieuses, des idées factices, des postu-
lats vicieux dont se compose cette mentalité
étrange qu'on appelle l'esprit d'Institut. L'homme
du Lauraguais est resté, à soixante-huit ans, con-
forme à sa race.

L'histoire est une source de pensées. Est-elle
implicitement une source de formes? C'est sans
doute pour n'avoir même pas douté de cette
association d'idées que la peinture d'histoire a
été si lamentable, et se meurt dans l'indifférence
générale. S'il est un ordre d'idées où toute pensée ne crée pas sa forme, c'est bien la peinture
d'histoire, et précisément parce qu'elle semble
la créer toujours. Rien de plus simple apparemment que de prendre une anecdote historique,
d'en grouper les personnages, et de donner à
chacun le geste assigné par le récit. Mais lorsqu'une telle besogne a été accomplie, ainsi que

nous le voyons à chaque Salon, le résultat n'est
aucunement artistique. Il y a là un travail de
costumier, d'illustrateur, grandissant indûment
une vignette, mais non une œuvre d'art. Il n'a
fallu pour réaliser le coloriage de l'anecdote
que l'habileté manuelle d'un machiniste ou
d'un couturier, un goût banal, un comique ou
un dramatique de la plus médiocre qualité ; pas
un instant un tel ouvrage n'a nécessité le concours de la pensée et de la sensibilité, et l'ina-
nité du résultat est navrante. Pour élever une
semblable peinture à la beauté de l'histoire,
pour en faire autre chose qu'une amusette
inutile, une « image » soulignée d'un petit
boniment que les badauds liront au catalogue,
il faut tout autre chose.

La représentation d'un fait historique n'a aucune espèce de raison d'être en tant que représentation. Même si l'archéologie est satisfaite, même si
le groupement est adroit, cette sorte d'hypothèse
sur la manière dont un fait s'est passé n'offre
aucun sens et ne répond à rien, sinon à offrir
aux gens un moyen mnémonique de se figurer
les temps révolus ; encore un musée de défroques
et d'armures répondra-t-il plus exactement à ce
but. Personne ne peut dessiner la reconstitution
d'un fait qu'il n'a pas vu, et le pût-il que ce ne
serait pas intéressant artistiquement, sans quoi
la photographie et le musée d'artillerie seraient,
avec les cavalcades, tout l'idéal de la peinture
d'histoire. La part de rêve et de fantaisie sans
l'arrangement, laissée à tout lecteur par un

récit, est indûment restreinte par l'exactitude des vêtures et des accessoires ; cette exactitude ne se soutient pas dans la psychologie du fait lui-même. Une vignette de volume d'histoire ne peut prétendre qu'à seconder l'aridité du récit dans l'imagination du lecteur : c'est de la pédagogie, et non de l'art. Ces images plus ou moins agréables, mais vaines dans leur principe, ne sont que les soutiens documentaires de la conception que se forme le cerveau d'après les phrases. Les innombrables tableaux d'histoire qui se succèdent aux Salons ne sont pas autre chose que les feuillets épars d'un vaste album de l'histoire racontée par l'image. Il n'y a donc là une absolue méprise picturale, et de tels tableaux sont des « devoirs » plus ou moins bien faits.

La peinture d'histoire ne saurait être considérée que comme la fixation de quelques moments de paroxysme, dans un but tout différent. Et si elle n'est pas un jeu misérable, une exhibition bariolée, une supposition sans profondeur habillée d'une exactitude contestable et sans mérite artistique, il faut bien qu'elle devienne, aux mains d'un homme de valeur, une des formes les plus difficiles de l'art. Si l'intérêt n'est pas dans l'imitation hypothétique d'une scène de jadis à l'aide de poupées ou de soldats de plomb, où donc peut-il être ? Dans une divination psychologique si intense et si savante que la race s'évoque par les masques, que nous ayons, à travers cette représentation d'êtres, la

13

vision d'un drame d'âmes. Le sujet n'est plus
l'anecdote. Le sujet, c'est l'époque, et l'anecdote n'est qu'une occasion de la montrer. L'anecdote n'est que le moment où une énorme coagu-
lation de notions abstraites s'est produite sous
forme d'un fugitif groupement théâtral. Un
cliché instantané, s'il avait existé, eût saisi ces
êtres que nous voyons. Mais une minute avant
le couronnement ou le crime, une minute après,
l'anecdote groupée n'existait pas, ces êtres ne
faisaient pas tableau — et cependant ils portaient
en eux toutes les raisons qui devaient rendre
possible l'anecdote. L'intérêt évocatoire du tableau consistera donc non à *raconter* un fait,
mais à *suggérer* par cette vision la plus grande
intensité possible de sentiments : c'est dans ces
sentiments qu'est le drame, la vérité de l'histoire,
la seule vérité plausible, utile, celle de la resti-
tution logique d'un état d'âme. Un tableau
d'histoire est une œuvre absolument symbolique,
le symbole d'une évolution de race. C'est une
allusion à un ordre d'idées, et non la représentation d'un fait : ce ne peut l'être, et si cela pouvait l'être, ce serait aussi nul artistiquement
qu'une photographie.

Enfin, si le choix s'impose entre les anecdotes, s'il faut que l'artiste n'élise que celles qui
condensent les plus grandes sommes d'éléments
psychologiques, il sied encore que, le sujet choisi
et les expressions étudiées, la réalisation comporte une beauté picturale proprement dite. Ce
qui fait la hideur des trois quarts des tableaux

d'histoire, ce n'est pas seulement l'absence de symbolisme des pantins, la platitude ou l'emphase des modèles affublés, mimant des sentiments de commande, le déplaisant aspect des magasins d'accessoires ; c'est, encore et surtout, l'absence de tout souci de beauté décorative, de stylisation.

Les réflexions qui précèdent ne seront point inutiles, si, par antiphrase, elles définissent certains des mérites de M. Jean-Paul Laurens. Il a aimé profondément, dans l'histoire, l'histoire de l'homme. C'est lui qu'il a cherché sous les costumes et à travers les épisodes. Pour lui, l'histoire est l'œuvre de l'homme, et c'est lui qui en crée le drame : ce n'est pas l'homme qui est l'œuvre de l'histoire, c'est-à-dire le pantin guidé par les ficelles de l'anecdote. C'est au visage, aux mains, à l'attitude de l'homme, dans le cerveau duquel s'élabore l'histoire, qu'il en va demander le secret. Il a compris que la vérité à dégager par la représentation évocatrice du passé, c'est l'éternelle modernité de l'homme, qu'il porte la cuirasse, le pourpoint ou la redingote. Il a compris que tout événement du passé ne nous touche que par son immanence et par ce que notre contemporanéité peut en saisir. Au lieu de s'obstiner stérilement à essayer de peindre ce que furent les drames historiques, il a voulu surtout les peindre tels que nous les pensions, et retrouver sous leur cendre la flamme qui pouvait encore nous brûler.

Il ne s'y est pas pris autrement que ses confrères. Il a banni toute idée de symbolisme par déformation, tous décors fantastiques, toute allégorie. Il s'est confié dans le réalisme. Il a bien été obligé lui aussi de faire poser des modèles et de les habiller de vêtements et d'armes qu'ils n'avaient pas coutume de porter. Mais comment a-t-il fait pour que ces modèles parussent contemporains de leurs cuirasses ou de leurs défroques ? Comment a-t-il fait pour que nous eussions le sentiment d'une très grande distance d'époque et de psychologie entre nous et ces individualités qu'il venait pourtant de copier dans l'atelier ? Là est le secret du talent, et plus encore celui de l'esprit. M. Jean-Paul Laurens est parvenu à cela en voyant toutes choses à travers une passion qu'il avait, la passion de cette résurrection que Michelet a rêvée en écrivant son œuvre. M. Laurens n'a pas vu en contemporain les choses de jadis, comme presque tous les peintres d'histoire qui regardent avec leurs opinions et leurs mœurs actuelles un amas de documents privés de vie. Il s'est transporté aux époques qu'il peignait, il s'est fait, par la ténacité de sa passion, une psychologie d'homme du temps révolu, et chacune de ses œuvres représente une singulière volonté de solitude, une étrange faculté d'archaïsation de soi-même. Les documents, dont le groupement est, pour ses confrères, tout le devoir, n'ont été pour lui que des motifs de préciser ses idées générales non sur les faits représentés, mais sur toutes les conséquences abstraites dont ils ne sont que des symboles.

M. Laurens s'est fait patiemment une âme

d'historien. Il a acquis tout le « dessous » que
la plupart des autres peintres d'histoire ne soup-
çonnent pas. Mais ce n'eût été rien, s'il n'avait
reçu de la nature un don pictural d'une indéniable puissance, et précisément la façon d'exprimer qui convenait à sa façon de concevoir.

Ce qui frappe, dans son œuvre, c'est cette homogénéité des sujets et des moyens. Il dessine
et il peint avec une force qui garde toujours
quelque chose de sombre et de pesant. Il aime
les beaux tons profonds, les gammes de richesse sourde, les formes pleines, les muscula-
tures violentes, les masques frustes, les organismes que la nervosité n'affine pas et qui ne
sont capables que d'une expression très accusée
et très simple. C'est complètement un réaliste par
la facture, et les rares allégories que le besoin décoratif a mêlées à son œuvre y sont ce qu'il y a de
moins bien venu. Il a su choisir des sujets propres
à l'emploi de ces qualités dans un sens logique.

Lyrique, M. Laurens ne l'est pas. Mais il est
un perspicace divinateur des types et un analyste sagace de l'histoire. Il trouve dans la scène
reconstituée tout autre chose que le désir puéril d'étaler sa science, son habileté, sa documentation, à quoi se tinrent tous les médiocres
peintres de batailles ou tous les faux évocateurs
de la vie ancienne. Il peint le bibelot sans s'y
intéresser : ce qui le sollicite, c'est de faire vivre
l'homme qui s'en servait, et de faire sentir en
quoi cet homme ne nous est plus comparable
sans cesser de nous être analogue. Ce qui

l'émeut, c'est la substance éternelle du tragique, et ce tragique, il ne cherche pas à le mi-
mer comme sur les planches par des gestes, il le
veut suggérer par les expressions, et il entend
que les choses inertes mêmes y concourent.

Son illustration des *Récits des Temps mérovingiens* dépeint une époque de sauvagerie. Cependant les personnages s'abstiennent de tout geste
mélodramatique. Nous devinons toute leur âme
barbare par leur stature, leurs gestes lourds, le
primitivisme de leurs faces. Ce sont bien là les
Francs, et on devine jusqu'à la qualité de leurs
yeux froids et clairs, de leurs peaux blanches,
de leurs cheveux d'or blême, dans la justesse des
valeurs du noir et blanc. Le décor concourt à
notre impression de crainte, et de pitié devant la
misère et le crime de ces âges brutaux. Le dé-
nûment de ces pierres énormes, de ces corri-
dors glacés, le pauvre enjolivement des boiseries, des rideaux enluminés, la massivité des lits
et des meubles convenant à cette race de géants,
tout parle à l'esprit avec une muette et lugubre
éloquence.

Je n'ai retrouvé une impression pareille, une
puissance aussi grande d'intelligence d'une
époque, que dans l'illustration faite par M. Robert Engels pour le *Tristan et Iseult* de M. Bé-
dier. En créant une telle œuvre, M. Jean-Paul
Laurens a élevé l'illustration au grand art.
Rien ne pouvait mieux répondre à ses qualités
de force lente, de réalisme âpre et lourd, que ce
décor des palais mérovingiens, avec leurs téné-

breuses voûtes, leurs masses d'ombres sépul-
crales, leurs lueurs crues, la nudité de leurs murailles, les pressentiments de mort, de viol, de
débauche crapuleuse errant dans leur atmosphère de geôles et de tombeaux. Là il a su,
comme personne, dresser les porteurs de haches,
les grands meurtriers aux robes peintes, les
femelles aux seins pesants, aux nattes somp-
tueuses, aux chairs saines et rudes, les mâles
aux faces de prognathes, avec leurs yeux durs
ou rusés, leurs maxillaires de carnassiers, leurs
torses effrayants, leurs poings d'égorgeurs, et,
tout à coup, l'immense tristesse indéfinie de leurs
visages stupéfiés par le vin, la luxure, l'ennui
septentrional ou la crainte obscure et stupide
du prêtre implacable régentant ce troupeau
de fauves. Un dessin classique par les moyens,
mais très distinct de l'Ecole par la constante
recherche du caractère, définit ces êtres avec
une minutieuse volonté, et peu à peu la vérité
s'impose, l'histoire du vi⁰ siècle s'éclaire, la distance s'abolit, tout nous parle. Il ne s'agit plus
de petits intérêts de la documentation exacte,
l'immanence du type humain nous requiert
seule, l'art psychologique du peintre nous attire
hors de nous-mêmes, et nous fait comprendre
un peu plus la vie présente en nous montrant
ce que fut la vie disparue.

La sévérité, la conscience, l'intensité caractériste de cette suite, M. Laurens les a retrouvées
dans toutes ses études médiévales, qui forment
une des divisions de son œuvre énorme. On peut

distinguer en ces quarante années d'incessant labeur une triple direction : les dessins, eaux-fortes et tableaux du moyen âge, les œuvres décoratives, plafond de l'Odéon, salles à l'Hôtel de Ville de Paris, et la série des grandes peintures murales qui retracent l'histoire glorieuse et sanglante de Toulouse, au Capitole, et sont un vaste poème offert par l'artiste à son pays natal. A ces trois séries d'œuvres se rattachent plus ou moins un certain nombre de toiles historiques ayant trait aussi bien à Byzance qu'aux temps modernes.

Si l'on peut trouver dans les œuvres du début, les *morts de Caton* ou de *Tibère*, les *Jésus à la Synagogue*, les *Saint Ambroise* et *Honorius*, une influence vaine et timide de Bida et de Cogniet, dès 1872, M. Jean-Paul Laurens était tout lui-même avec sa *Mort du duc d'Enghien* et surtout cette funèbre toile où le pape Etienne VI invective son prédécesseur, le pape Formose, exhumé, lié des bandelettes du sépulcre et placé sur le siège pontifical. Il y avait là, en puissance, toute la faculté de tragique étouffant, toute la singulière imagination de ce peintre évocateur des époques ignorantes et monstrueuses.

Tout de suite, il s'attacha à l'énigme de la mort violente. La mort règne partout dans son œuvre, elle y est l'invariable conclusion de l'histoire, et c'est la vision d'une série de cadavres qu'il est allé y chercher. OEuvre noire et rouge, œuvre sans éclat et sans joie, dépouillée de tout le théâtralisme de la peinture d'histoire par cette constante intervention de la mort qui lui donne l'authenticité de l'horreur, œuvre farouche qui, comme les magnifiques contes de Marcel Schwob, sent le charnier, le caveau humide, le cartulaire et le registre de bourreau, œuvre obstinée, morne, qui reste isolée dans notre temps.

M. Jean-Paul Laurens a été hanté par l'Inquisition, par la férocité ergoteuse des moines blancs, et il les a peints avec une colère sourde d'Albigeois, avec une rudesse et une détestation spéciale.

C'est en fils d'une race suppliciée qu'il a suivi le drame religieux du moyen âge dans ses épisodes essentiels, et on retrouve là des traces de la noire et terrible peinture espagnole. Sa passion pour les temps médiévaux est bien antérieure à l'achèvement en 1879 de la suite pour le livre d'Augustin Thierry : l'*Interdit* et l'*Excommunication* datent de 1875, et l'esprit en est déjà complètement formulé. Là, le peintre sait déjà nous suggérer, au delà de l'anecdote, la qualité de silence qui constitue le véritable sujet du drame, et qui finit par absorber toute notre attention. Qu'il dresse *Saint Jean Chrysostome* en face de Placidie, *l'Agitateur du Languedoc* devant ses juges, qu'il confronte *le Pape et l'Inquisiteur*, qu'il groupe les *Hommes du Saint-Office* devant une victime, qu'il penche le hideux *Urbain IV* au fond d'une cave empestée, sur les cadavres des cardinaux, toujours l'idée dominante, obsédante, est celle d'un défi taciturne, celui que Henri Heine, en quelques vers sublimes, a

placé dans la bouche du pénitent de Canossa.
Les anecdotes ne font que raviver le souvenir
de la grande convulsion médiévale, de la ré-
volte du temporel contre le spirituel, de l'écra-
sante et mortelle tyrannie ecclésiastique bravée
par quelques martyrs. C'est à ces idées générales, et non à tel ou tel geste, que l'on pense.
Dans son œuvre peinte avec du sang, de l'ombre,
les teintes verdâtres et sulfureuses de la pourriture, le peintre aime à faire briller une robe
d'orfroi, chanter le beau ton d'un velours incar-
nadin, et il peint amoureusement les nus tour-
mentés, les maigreurs des suppliciés, les muscu-
latures noueuses des tortionnaires, les faces
ravinées, hâves et cruelles des illuminés et des
inquisiteurs : faces épouvantables par l'obstination, l'ignorance hagarde, l'ascétisme retors, lumières blafardes, contrastes violents, et jamais
un sourire, jamais une tendresse. Mais tout
s'inféode au caractère et à l'idée ; jamais un
morceau n'est peint pour le plaisir de peindre,
en hors-d'œuvre amusant. L'intérêt pictural est
constamment tempéré par une volonté de dra-
maturge du silence, une nature de visionnaire
sobre et concentré qui n'a en peignant que le
but de nous faire détester ce qu'il déteste, et
s'arrange pour qu'on ne pense à la manière dont
il peint qu'après avoir connu le frisson de haine
qui le secoua. Peinture de cinquième acte,
comme les tableaux de la *Légende des Siècles*;
mais la mort est l'immanquable et authentique
cinquième acte, et M. Jean-Paul Laurens lui a

vraiment dressé un énorme et sinistre monument. Par instants, c'est plutôt l'accent de Baudelaire et de Verhaeren qu'on retrouve dans
ces charniers évoqués par un halluciné fanatique
qui venge une race.

Là, M. Jean-Paul Laurens a poursuivi le tragique en se dégageant autant qu'il était possible de toute facticité théâtrale. Son métier est
d'un maître ouvrier, mais on y pense peu, et il
ne cède pas à l'envie puérile de mettre tout ce
qu'il sait et d'étaler son habileté de palette pour
se faire valoir. Peinture sans clinquant, peinture noire comme l'histoire elle-même, peinture
ingrate qui n'offre guère de morceaux de bra-
voure à son exécutant, avec ses pierres usées,
ses lueurs de soupiraux, ses robes monacales,
ses harmonies maussades de gris, de brun, de
fumée et de salissure, et où, sans qu'on songe
à le louer, l'artiste a témoigné de sa science des
valeurs, de son sens large des attitudes, de sa
faculté expressive et même de son originalité
ornementale, comme par exemple dans l'arrangement tout à fait curieux du *Saint Jean Chrysostome* crispé, affreux, dressé comme une bête
venimeuse en face de la Basilissa méprisante,
par delà une impressionnante zone de mutisme
et de nullité. N'eût-il inventé que ce tableau,
où s'énonce une fois de plus son amour des duels
de pensée, un tel peintre ne pourrait être confondu avec l'académisme.

Il a d'ailleurs trouvé l'occasion d'enrichir et
d'éclaircir sa palette dans ses œuvres décora-

tives, dans ses grandes compositions de Toulouse et de Paris. Là se fait plus aisément jour le jeu d'un coloriste expert à combiner de vastes ensembles de foules. La *Muraille*, reconstruite en hâte par les soldats de Roger de Toulouse, est à ce point de vue une œuvre considérable par la justesse de l'atmosphère, la distribution des innombrables personnages. Toute cette suite du Capitole prend en place toute sa signification, au sein de ce Languedoc au paysage duquel M. Jean-Paul Laurens a consacré, avec son *Labourage dans le Lauraguais*, une page maîtresse, d'une nudité lumineuse. La décoration de l'Hôtel de Ville est moins originale, moins profondément fortifiée par l'esprit du terroir. C'est le talent, le grand talent certes, avec toute sa science ingénieuse mais rien de plus, qui a présidé à l'achèvement de ces pages dont pourtant deux s'imposent : la *Proclamation de la République en* 1848, et surtout la *Voûte d'acier*.

Là encore apparaît le tragique propre à M. Laurens, l'échange provocant des silencieux regards alourdis de menaces : les figures sombres de conseillers roidis « dans un hérissement d'épées frêles » en face de Louis XVI présagent tout l'avenir de l'imminente Révolution. Et là aussi s'avère l'extrême tact du peintre historien : pas un geste déclamatoire dans cette œuvre, toujours cette mesure sévère, cette concentration expressive. Les acteurs du drame sont peu montrés en train de l'accomplir, mais tout en eux révèle qu'ils le peuvent. L'émotion de ce qu'ils vont oser les fait frémir : on sent en eux la limite de condensation en un acte de très longues heures de résolutions élaborées.

Quelques tableaux interposés dans l'importante œuvre murale de M. Jean-Paul Laurens font mesurer la souple étendue de sa compréhension. Le *Marceau* sur son lit de mort est encore une de ces compositions mornes où le silence prend la consistance de l'atmosphère elle-même. Le souffle d'une marche funèbre courbe les fronts et emplit la chambre où repose le jeune homme livide et beau, la main sur son sabre, devant le salut fatigué et craintif des ennemis en habits blancs. Dans un autre ordre d'idées, le *Maximilien* de 1882 est une toile remarquable, d'une curieuse intention, d'une puissance réaliste incontestable et ce qu'on peut imaginer de moins académique par la franchise des lumières, l'accentuation des types, l'entente discrète du pittoresque dans la mesure où il accentue le drame, du fait seul de la grotesque ombre portée du vaste chapeau mexicain coiffant l'officier à tête bestiale, debout au seuil, tandis qu'entre son valet agenouillé et son chapelain qui pleure, se dresse la flegmatique et noble silhouette de l'empereur. Ce flegme du nonchalant qui sut mal régner et bien mourir, Manet l'a aussi compris dans son tableau désordonné et manqué où il a fait rester droit sous les balles, et comme distrait, le condamné blond, fin, pâle, voilé de fumées.

14

Mais son œuvre pleine d'intentions reste gauche
et disparate, la condensation de celle-ci en
augmente la sèche et terrible éloquence. C'est
une fois de plus par la massivité, par le ramas-
sement, que le *Marceau* et le *Maximilien*
dépassent l'anecdote pour atteindre à une certaine suggestion de synthèse, comme c'était
déjà vrai du duc d'Enghien acculé au mur par
un soldat lui poussant sa lanterne au visage.
Dans tous les assassinats qu'a peints M. Laurens, l'horreur s'accroît du manque de place :
ni espace, ni ciel, des pierres, quelques pouces
de sol, l'étouffement, la victime, et tout contre
elle ceux qui tuent. C'est brutal, lâche, étranglé
— comme l'histoire elle-même. La fatalité sature
les ombres de son implacable poison, les ténèbres pèsent de toute leur affreuse pesanteur
sur les êtres comme sur le cercueil qu'en un
admirable dessin pour l'*Abbé Tigrane*, l'artiste
a jeté, bloc d'horreur et de nuit, sur le pavé
boueux, devant l'huis de l'église inexorablement close où s'appuie la crosse du mort, à la
lueur douteuse d'une chandelle.

Cette lueur, complice des crimes, semble
éclairer toute l'œuvre pessimiste et terrifiante
de M. Jean-Paul Laurens, celle où, à mon sens,
il s'est montré le plus vraiment personnel.

En ce domaine de sang, de pourriture, de
barbarie, de haine où son imagination enfié-
vrée par l'histoire s'est jouée tant de fois, il
me paraît que M. Jean-Paul Laurens a vraiment trouvé le secret de son apport dans l'art

moderne, et racheté les tares de la peinture
d'histoire par la violence effrénée et contenue
pourtant de sa vision. Il reste sans analogue.
Aucune étude des textes ne suffirait à permettre
à un autre peintre une évocation du vi^e siècle
comme la série des *Temps Mérovingiens* ou la
Mort de Sainte Geneviève du Panthéon, qui a le
tort d'être un tableau et non une peinture murale, mais qui nous restitue, avec de superbes
morceaux de nu, l'âme naïve et sauvage de la
foule franque. Il a compris ces êtres jusqu'à
s'identifier à leur âme, et c'est ce caractère que
Rodin a fait saillir dans son merveilleux buste
de l'homme qu'il se plaît à saluer comme son
conseiller, son ami et l'un de ses maîtres. Et il
a su encore s'identifier aux humbles, aux ouvriers de la terre, aux parias du pays noir,
l'homme presque septuagénaire qui, il y a trois
ans, nous montrait avec une si hardie franchise
le vaste paysage couleur d'ocre et de suie, le
sinistre paysage des mines, derrière le défilé
silencieux, lourd de menaces, lui aussi, des
Mineurs de Saint-Étienne. C'est la même gamme,
rougeâtre et ténébreuse, l'éternelle gamme de
l'ombre et du sang extravasé, qu'il retrouvait
à travers l'évolution de l'histoire depuis les
meurtres des *in-pace* jusqu'à l'enfer contemporain

Ce grand travailleur, dont les figures sont
tout un peuple, déroule ainsi dans les quarante
dernières années le cortège somptueux et aus-
tère de ses visions historiques. Les *Mineurs*
prouveraient aux plus aveugles qu'il ne voit

pas dans la peinture d'histoire l'occasion de
peindre l'oripeau, et que, par « histoire », il
entend la synthèse de tout état d'âme humain
et collectif, secondé par un décor qui peut être
tour à tour le cachot de l'Inquisition, la chambre
de Marceau, l'alcôve de Galswinthe étranglée,
le lit où Prétextat râlant et nu montre son torse
troué à Frédégonde, la muraille de Toulouse
assiégée, ou cette sortie des puits de Saint-
Étienne qui est, elle aussi, un spectacle émou-
vant de l'histoire. En tous ces spectacles, ce
contemplatif obstiné poursuit une seule pensée,
celle de la mort. Il est le visiteur des grands
sépulcres, le poète des charniers et le scribe des
assassinats. Il prend, lorsqu'il peint, une âme
de nécrologue, d'halluciné et de sectaire, il
devient un fataliste notant les râles de l'histoire, « l'ardent sanglot qui roule d'âge en
âge », lui qui, dans la vie quotidienne, apparaît
doux, fort et paisible, avec la belle humeur
languedocienne. Et cette contemplation du sang
et de l'ombre confère à M. Jean-Paul Laurens
quelque chose de grand, et tout son art en
garde une indéfinissable hauteur, une austérité
fanatique qui l'éloigne d'une époque de notations lumineuses et de grâces fugaces. Toute
vêtue de silencieuse horreur, sa sensibilité
crispée, moite de l'odeur fade et affreuse des
gémonies, est remontée du fond d'une histoire
oubliée pour nous dire de quelles terreurs
notre sécurité est fille, et tout ce que l'homme
a mêlé de sang à la boue dont il fut pétri.

LA CRISE DES ARTS DÉCORATIFS

C'est une question sur laquelle le public est mal renseigné, et qui semble fort embrouillée. Au vrai, elle apparaîtrait fort simple, si on ne l'embrouillait pas à dessein dans certains milieux et pour servir certains intérêts. Comme c'est une question très attachante, j'aimerais en préciser ici quelques données qui n'ont guère encore été présentées au lecteur. J'aimerais lui dire nettement où en sont ces arts décoratifs dont on lui parle sans jamais lui exposer exactement de quoi il s'agit; et j'espère que ce résumé ne sera ni fastidieux ni vain, puisqu'il touchera à un point très important de l'art français et, par certains côtés, à la question sociale.

Et d'abord, il serait plus logique de remplacer l'expression « arts décoratifs » par celle d' « arts appliqués » qui vont infiniment mieux. Pour beaucoup de gens, l'expression « arts déco-

14*

ratifs » ne s'applique qu'aux ornementations de
luxe. Or, l'idée à servir est beaucoup plus large :
la recherche de formes heureuses, conçues par
des artistes, pour les objets les plus usuels et
les moins coûteux, est indépendante de la cherté
de la matière. Le goût ne se paie pas, et il s'agit,
dans « l'art appliqué », d'apporter du goût dans
le dessin des choses les plus humbles, du papier
peint à la poterie, de la lampe à l'armoire, et
cela dans les intérieurs dont le budget ne per-
mettrait aucune ambition « décorative ». C'est
même dans la querelle du choix entre ces deux
expressions que se résume toute la querelle
actuelle des idées et des faits. L'art décoratif
n'est ni le luxe ni même l'adjonction de peintures et de sculptures à des objets usuels. Son
vrai but logique, c'est une modification des
formes usuelles par une recherche de conve-
nance, d'adaptation à des besoins nouveaux.

A première vue, nous possédons un « art décoratif ». Il est fêté aux Salons. Il a son musée
officiel au Pavillon de Marsan, et une « Union
centrale ». Voilà un brillant décor. Mais il n'y
a rien derrière ce décor, aussi truqué que son
titre ; et cette façade dorée cache mal la décadence imminente d'une des plus belles vertus
de l'art français.

Les Salons ont longtemps vécu sans admettre
que l'art existât en dehors du tableau et de la
statue. Tout le reste était, aux yeux dédaigneux
des peintres et des sculpteurs, de l'industrie pra-
tiquée par des artisans et non par des artistes.

La céramique, la broderie, le meuble, la ten-
ture, tout cela était objets de commerce, et les
ouvriers qui en vivaient n'avaient pas à prétendre aller de pair avec quiconque se servait
noblement de la palette et de l'ébauchoir. On a
peine à croire qu'une conception aussi vaniteuse,
aussi fausse, aussi contraire à la leçon séculaire
de l'art antique, de la Renaissance et du
xviii° siècle, ait pu régner dans une société démocratique. Il n'en est pas moins vrai que ce
ne fut qu'en 1890, et grâce à la généreuse insistance de Dalou, que la Société Nationale
admit des sections d'art décoratif, industriel,
appliqué. Le succès fut tel que l'autre Salon dut
en admettre à son tour. Dès lors un snobisme
contraire naquit : et on vit les artistes jadis
pleins de morgue se déclarer avec un orgueil
comique des « ouvriers peintres et ouvriers sculpteurs ». La noble simplicité de Dalou, de Rodin,
de Carrière, qui revendiquaient ce titre comme
le plus beau qu'un artiste puisse prendre, fut
imitée par les plus élégants et les plus con-
vaincus de leurs confrères. Ce fut une sorte de
baiser Lamourette des artistes et des artisans.
Malgré l'insincérité et l'exagération comique de
beaucoup de ces zélateurs, on put croire que
réellement un grand pas avait été fait, un grave
préjugé aboli, et que la démocratie allait enfin
devenir aussi démocratique qu'au xviii° siècle,
où le lambrisseur, le moulurier, le fondeur
d'appliques et de serrures, le parqueteur et le
ferronnier étaient des collaborateurs honorés du

peintre et du statuaire, et réalisaient, de con-
cert avec eux, les merveilles qui ont fait la
gloire de l'art décoratif à cette époque. On crut
qu'on allait revoir le temps béni où un Caffieri
faisait des serrures, un Falconet des sujets de
pendules, un Watteau des ornements en trompe-
l'œil, sans s'occuper de savoir si cela était le fait
d'un ouvrier ou d'un artiste, et en ne s'appli-
quant qu'à laisser dans les petits travaux
comme dans les grands, la trace de leur science,
de leur goût et de leur riche imagination. A un
moment où l'on se répandait en discours sur la
nécessité de créer un « art nouveau » et un
« style moderne » (sans avoir besoin du barba-
risme de « modern-style »), afin d'arriver à un
style de notre temps et de fuir l'imitation im-
puissante et excédante des styles d'antan, on
pouvait espérer que l'entente cordiale et égali-
taire des artistes et des artisans amènerait cette
cohérence, ce parallélisme d'efforts sans lesquels la constitution d'un style neuf ne pourrait s'accomplir.

La déception fut grande. Les artisans furent
très vite distancés et éclipsés par des amateurs
ou par des sculpteurs et peintres qui s'amu-
sèrent à faire de l'art appliqué ou décoratif en
même temps que des tableaux et des statues.
On vit aux Salons des bijoux, en majorité, des
cuirs repoussés, art facile et agréable que les
dames se mirent à pratiquer avec excès, des
paravents très chers, des céramiques aux prix
inabordables, des mobiliers et des cristaux

réservés aux millionnaires. Il y eut bien des
essais de création d'objets usuels ; mais si un
modèle de fourchette revenait à deux cents
francs la pièce, le problème n'était guère
avancé dans sa solution. Le sculpteur Alexandre
Charpentier, qui est plein de talent, faisait bien
des plaques de propreté, des becs-de-cane, des
cuillers; mais, à vrai dire, il juxtaposait de
charmantes sculptures à ces objets plutôt qu'il
n'en modifiait les formes, et les données, et
les prix de revient et de vente n'en étaient
pas précisément démocratiques ! Le point intéressant eût été de voir les vrais artisans, les
vrais ouvriers d'art, apporter librement leurs
modèles et leurs projets. On ne les vit pas. On
conclut qu'il n'y en avait pas. C'était absolument impossible à vérifier, car ces ouvriers
n'étaient pas en état de se présenter, étant liés
aux maisons de commerce par un fonctionnariat
accepté : divers malentendus administratifs,
outre les petites vanités privées, ne leur réser-
vaient ni accueil aimable ni chance de placement.

De cette manie « de jouer à faire de l'art
industriel », résulta cet étrange style que l'on
sait : style composite et baroque, influencé par
l'art anglais et l'art belge, mêlé de fantaisie
illogique, ni pratique, ni luxueux, amalgamant
la naïveté bretonne, berrichonne ou picarde
avec l'esthétisme préraphaélite, le symbolisme
floral de l'école de Nancy et les ornements spi-
ralés des lettres ornées de l'école de William

Morris, les zigzags, les ellipses, les moyenâ-
geries, en un fatras prétentieux et incommode.
Ce que fut ce mobilier allégorique fabriqué par
des artistes qui y fourraient de force leur sculpture et leurs intentions littéraires, le degré de
ridicule et d'entortillement de cet « art nouveau » et de ce « modern style », il faudrait la
plume d'un humoriste pour le qualifier. On en
est revenu, Dieu merci, à une plus saine appré-
ciation. Sans offenser certaines mémoires, on
les évalue plus modestement : Gallé fut un
homme très intelligemment intentionné, et
un grand verrier. Comme « meublier », il a fait
plus de mal qu'on ne le pense. Quant aux charmantes œuvres de sculpture ou aux solides
morceaux incorporés par Charpentier, ou Ca-
rabin à leurs essais, on peut en discuter l'opportunité d'emploi, le manque d'adaptation au
but proposé, tout en réservant à ces artistes
l'estime qui leur est due. Mais que dire de
beaucoup d'autres ! L'art décoratif a, à Paris,
ses revues spéciales : les feuilleter et y retrouver le témoignage photographique de certaines aberrations est encore la meilleure des
critiques.

Les Salons n'ont donc pas montré ce qu'il eût
été important de mesurer : le degré d'originalité, la faculté d'invention des artisans véritables dans la constitution d'un style neuf pour
les objets usuels et peu coûteux. On a vu des
fantaisies d'artistes, des recherches de grand
luxe, des erreurs et des joliesses, mais toujours

dans une région inabordable pécuniairement.
Même quand des snobs admirent dans leurs
hôtels des mobiliers de campagne, des rideaux
de cretonnade, des pichets zélandais et des sou-
pières d'étain de M. Baffier, l'un des discoureurs
les plus prolixes sur l'art social, ces « retours à
la simplicité » coûtaient fort cher, et cet art
n'avait rien de « social ». La fâcheuse expression d' « arts décoratifs » avait conduit tout le
monde à une erreur foncière, qui était d'imiter
le style populaire avec des matériaux et une
main-d'œuvre également coûteux. Cela revenait
au snobisme de Des Esseintes faisant tisser en
laine des plus moelleuses un tapis imitant les
dallages d'une cellule de Chartreux.

Ce style alambiqué tomba rapidement au dernier degré du ridicule par l'imitation grossière
qu'en fit le commerce bourgeois. On trouve partout, aujourd'hui, jusque sur les calendriers à
chromos, des traces de ces recherches préten-
tieuses, et les baraques du Jour de l'An regorgent
d'objets en fausse argenterie, avec de faux œils-
de-chat, d'étagères en carton-pâte singeant les
modèles de Gallé, d'encriers de zinc où se
pâme une nymphe imitant les figurines de
Wallgren, de buvards en cuir repoussé qui ne
sont que du papier-cuir. Il n'est pas jusqu'à
l'honnête « faubourg Antoine », source iné-
puisable d'armoires en noyer et de canapés
d'acajou et reps, citadelle du goût Louis-Phi-
lippe, qui n'ait timidement essayé de tortiller
les dossiers de chaises et d'enrouler des dra-

gons sur les « suspensions », tandis que la plus
petite mercière vend pour vingt sous des
épingles à chapeau « modern style' ». La camelote n'a pas épargné au snobisme l'injure ironique de son admiration, et' tout cela est résumé par le joli calembour de Maurice Don-
nay : « Liberty ! que de crimes on commet en
ton nom ! »

Voilà ce qui s'est passé aux Salons. Mais
« l'Union centrale des Arts Décoratifs » et le
pavillon de Marsan, qu'ont-ils fait ? Et les commissions et sous-commissions où s'enrégi-
mentent une foule de membres, à quoi ont-elles
servi ?

A pas grand'chose. Je laisse de côté les commissions ; on y admet une série de fonction-
naires, de critiques et de journalistes. Car on a
en France le travers de considérer que faire
partie d'une commission est honorifique, alors
qu'il ne s'agit que de travail et de compétence.
Ces messieurs discourent beaucoup et tombent
d'accord pour souhaiter que le génie du peuple
se révèle ; mais ils s'en tiennent là. Les personnalités actives, ce sont les sociétaires de
l'Union. Or, ces sociétaires, ce sont des patrons,
de puissants commerçants, tapissiers, ébénistes,
verriers, orfèvres. Et ils sont tous orfèvres et
s'appellent tous M. Josse. Pourquoi s'uniraient-
ils ? Pour défendre leurs intérêts. Entendez bien
qu'il faut distinguer entre leur intérêt de patrons,
l'intérêt des artisans, et l'intérêt des arts appliqués. Or, les patrons confondent volontiers ces

deux derniers intérêts avec le premier. C'est humain, cela se passe toujours ainsi. Du moment que les puissants commerçants sont satisfaits, de quoi se plaindrait-on? S'ils font leurs affaires, c'est que les arts appliqués prospèrent : raisonnement judicieux !

Ces patrons sont la majorité dans la société. Cette « Union » c'est la leur. Ils se sont adjoints quelques peintres, généralement des médiocres — les cartons de tapisseries sont là pour le prouver. Examinant une question générale, je n'ai à nommer personne. Mais le fait est que les patrons sont tout-puissants. Leurs firmes couvrent l'effort des collaborateurs anonymes — des artisans. Leurs magasins dorés, ouverts aux bons rentiers qui font emplette, trouvent au Pavillon de Marsan une succursale d'Etat. Quel est l'intérêt direct de ces négociants? C'est de faire des imitations de l'ancien style.

Ici nous entrons dans la question sociale, par la question d'argent. Vous pensez bien que le dernier souci d'un commerçant, et surtout d'un commerçant « d'art », c'est de créer des modèles jolis et pas chers d'art usuel, et de faire valoir les objets par le goût et non le prix de la matière. Donner aux petits employés ou au peuple des verres, des fourchettes, des armoires, des rideaux pas plus chers et plus délicats de forme que les laids objets dont les approvisionnent les magasins, voilà une billevesée qui n'enrichit pas en fin d'année, et qui peut hanter le cerveau de quelque naïf socialiste, mais non d'un négociant honorable et confortable. Créer des modèles, c'est une dépense. La main-d'œuvre, en ce cas, demande de la recherche et de l'initiative. Au contraire, l'imitation des anciens styles est d'une vente sûre et d'une exécution facile. On n'a qu'à copier, et tel ouvrier qui ne saurait pas inventer une petite moulure s'entend à merveille à reproduire un buffet Henri II ou une chaise Louis XVI. L'immense majorité des chalands ne veut que de tels meubles; elle ne donnerait pas son argent pour des modèles nouveaux, elle veut le luxe, et le luxe, c'est pour elle la salle à manger en chêne avec têtes de cerfs, le salon blanc et doré avec trumeaux, l'imitation jusque dans « l'argenterie de famille », les boiseries dorées et les bronzes d'art. Les patrons s'en tiennent à ce vœu du public payant. C'est la logique même, et la source des bénéfices par la production sans risques, le bas prix de revient et l'avilissement du goût inventif du dessinateur, lequel devient un simple employé allant relever des motifs dans les bibliothèques.

Mais ces Messieurs, dira-t-on, ont dans leur programme de l'Union centrale la recherche artistique de modèles nouveaux et l'encouragement à qui les crée; car enfin, ils sont artistes et protecteurs, et soucieux des progrès de l'industrie nationale, dont « les trouvailles incessantes ont porté si haut et porteront encore plus haut le renom français ». C'est là un langage noble, encore qu'amphigourique. Il faut bien se montrer, ne pas se borner à la fructueuse imi-

tation, et répondre vertement aux artistes et
aux critiques qui rêvent un « art neuf ». Rien
de plus simple. Les patrons lancent quelques
modèles « nouveaux ». Ils entendent par là des
déformations de projets originaux présentés par
des ouvriers et agrémentés à contresens de
ressouvenirs des styles anciens. Ils lancent de
ces modèles à profusion, à chaque saison ; pauvretés illogiques, bâclées, mal payées à l'inven-
teur dont les croquis sont caricaturés, tandis
que des maisons anglaises se bornent à lan-
cer cinq ou six modèles extrêmement soignés,
qui réussissent et qui sont payés à leur créateur
à l'égal d'un tableau et d'une statue, selon un
principe intelligent et équitable. Les Anglais
offrent ces modèles avec le désir sincère de les
voir prendre : nos patrons n'emploient la publicité qu'à vanter les pastiches lucratifs. Ce qu'ils
« offrent » est horrible. Tout le monde en rit.
Ils montrent alors leurs belles copies Henri II
et Louis XVI et disent : « Comparez! Voilà tout
ce que l'art nouveau peut mettre en parallèle.
Est-ce notre faute si le moderne ne prend pas? »
Le tour est joué. Le public, abusé par ces essais
ridicules, excité par le boniment des vendeurs,
rachète des meubles pseudo-anciens en restant
convaincu qu'il n'y a plus de style en France.
Tout au plus une élite de connaisseurs va-t-elle,
comme au bon vieux temps, trouver en des
ruelles des ouvriers en chambre, et leur commander de vraies belles choses nouvelles, qu'on
ne verra ni aux Salons, ni à l'Union centrale.

Parfois les revues spécialement consacrées aux arts appliqués reproduisent et commentent un de ces meubles; mais que peut leur action restreinte auprès de l'imposant capitalisme des gros marchands?

Que résulte-t-il de tout ceci? Tout simplement la perte progressive de l'initiative chez l'artisan. Le jeune homme le plus doué, le plus désireux de créer des modèles neufs, du moment qu'il est forcé de s'embaucher pour vivre, en vient à s'abêtir par l'imitation servile des styles anciens. Il gagne mieux sa vie qu'en risquant de proposer des modèles que nul ne lui prendrait et qu'il n'a pas le moyen d'exécuter. Il finit par jeter ses esquisses : s'il a osé les proposer au patron, celui-ci a haussé les épaules en répondant: « Ah! vous voulez être artiste, mon garçon? Portez cela ailleurs, ou alors gardez le pour vous et galbez-moi ce pied de chaise Louis XV. » Il acquiert une adresse manuelle, touche de bons salaires, et devient une mécanique, en oubliant ses rêves. Qu'il fasse du meuble de luxe pour salons de parvenus ou du meuble bourgeois pour petits ménages, cet ouvrier est conduit fatalement à l'inintelligence. Et voilà comment les artisans se découragent et se perdent.

J'expose plus loin des conjectures sur « le besoin d'art du peuple ». J'expliquerai que le peuple a eu jadis le besoin, non de recevoir un art fait pour lui par des artistes, mais d'en faire un lui-même, et que toute notre admirable série de créations d'art, de la Renaissance à l'Empire, est sortie de là, de cette génialité inventive du peuple. J'expliquerai enfin que la vraie façon de ramener cette époque heureuse, c'est non pas de fabriquer des objets pour l'usage du peuple, entre artistes socialisants, mais de le mettre dans les conditions sociales nécessaires pour permettre son initiative, et je prononçais la formule de « rétablissement des corporations ». On voit bien nettement que le seul remède est peut-être là : en tout cas, on voit que l'obstruction patronale est des plus dangereuses. Il est trop facile — et assez laid — de déclarer qu'il n'y a plus d'artisans inventifs en France. C'est le sophisme honteux de certains éditeurs disant : « Nous donnons des médiocrités au public parce qu'il ne veut rien d'autre », alors que le public prend ce qu'on lui donne parce qu'on ne lui donne que cela. Il est plus véridique de reconnaître qu'au contraire il y a des ouvriers intelligents en France, mais qu'on les décourage, qu'ils sont forcés d'imiter pour vivre, et que la démocratie ne fait rien pour les soustraire à la ploutocratie. Mais il est évident que si cet état de choses doit continuer, les patrons auront tristement raison d'ici peu ; il n'y aura plus de ces ouvriers d'art. Leurs conceptions isolées, irréalisées faute d'argent, se désagrégeront sans qu'on les ait connues. Mais il faudra accuser les patrons, les commissions, et non la dégénérescence des qualités inventives de la race.

15*

D'excellents esprits voient ce péril et s'en révoltent. On essaie de le conjurer. Une initiative généreuse est prise en ce moment même par M. Eugène Gaillard. C'est un artiste qui a fait ses preuves : on lui doit quelques-uns des rares meubles logiques, sobres, élégants, parfaits de forme et d'appropriation, nouveaux de conception et exempts de bizarrerie, que l'art contemporain ait trouvés. C'est un « maître meublier », dont la main est experte, la pensée cultivée, l'âme désireuse de justice et pleine d'amour pour les facultés de l'art français que son esprit raisonne et que son talent enrichit. Il ose, seul, en appeler directement aux artisans, rêver leur réunion, leur constitution en syndicats d'action libre, leurs expositions montrant directement leurs modèles au public, indépendamment de l'industrie qui les édite et du commerce qui les répand. Il veut constituer un groupement des « créateurs de modèles », c'est-à-dire des artistes de l'art appliqué en tous genres, en face de « l'industrialisme » qui prend les jeunes gens au sortir des écoles et les dépersonnalise, rendant inutile l'œuvre des écoles d'Etat. Il souhaite créer des bases de contrats équitables entre artisans et industriels, des échanges d'idées techniques entre les divers ouvriers par des visites réciproques aux ateliers et des conférences entre techniciens. Ayant constitué les artisans en « personne morale » par le moyen du syndicat ou de la simple société, M. Eugène Gaillard compte demander

à l'Etat la transformation des manufactures
d'Etat en ateliers nationaux où l'on créerait
des modèles propriété d'Etat, où l'on transfor-
merait élèves et apprentis, et aussi une toute
nouvelle organisation des expositions d'art
appliqué français à l'étranger, tâche confiée au
ministère du Commerce qui la remplit fort
mal et s'en remet au bon plaisir des gros
négociants de l'Union centrale. En un mot,
M. Gaillard veut sauver l'initiative artistique
des ouvriers et les empêcher d'être annihilés
par le patronat industriel, en garantissant
leur propriété des modèles et la possibilité de
les exécuter.

Je ne sais si M. Eugène Gaillard réussira à
faire prévaloir son projet, qu'il expose en de
brèves et claires brochures avec l'autorité d'un
technicien et l'ardeur d'un apôtre. Les peintres-
décorateurs, qui sont libres, viendront à lui. Je
crains qu'il ne puisse surmonter le veto des
patrons, la crainte de renvoi des artisans qui
se syndiqueraient. Mais ce que je sais bien,
c'est qu'il fait entendre la voix de la logique,
l'avertissement de la vérité, et que tous les
artistes sincères lui donneront raison.

Je me défie un peu des ateliers nationaux
qu'il demande. Je vois plutôt dans l'ensemble
de ses idées le retour au système corporatif.
La suppression des corporations était fatalement inscrite au programme de la Révolution.
Je ne suis pas de ceux qui n'aiment point
l'œuvre de la Révolution. Mais ce serait du féti-

chisme que d'admirer jusqu'à ses erreurs, et
surtout ce qui est devenu inutile dans son
œuvre. Les temps ont changé. Les abus des
corporations seraient faciles à rectifier, ils ne
répondent plus à nos mœurs. Mais il est indéniable qu'avec les corporations est morte l'originalité des arts décoratifs en France. Leur abo-
lition coïncide à la cessation de cette chose
admirable qui s'appelle le style français. Si
l'initiative qui créait ce style n'a échappé aux
petites vexations corporatives que pour être
assimilée à la production commerciale et indus-
trielle, c'est-à-dire dévorée, c'est en ayant le
courage de revenir au vieux système qu'on
pourra encore la sauver. Il faut une exception
pour les arts appliqués dans la socialisation
générale des métiers. Au moment où un
ministre socialiste est arrivé au pouvoir et régit
ces questions, il est curieux de voir quelle sera
son attitude si le problème de cette crise lui est
soumis. Les étiquettes importent peu; les mots
de syndicat, d'union syndicale, de fédération,
de société se valent. Mais quelque nom qu'on
donne au groupement, il s'impose, et il devra
s'inspirer de l'antique programme corporatif.
Sinon, malgré toutes les Unions centrales, tous
les pavillons de Marsan et tous les Salons du
monde, nous marcherons rapidement au moment où il n'y aura plus en France un ouvrier
capable d'inventer. On s'apercevra alors de
l'immense faute commise. On voudra rejeter la
servitude des pastiches, on mettra au concours

des types nouveaux, on aura honte d'une France
incapable de créer une chaise ou une table après
avoir donné au monde entier la leçon de son
goût délicieux et de sa grâce savante, on pro-
clamera que celui qui fait un beau meuble est
au moins aussi grand artiste que celui qui peint
un beau portrait, on dira même qu'il l'est plus,
et on fera appel au peuple en de forts pompeux
discours. Mais rien ne fera renaître le talent
dans un peuple qui s'en sera déshabitué, les
hommes ne se présenteront pas, et un trait
essentiel sera effacé du visage de la beauté
française.

DES ASPECTS

PSYCHOLOGIE DE LA NATURE MORTE

Il faudrait avant tout la délivrer de cette appellation, qui est un non-sens. Les Allemands ont une expression admirable : *Stilleben, vie en silence*. Qui trouvera le mot composé français correspondant à celui-là, si bellement juste? Mais, le trouvât-on, l'usage prévaudrait pour désigner le genre. Il est à peine nécessaire de dire que l'idée est aussi fausse que le terme qui la définit. Il n'y a rien de mort dans la nature, et le paysage est une nature morte, ou alors la nature morte n'en est pas une, et même la représentation d'un animal ou d'un homme est aussi « morte », ou plutôt tout est une « nature vivante ». Cela revient à dire que nous sommes en présence d'un pur verbalisme et d'une désignation sans aucune valeur, indiquant qu'il est parlé de tableaux représentant des fruits, fleurs, animaux tués ou objets divers, mais ne

16

recélant aucune signification explicable en soi.
Par surcroît, l'expression est non seulement con-
fuse, mais encore propre à induire en erreur.
C'est vraiment une des plus mauvaises qu'on
ait forgées dans notre langue. En effet, elle
condamne d'emblée les objets à n'avoir pas de
vie : or, ils en ont une, et traduisible par la
peinture.

Un coffret peint est une nature morte : mais
un portail d'église, faisant le sujet d'un tableau,
n'en est pas une. Un arbre peint non plus, mais
des fleurs, un oiseau tué, constitue une nature
morte. Même là le *Stilleben* n'est pas satisfai-
sant, car, dans tous ces cas, il y a vie en silence.
Et pourquoi la représentation d'un intérieur ne
serait-elle pas qualifiée de nature-morte ? L'arbitraire et l'obscurité règnent donc.

La vie des choses — ou plutôt des objets, car
c'est à eux que nous devons ici nous limiter —
est extrêmement mystérieuse. Elle comporte un
fantastique spécial, que peu d'êtres perçoivent,
et que très peu de peintres peuvent rendre. Il
n'est pas de peintre qui n'ait fait des natures
mortes, et cependant il n'en est guère que
quelques-uns qui aient réalisé la visibilité de
la « vie en silence », le poème de la vie sous
l'inerte. C'est qu'il y a plusieurs degrés dans
l'expression des objets, comme dans celle des
êtres. Essayons de les déterminer. Nous serons
conduits à procéder à peu près comme pour l'élu-
cidation du « mystère de la ressemblance » dans
le portrait.

La vie d'un objet est triple. Il y a d'abord sa vie apparente, qui résulte du fait même de son existence et de son utilité. Il y a ensuite celle que lui prêtent ceux qui le contemplent. Il y a enfin celle qu'il s'accorde à lui-même, sa vie atomique et secrète. Nous voyons le plus communément un objet aux fins de son utilité. En le saisissant, nous ne pensons pas à lui, mais à ce qu'il nous aidera à accomplir. Ce n'est que sur l'objet d'art[1], inutile, sinon comme ornement esthétique, que nos yeux s'attachent à des fins contemplatives.

Et même, dans ces pensées, nous ne songeons pas que l'objet ait une conscience, et *se puisse voir lui-même* d'une certaine manière. Cependant cela est *plausible :* en tous cas rien ne nous autorise à démontrer que ce soit *impossible*, et entre ces deux termes, il y a place pour une foule de suppositions qui constitueront le fantastique spécial des objets et de leur « vie en silence ». « Les principes de la fantaisie ne seraient-ils pas ceux, opposés mais non renversés, de la logique ? » dit quelque part Novalis. Je serais tenté de substituer au terme « fantaisie » le terme « fantastique » (qui semble plus fidèle à l'intention de Novalis et qu'il eût peut-être employé s'il avait écrit en français, car à son époque c'est bien à notre « fantastique » que de-

1. Faut-il remarquer que, de même que nulle « nature » n'est « morte », tout objet est « d'art » et que ceci est encore du verbalisme? Un lapin, un pot de grès, peints par Chardin, deviennent « d'art ». Un ciboire copié par n'importe qui n'est que de la bimbeloterie.

vait correspondre la « fantaisie[1] ». Si donc nous
avions « une fantastique » comme nous avons
« une logique », j'imagine que nous y admet-
trions d'emblée la vie des objets, leur vie individuelle, indépendante de celle toute utilitaire
que nous leur accordâmes en les façonnant
d'après nos goûts et nos besoins, en leur con-
férant des proportions concertées, des formes,
des silhouettes d'un certain galbe. Il n'existe
aucune théorie physique ou psychologique
capable de démontrer qu'un agglomérat quelconque de matière soit privé de vie et par
conséquent d'une forme de conscience, et il
en existe beaucoup, par contre, qui laissent supposer inversement que tout agglomérat rema-
nié, extrait de la matière, travaillé, soumis à
une certaine géométrie de formes en vue d'un
but, emprunte de ce fait même une conscience
et une vie, appréciables par hypothèse, sinon
par constatation. Il se passe pour les objets ce
qui se passe pour les animaux domestiques :
un échange constant avec l'homme, et une com-
munauté subtile de « sentiments », à vrai dire
indéfinissables, en ce qui concerne les objets,
mais nous serions bien illogiques, et nous fe-
rions retour sur bien des choses admises, si
nous concluions à l'inexistence de ce que nous

---

1. Je songe à la sublime sonate dite du *Clair de lune*, de Beethoven et titrée *Sonata quasi una fantasia*. Je sais bien que
l'auteur ne lui donna ce titre qu'en raison d'une dérogation
aux caractères antérieurement admis par l'usage pour les
mouvements de toute sonate. Mais quand même je ne peux
m'empêcher de voir dans ce *quasi una fantasia* toute la force
d'acception du *fantastique* romantique.

ne pouvons définir directement. Il ne faut pas grande psychologie — et les gens les plus simples s'en passent — pour savoir la diffé-rence profonde d'un objet neuf et d'un objet usagé. L'usage développe la physionomie d'un objet, le contact de son possesseur fait passer en lui des ressources d'expressivité. Un habit neuf est une sotte chose, mais un vêtement porté est expressif par tous ses plis, par son usure, par ses accidents, de tout le caractère de l'homme qu'il revêt. Non seulement le temps et sa patine agissent sur l'objet comme sur l'être vivant et renforcent sa signification, mais encore un objet, selon le lieu où il est placé, est seyant ou risible, aisé ou gêné, comme un être. Il est le confident de la vie, il en sait les secrets, il est un témoin taciturne. Revu après des années, il évoque tout un passé, réveille des sensations oubliées, suscite des figures mortes, et il restitue ainsi, d'un seul coup, tout ce que les présences vivantes de ses maîtres avaient accumulé d'éléments psychiques sur son inerte présence. Un objet familier est toujours un pôle magnétique et une valeur symbolique, à un de-gré plus ou moins grand. Cela est su de tout le monde. Il y a des relations d'affection ou d'an-tipathie entre un objet et son possesseur, et, en quelque sorte, toute une imitation restreinte de nos relations avec les êtres en mouvement. Le mouvement seul différencie radicalement ces rapports.

Ceci, qui n'est pas contesté, nous mènera à

16*

un degré moins accessible. Non seulement
nous aurons admis que l'objet est un accumu-
lateur de sensibilités éparses autour de lui, mais
encore pourrons-nous être conduits à penser
que, par une sorte de choc en retour, il resti-
tuera ces sensibilités *pas toujours dans l'ordre
prévu par nous.* Il aurait ainsi une seconde vie
personnelle et indépendante de notre contrôle,
et ici nous entrons dans la « fantastique » dont
je parlais. Que de fois n'avons-nous pas remarqué, en entrant dans une chambre à l'impro-
viste, que l'irruption de notre présence active,
de notre bruit, de la lumière, a dérangé un con-
ciliabule d'objets qui semblent s'être précipi-
tamment séparés et remis en place ? Ils en
gardent des attitudes hâtives et hostiles, des airs
effarés, surpris, insolites. Nous sentons dans
l'atmosphère des courants inattendus, et nous
jetons malgré nous un regard inquiet sur
toutes ces choses. Phantasmes par nous-mêmes
créés! s'écriera-t-on. Eh! oui, raisonnablement
c'est exact ; mais l'exact est-il *toujours* le vrai,
le raisonnable est-il *toujours* la raison? Qui
oserait le dire?

J'ai souvent pensé qu'un portrait, même mauvais, *devait* vivre, parce que le fait de recréer
sur une toile des yeux, un nez, des lèvres, de
la chair, c'est-à-dire les signes éternels de
l'être humain, suffisait à fixer là, dans ce symbole peint, un peu de l'universelle force attrac-
tive des formes. J'étais très jeune quand cette
idée s'imposa tyranniquement à mon esprit,

simplement à l'état de prescience obscure, et ce
ne fut que bien plus tard que je retrouvai dans
Swedenborg et dans le *Portrait ovale* de Poe
cette hypothèse nettement proposée. Je crois
fermement qu'il n'est pas permis de réunir les
caractéristiques d'un visage, de tirer du néant
le masque de la pensée, sans qu'une parcelle
de pensée s'y coagule. Et je crois aussi que cette
pensée, dont nous ne connaissons rien que ce
que nous en révèle l'expression voulue par le
peintre, se libère parfois et vit par elle-même,
devient autre chose. Je crois qu'il y a des minutes de solitude où les portraits des musées
ont un autre visage, et cette idée ne me paraît
pas folle. Pareillement, je pense que les objets ont
leur vie spéciale, que des rapports subtils s'éta-
blissent entre eux lorsqu'on les juxtapose dans
la même atmosphère pour longtemps, qu'ils
apprennent à s'estimer, à se connaître, à se
craindre, à s'entendre. Nous les avons assem-
blés avec un certain goût pour créer une harmonie — et je ne parle pas seulement d'objets
de luxe, mais une cuisine même est harmonieuse par l'appropriation des ustensiles. Il y a
là des rapports de formes, de couleurs, de proportions : comment serais-je fou d'admettre
que ces rapports constituent une vie analogue
à celle qui régit par réciprocités les éléments
d'une foule? Allons, il y a là quelque chose de
vrai, sinon de vraisemblable, et ce que nous
sentons deviendra toujours, tôt ou tard, ce que
nous saurons.

Un des plus grands peintres de natures
mortes qui ait existé, ce profond, ce grave, cet
admirable Henri de Braekeleer, qu'on ignore à
peu près en France, et qui fut un maître, montrait un jour à un ami un petit intérieur qu'il
avait peint. Il lui en montra ensuite un autre.
« Mais c'est exactement le même ! » Le même ?
Non, dit Henri de Braekeleer. Vous ne voyez pas
que cette chaise, dans le coin, est un peu dé-
placée? » A ses yeux cela modifiait non seulement les rapports des lignes de sa composition,
mais encore son âme, cela constituait tout un
autre intérieur, sur lequel un poète eût écrit
toute une autre histoire du souvenir et du
silence. Je parlai jadis de ce propos à Georges
Rodenbach. Il en comprenait toute la portée,
lui qui a fait aussi, comme son compatriote, de
merveilleuses natures mortes, et donné au
« Stilleben » toute sa valeur. Mais, parmi les
innombrables peintres qui se campent devant
des objets groupés, combien s'inquiètent de
tout cela? Tant de métaphysique spirite pour
un pot de fleurs, des cuivres, des gibiers, des
fruits sur une nappe? Allons donc ! On peint ce
qu'on voit, des modèles complaisants qui ne
remuent pas, et servent, comme le plâtre copié
au collège, à étudier des lumières et des demi-
teintes : résultat, de bons tableautins propres à
garnir les salles à manger bourgeoises.

Chardin s'est inquiété, lui, et aussi Henri de
Braekeleer, et Fantin-Latour, et certains Hollandais, et Renoir, et ceux-là savent ce que

c'est que la vie en silence des objets. Regardons Chardin : ah ! l'immortelle leçon de contemplation ! C'est à ce technicien impeccable,
à ce magicien de la nuance, à ce constructeur
de formes aussi solide que Rembrandt, qu'il
appartenait de dire la profonde parole que l'on
sait : « On ne peint pas seulement avec la couleur, on peint avec le sentiment. » Le sentiment de ses natures mortes, c'est d'avoir atteint à la divination du troisième degré de la
vie dans l'inerte. Chacun de ses objets raconte
à la fois sa destination, les faits qu'il a vus et
ce qu'il en a pensé. Devant une nature morte de
Chardin, nous voyons d'abord le miracle de la définition parfaite de chaque matière : ce n'est pas
de la belle peinture imitative, c'est réellement
du verre, du grès, de la viande, de la peau de
lièvre, des plumes, ou de la porcelaine, ou de
la chair de fruits. Mais, ensuite, nous sentons
que nous ne sommes pas seuls : il y a autour
de nous tous les êtres qui ont touché ces choses,
et nous les devinons à la longue ; alentour du
tableau palpite l'atmosphère de la pièce où ils
furent placés. Et, enfin, ces objets nous apparaissent sous leur forme essentielle, c'est-à-dire
que par eux-mêmes ils se mettent à penser, à
sentir, à nous répondre, à dire chacun son
poème individuel. Vous rappelez-vous ces
images enfantines où l'on voit des yeux et des
bouches dessinés sur les maisons, ou sur les
arbres, ou sur les vases, en s'aidant des fenêtres, des nœuds du bois ou des anses, avec

une amusante déformation? C'est l'image grossière de ce que Chardin sait suggérer par sa divination des pensées des objets. On a dit de lui qu'il avait su élever au style les plus humbles accessoires d'une cuisine, grâce à sa technique prodigieuse. Je ne vois pas que ce soit exact. Les Hollandais avaient fait cela avant lui, et parfois aussi fortement (encore que l'étude des reflets complémentaires, soit son domaine propre). Mais ce n'est pas la beauté d'exécution qui a ennobli les sujets de Chardin, justifiant ainsi la boutade de Pascal relative à cette peinture, « qui fait admirer la copie de choses dont on n'admire pas les originaux ». Le prestige et le génie de Chardin sont dus à sa faculté de saisir et de rendre visible l'*individualité* des objets, c'est-à-dire « la fantastique » de chacun d'eux, de superposer à leur apparence superbement peinte leur vie d'effluves magnétiques. En sorte que c'est un évocateur, et non un réaliste, qu'il convient d'admirer en lui. Le Chardin des figures est tout autre, et moins grand. Pour qui a su pénétrer toute la secrète beauté des natures mortes de Chardin, il y a en elles au moins autant de fixation de la vie qu'en ses figures ; et comme cette vie est captée là où nous n'en attendions pas, il semble qu'il y en ait encore davantage.

Les objets de Chardin sont des documents psychologiques qui disent toute une époque. Mais ils ont aussi des visages, et qui les contemple découvre d'étranges velléités, mena-

çantes ou paisibles. Bien des grands maîtres
ont placé dans leurs tableaux des natures
mortes qui sont de magnifiques morceaux de
peinture ; mais ce sont des ornements, des
éléments décoratifs. Aucun ou presque n'a osé,
n'a soupçonné la très singulière psychologie
intimiste que Chardin en a tentée, et par où
il rejoint directement certaines propositions
d'Edgar Poe.

On fait état, assez bruyamment, des natures
mortes de M. Cézanne, et même les personnes
disposées à convenir de la laideur, de la vulgarité inouïe de ses figures, de leur dislocation et
de leur bariolage forain, se récrient devant ses
tableaux de fruits. C'est là justement, en son-
geant à Chardin auquel un critique confortable
a osé le comparer, que j'aperçois toutes les raisons de prendre M. Cézanne en défaut. Une
telle comparaison disposerait plutôt à l'indulgence pour le peintre auquel un maladroit
lance un tel pavé. Rien de risible au point d'un
critique qui, louangeant Bouguereau il y a
deux ans, de bonne foi, passe tout à coup à
« l'avant-garde », et, avec une bonne foi probablement moindre, mais un aplomb fortifié,
assène un tel éloge sur une tête qui, j'aime à le
croire, ne s'en réjouit pas ! Ce qui me blesse
dans les natures mortes de M. Cézanne, ce ne
sont pas ses défauts habituels : ombres sans
transparence, porcelaines mal établies, alliances
de tons lie de vin et gros bleu d'un effet terne
et suspect, banalité de la disposition des vo-

lumes, répartition inexacte des lumières, on
pourrait passer sur tout cela. Mais ce qui
manque, c'est la vie. On nous dit que ce peintre
est un naïf, un agreste, un simple, dont les
gaucheries sont savoureuses, témoignent de
son sain mépris de l'habileté, et se rachètent
par la puissance coloriste et l'ingénuité de la
vision. Hélas ! ce serait encore bien beau, et
quel plaisir à le reconnaître ! Mais je puis à
peine y croire devant ces fruits enluminés. Ce
sont des sphères de n'importe quelle matière
sur lesquelles sont barbouillés des tons de
pommes ou de poires. Pelez cette couleur violente, il y aura dessous du plâtre, je ne sais
quelle craie, la même dont est faite la porcelaine du compotier de crèmerie et la toile du
napperon d'auberge qui environnent de leur
blanc, cru dans la lumière, douteux dans les
ombres, ces fruits criards. Et ces accessoires !
Ils ne sont pas pauvres, comme les nobles objets
plébéiens de Chardin : ils sont vilains, communs. On n'y trouve ni leur vie, ni leur intimité, ni leur histoire. Ils sont « canailles »
comme dans un bazar. Se peut-il que l'homme
qui les a peints les ait possédés, regardés,
aimés, placés chez lui, dans un intérieur aussi
rustique qu'on le voudra, avec le souci de les
mettre en valeur dans tel coin, d'en enjoliver
un âtre ou une table ? Sensibilité et amour
sont ici ce qui manque le plus. Chardin était
plein d'amour.

J'en sens chez M. Cottet, chez M. Simon,

chez M. Le Sidaner quand ils peignent des
objets. Et même Manet a eu le pressentiment
de cette vie sous-jacente lorsqu'il a peint, d'une
main superbe, certains morceaux de sa première
manière où, à force de puissante franchise, il
réussit à évoquer presque la vie seconde des
choses. Mais le secret de Chardin est au-dessus
de tout cela, et lorsqu'on y songe, lorsqu'on en
retrouve la trace dans Henri de Braekeleer et
Fantin-Latour, qui sont au-dessus de tous nos
modernes, on est encore plus rebuté par l'extériorité brutale de M. Cézanne. Le souvenir
qu'on invoquait imprudemment en sa faveur
est justement celui qui l'annule. Peut-être, si
Whistler avait touché à ce genre autrement que
par d'occasionnels accidents décoratifs, eût-on
dû ajouter son nom à ceux-là. Le reste n'est
qu'habileté plus ou moins attachante, depuis
ceux que j'ai nommés plus haut jusqu'à Vollon,
Ribot, Bonvin ou M. de la Gandara, lesquels
portent la marque de Chardin dans leurs recherches de « Stilleben ». Il faudrait peut-être
en venir à cette supposition osée que l'étude
du portrait intimiste est le meilleur achemine-
ment à l'étude de la nature morte, considérée
comme le suprême de l'art analyste. Genre
secondaire, parce que l'on n'a jamais voulu y
pénétrer avec génie, parce qu'il est ingrat, et
d'une difficulté psychologique hors de proportion avec la gloire qu'un artiste en peut at-
tendre, mais genre qui devrait logiquement
devenir primordial, si la leçon de Chardin

était comprise ! L'art contemporain est préoccupé d'exprimer le silence, de dire « le langage des fleurs et des choses muettes », d'introduire dans la peinture tout un ordre de
presciences, d'allusions, de créer, après l'âge
de l'allégorie d'école, l'âge du symbolisme
latent de toutes choses, la suggestion des
aspects, et d'aller, en un mot, chercher la vie
et la réalité au delà de ce que nous en voyons,
derrière l'écorce apparentielle, en pleine région
du subconscient. Ce désir se révèle dans toute
la génération des Le Sidaner, des Vuillard,
peintres d'états de conscience. Il est logique
que ces hommes rencontrent la nature morte
sur leur chemin, la transforment et la haussent
tout à coup au degré d'intérêt du paysage, en
y voyant une expression non moins malaisée,
mais une beauté non moins riche à conquérir,
par la révélation de la *vie permanente de l'inerte*.

LE PROBLÈME DE LA RESSEMBLANCE

La notion de la ressemblance est, dans le portrait, celle à qui le plus grand nombre se réfère pour juger de l'excellence d'une œuvre. Et lorsque le public ne connaît pas l'original, il se réfère à une autre notion, celle de la beauté. Ce qu'on entend devant un portrait de femme, au Salon, c'est invariablement ces deux phrases : « Ce n'est pas elle », ou : « Je n'aime pas cette figure; elle n'est pas belle. » Or, cette exigence de beauté est absolument illogique, puisqu'en présence de la représentation d'un être elle rend le talent du peintre responsable des tares de la personne qu'il peignit. Et, de plus, cette beauté, subordonnée au goût de chacun des milliers de visiteurs, est une croyance sans repère et sans critérium, la plus vaine des notions sophistiques.

Il faudra bien du temps pour arracher de

l'esprit des passants l'idée d'une beauté canonique qui y fut déposée par des siècles de classicisme néo-grec, et qui tend à leur faire comparer tout visage à une sorte de modèle abstrait,
international, composé d'un certain nombre
d'éléments de proportion qu'on respecte sans
savoir pourquoi. Car le nombre de gens qui
tombent amoureux d'une femme construite
comme la Diane chasseresse ou la Vénus de Milo
est infiniment restreint auprès de ceux qu'attire
une beauté de caractère, irrégulière, atténuant
ses disproportions par l'intensité ou le caprice
de son expression; et pourtant ceux-là mêmes,
au Salon, regardent avec respect une figure de
M. Lefebvre, parce qu'elle est « belle », c'est-à-
dire montre en tous ses traits le nombre de
millimètres décrété canoniquement par l'Académie.

La notion de beauté est essentiellement transformable avec les mœurs, le genre des énergies
demandées à l'organisme, l'évolution de la sensibilité. Relativement à l'homme, d'ailleurs,
cette obstinée référence à un idéal périmé est
devenue beaucoup plus rare, et ce n'est pas sans
une certaine nuance d'ironie que nous verrions
se promener en jaquette l'Antinoüs : à moins
qu'il ne soit lutteur ou barriste, nous prononçons pour d'autres motifs le nom de beauté à
propos d'un homme ; nos motifs sont purement
d'ordre expressif, et le « beau garçon » se range
implicitement dans une catégorie sociale limitée.
Les femmes s'attardent davantage à cette caté-

gorie, car elles ont l'esprit traditionnel très développé. Mais, presque universellement, aujourd'hui, dans l'art, le nom de beauté s'accole à un élément de signification morale. Le « caractère » remplace l'ancien canon géométrique.

Quant à la notion de la ressemblance, elle semble vérifiable d'emblée au gros du public ; en réalité, elle est presque aussi vague que la première. Ressembler, pour un portrait, c'est offrir un terme de comparaison aux diverses idées que les amis du modèle s'en sont faites, de façon que toutes ces idées puissent y adhérer. Voilà un premier degré d'analyse de la ressemblance. Mais c'est aussi établir un terme de comparaison entre les diverses idées que le modèle se fait de lui-même ; idées qui imposent à son physique, sous l'impulsion des pensées, de successives modifications. Voilà un second terme, et il ne rejoint pas toujours le premier. Il est des portraits où le modèle se reconnaît alors que les autres êtres ne le reconnaissent guère ; il en est, au contraire, qui font dire à tous le « C'est bien lui » superficiel, et où il ne voit rien de lui-même. Ceux-là sont les plus répandus. Le peintre s'y est borné à faire l'office d'un appareil photographique en reproduisant les plans, les volumes, les ombres, les lumières du visage, comme d'un vase ou d'un objet quelconque. Les premiers portraits sont les plus rares : l'artiste, sur ce préalable établissement de l'aspect physique, a su rendre visible la pensée la plus fréquente du modèle, celle qu'il s'obstine à garder pour soi et qu'attire, qu'aimante, que violente le regard du peintre en ces sortes de luttes d'âmes et de volontés que sont les séances de pose. Et un dernier terme de la ressemblance, c'est enfin trouver un terme de comparaison entre la créature qui a posé et ses ascendances, son hérédité, et aussi entre elle et les idées générales que le peintre s'est faites sur les types humains dont elle procède. Ceci est la forme supérieure, presque philosophique, de la ressemblance. C'est prendre acte d'une créature passagère pour fixer l'expression plastique d'une pensée ou d'une passion permanentes qui s'y incarnèrent un moment. Un portrait de Ricard ou de Whistler peut ainsi être autant Mme de X... que « la Vanité », « la Passion », « la Mélancolie », semblable en cela d'ailleurs à tant de belles choses de l'art antique ou médiéval. On peut dire encore que de telles effigies sont celles de la névrose, de l'affection cardiaque, de la phtisie, documents suffisants à éclairer un physiologiste. Leur qualité de vérité générale, psychique et idéologique, s'adjoint à leur ressemblance individuelle, et tout être humain est le portrait d'instincts, de sentiments qu'il représente passagèrement.

On voit que le problème de la ressemblance est infiniment plus complexe que ne le pensent les visiteurs d'un Salon. S'agit-il d'une œuvre d'art avant tout? Alors nous devrons aller voir non pas le portrait de Mme de X... mais bien « comment Whistler a compris et réuni les éléments d'art inclus en Mme de X... » et, dans ce cas, la ressemblance individuelle le cède à un intérêt plus élevé : nous irons voir comment un homme de génie a interprété une fois de plus le thème d'un être humain. S'il se trouve que peintre et modèle soient tous deux considérables (Carlyle par Whistler, par exemple), alors nous serons en présence d'une œuvre d'art absolument supérieure : rien de plus passionnant que ce conflit harmonieux entre deux fluides magnétiques puissants, celui de l'homme d'où émane le génie et celui du peintre qui y surajoute le sien. Mais s'agit-il du portrait habituel? Alors nous retombons de très haut. Il reste la copie de l'aspect : plus de synthèse, plus de généralisation. Le tableau s'en tiendra à deux tendances, au choix. Ou bien il insistera sur une des expressions les plus connues du modèle, et la fera prédominer; ou bien il essaiera de résumer sur son visage l'ensemble de ses sentiments apparents. C'est, en somme, ce que fait la photographie, et les Salons sont pleins de photographies peintes. La ressemblance, en ce cas, est la reproduction plastique d'un organisme, auquel s'ajoute une moyenne de ses expressions, et cette moyenne ne peut être que médiocre, puisqu'elle doit, pour « ressembler », être accessible aux souvenirs de tous ceux qui, familiers ou simples visiteurs, ont approché le modèle. Il en est de même dans le cas d'une expression unique : elle est forcément, pour satisfaire à la haute conception de la ressemblance, d'une aimable banalité; elle a dû être vue par tout le monde.

On conçoit donc que, pour échapper à ce préjugé, certaines femmes intelligentes aient cherché des expédients. Certaines ont prié un artiste de vivre auprès d'elles et de faire une trentaine d'études et de croquis dont l'ensemble les restitue en toutes leurs pensées et où ceux qui les connaissent choisiront tel ou tel aspect qu'ils préféreront retenir. C'est peut-être ce qu'on peut faire de plus intelligent : cerner l'idéal abstrait de la ressemblance, qui n'existe pas, par des approches et des frôlements dont tous dérobent un peu de vérité. Mais le moyen est peu accessible, et, en général, on a le portrait d'une minute de soi-même ou le portrait de ce que n'importe qui peut voir de soi.

Le vrai portrait cher à une femme sera toujours son miroir, et j'ai entendu une femme d'esprit dire très justement : « On ne peut pas avoir le même portrait pour son amant que pour les visiteurs. » Elle exprimait d'un mot l'oscillation du problème de la ressemblance, qui trouve, à l'une de ses extrémités, la foule des portraitistes professionnels, et à l'autre, quelques contemplatifs supérieurs.

On a pu penser que le portrait d'une femme était toujours l'expression du désir qu'en éprouvait le peintre. L'effigie d'un homme, en effet, est toujours *sociale :* on n'y cherche pas la beauté (en quelque sens que soit pris le terme), mais l'expression, le caractère, l'élément moral tel

que le commandent le rang et la fonction. Mais
on peint une femme pour elle-même. La vue
d'un portrait d'homme donne à penser. La vue
d'un portrait de femme inspire des sensations
esthétiques ou amoureuses, ou des sentiments,
jamais des pensées ni des idées. Il y a, par
conséquent, dans la représentation d'une femme,
quelque chose de passif, un élément stable. Le
portrait d'homme semble venir au spectateur,
lui imposer une volonté : le portrait d'une femme
attend qu'on vienne à elle. C'est une forme im-
personnelle, le but d'un désir, un motif de lignes, de tonalités, de décors. Un homme existe
par sa tête et ses mains ; mais une femme est le
seul prétexte qui reste au peintre d'adjoindre à
l'étude sévère du caractère une fantaisie luxueuse
et riante. Le portrait féminin à travers les âges,
c'est l'histoire de la mode et c'est aussi l'histoire
d'un des principaux mobiles de l'effort masculin, l'histoire des désirs de l'homme. Le portrait
d'un soldat, d'un politique, d'un prêtre, c'est
le signe de leurs actes, de leurs décrets, de leurs
rêves qui nous sont évoqués. Mais l'effigie d'une
femme est emblématique. Bien plus que l'autre,
quand les noms ont été oubliés, elle reste une
œuvre d'art que l'anonymat n'amoindrit pas.
Elle s'embellit de tous les regards qui l'admi-
rèrent. L'artiste n'y a pas poursuivi la recherche
d'une pensée, mais celle des secrets de la forme,
et si l'intelligence lui servait à comprendre la
pensée du capitaine ou du poète, c'est seulement
sa sensibilité, son émotion esthétique et amou-

reuse qui pouvait lui faire comprendre les subtiles déviations de la forme féminine. La femme qui pose comprend à merveille cet amour inconscient. Elle se défend contre le regard ; vêtue ou nue, elle se rétracte et se ferme ; au lieu que l'homme qui pose affirme son expression volontaire, elle tâche à céler la sienne et à n'offrir que celle qu'elle voudrait qu'on lui trouvât. Il y a duel de coquetterie et d'autorité mâle. Le regard de l'homme qui peint est aussi violent que le regard de l'amant, et eux seuls peuvent menacer l'orgueil d'une femme, ou l'exalter si elle est sûre d'elle. Car les convenances interdisent à tout autre homme de contempler une femme avec cette fixité, cette assimilation ardente. Aussi toute femme sincère conviendra que, sous le regard d'un amant ou d'un peintre, elle a éprouvé des sensations presque identiques, et il demeure, entre elle et l'artiste, un lien mystérieux : elle a été apprise par cœur, pénétrée, isolée des facticités de la politesse, considérée en elle-même avec vérité. Il lui en reste une vibration profonde, le sentiment d'une humiliation et d'une victoire se fondant intimement, c'est-à-dire les symptômes mêmes de l'amour. Et si nous envisageons un portrait de femme par une femme (ceux de Mme Vigée, par exemple), nous verrons un curieux échange des deux natures : il y a eu confiance, aveu mutuel de certaines nuances incompréhensibles à l'homme ; l'expression en est modifiée : elle a quelque chose d'abandonné, la puérilité gaie naturelle à toute femme lorsqu'elle n'a ni à vaincre ni à être vaincue.

L'effigie féminine telle que Whistler l'a conçue a marqué un dernier terme de cette évolution du portrait féminin depuis l'époque heureuse où la femme n'était qu'une statue de chair parée d'étoffes et de pierreries ; depuis l'époque où Goujon la modela en nymphe, où les peintres du xviiie siècle l'allièrent à la mythologie, où elle fut un bijou désirable, un être de joliesse ou de perversité rieuse et naïve. Celle que le rêveur américain a évoquée se tient dans l'ombre. A peine si le bout de son pied s'avance au bord du cadre, comme hésitant à descendre dans la vie, tandis que tout son corps a un mouvement de recul, s'estompe, se dérobe au mystère doux des appartements. C'est la sœur, l'amie pensive, la confidente, la moderne touchée, elle aussi, de nos névroses, de nos peines, de nos excessives pensées. Son élégance est sombre, unitaire, d'une seule harmonie, à peine rehaussée de quelques lueurs de nacre ou de rose. C'est moins un être qu'une âme rendue visible par un magicien qui a su transposer dans son art toute la suggestivité des poètes mystérieux, de Poe, de Heine, de Schumann. La technique qui crée ces œuvres inimitables ne se laisse pas deviner. Impalpable et massive, précise et fugace, minutieuse ou esquissée, elle a le charme de l'inachevé et l'attirance du parfum ; elle étonne, requiert, poursuit l'esprit. L'immortel *Portrait de ma mère*, orgueil du musée du Luxembourg,

témoigne de ce que peut devenir l'effigie d'une
femme lorsqu'un grand psychologue la synthé-
tise. Nous touchons là au point suprême de la
« ressemblance »,opposée à toute réprésentation
de figure humaine en vue d'une composition
imaginée. Il y a fixation de personnalité, un
nom est donné. Mais aussi il y a là toute une vie,
et, derrière cette vie individuelle, s'évoque tout
un monde, un vaste poème de mélancolique
beauté générale : ainsi un crépuscule vu dans
un lieu donné les rappelle tous et en tous lieux.
Ressembler, dans un tel chef-d'œuvre, c'est ressembler à l'humanité tout entière ; et cette question de la ressemblance, exigée par le vulgaire
et semblant limiter et isoler le genre du portrait
dans une sorte de vérité immédiate qu'imiterait
la photographie peinte, cette ressemblance ainsi
comprise est précisément le point où le genre
du portrait peut coïncider avec la peinture du
rêve, d'imagination, de symbolisme, sortir du
domaine secondaire, s'élever aux plus hautes
régions de l'art pictural. Il n'y a pas d'allégorie
de la vieillesse embellie par la noblesse de l'âme
qui puisse signifier autant que ce portrait d'un
être transitoire ; l'individu scruté dans sa personnalité au point de représenter une caste,une
race, un ordre d'idées,une volonté de la nature,
une idée générale, voilà l'antinomie intellectuelle que résout un portrait ainsi compris. Il y
en a très peu dans le monde, mais ils suffisent
à donner le vrai critérium de la ressemblance.

Les peintres actuels, affinés, hantés de poésie

et de musique, semblent s'orienter vers cette
conception. Le portrait de femme peut les y
conduire mieux que le portrait d'homme. La
femme est un être que son rôle social et moral
dispose à être le support naturel des idées représentatives. Sa pensée n'est pas, comme celle
de l'homme, réactive sur qui la contemple : elle
ne la livre pas, elle accueille celle des autres.
Elle est la statue des illusions et des désirs dont
elle est faite. Sa pensée, c'est ce qu'on pense
d'elle. Jadis elle fut prise pour type des figures
allégoriques à cause de sa beauté proportionnelle ; aujourd'hui, c'est plutôt à cause de son
caractère. Elle ne rêve pas plus que l'homme —
elle rêve même bien moins. Mais il n'est possible
d'incarner le rêve qu'en elle. Elle n'imagine
pas : elle fait imaginer. Elle peut ne penser à
rien : du fait qu'elle est peinte, une pensée s'y
attache ; chacun y plie la sienne ; elle en est
faite. Par une exquise et impérissable conven-
tion, elle représente l'élément psychique de
l'humanité. Et c'est pourquoi l'évolution du portrait féminin peut se résumer d'un mot. Au nom
de l'ancienne conception de la beauté, la femme
représentait, par sa chair, son luxe, son sourire,
l'hommage de l'homme à l'*évidence* du beau,
Maintenant, par la volonté de l'artiste amoureux
de songe et de symbole, elle tend à en représenter le *secret*.

Le symbolisme du bijou achève de mourir. Peu de femmes s'en doutent, et peut-être aucun joaillier. Le titre même de cette étude étonnerait presque tous ceux qui font des bijoux et celles qui les portent. Cependant, avant d'être un ornement, le bijou a été un symbole, un signe d'idées. On ne le sait plus : c'est ce qui explique la décadence profonde d'un art qui fut admirable. C'est aussi ce qui pourrait aider à son entrée dans une phase nouvelle, si on se remettait à exprimer par le bijou les symboles qui nous conviennent.

Le bijou, qui n'appartient plus à l'homme que par la bague et l'épingle, fut jadis commun aux deux sexes, sans la prévention d'afféterie et de ridicule, qui s'attache aujourd'hui au port des joyaux par les hommes. Cela suffirait à montrer que la valeur, l'ornement luxueux, n'étaient pas

les seules raisons de porter des bijoux ; ceux-ci
étaient, avant tout, des symboles. Symboles de
magie, de prière, de puissance sociale, de science,
de force; ils imitaient et synthétisaient les
formes primordiales et cosmiques. L'anneau,
le collier, le diadème, disaient le concentrisme
universel. Les pierres serties avaient chacune
leur raison mystérieuse, et n'y étaient pas insé-
rées en vain. D'innombrables ouvrages, de l'antiquité au moyen âge, ont été écrits pour fixer
les lois et coutumes de ce symbolisme. Il y eut
toute une métaphysique des pierres précieuses,
une science hermétique du lapidaire. Nous en
conservons quelques traces. Les joyaux des
prêtres ont une signification allégorique et
rituelle. Les décorations actuelles ont leurs
antécédents dans les couronnes obsidionales, ou
les phalères honorifiques qui couvraient les
cuirasses des centurions romains et ces ornements eux-mêmes, aussi bien que nos croix ou
les signes plus humbles de nos soldats — épin-
glettes ou cor — n'étaient que des bijoux symboliques. Une relation subtile était établie entre
les pierres rares, trouvées dans les ténèbres du
sol, et les étoiles vues dans les ténèbres du
ciel. On leur attribuait des vertus, un magnétisme, une vie mystérieuse.

Les formes, les qualités, les matières, les
places des bijoux étaient préméditées selon une
symbolique dont l'origine remontait aux premières civilisations. Ce caractère symbolique
faisait que les hommes, prêtres, mages ou

chefs, avaient plus de raisons que les femmes
de porter des bijoux. Elles se paraient d'objets
de matière rare et délicate dans le simple but
de rehausser leur beauté : les hommes, avant
tout, montraient des signes de puissance dont
les sens étaient compliqués et variables selon
les personnages qui les donnaient ou les portaient. Les motifs des bijoux étaient emprun-
tés bien moins à des formes naturelles qu'à des
signes hermétiques. Il y aurait encore, après
tout ce qui a été écrit sur ce sujet attachant et
bizarre, à étudier les analogies du bijou primitif et de la géométrie ou de l'alchimie, par
exemple les rapports du chaînon et du signe
en 8 qui signifie l'infini, l'emploi du serpent
clos sur lui-même en guise de bracelet ou diadème, l'hiératisme des images rituelles comme
le triangle, l'ellipse, le phallus, l'épervier, le
scarabée, le lotus, qui n'intervenaient dans
l'ornementation qu'à travers une stylisation traditionnelle, comme signes représentatifs, et non
comme représentations directes, portant en soi
un intérêt ornemental pur et simple. Les bijoux
étaient ainsi une sorte d'écriture sacrée et hié-
roglyphique.

Parallèlement à ce langage obscur et complexe, l'instinct de la coquetterie développait le
goût de se parer d'objets décoratifs sans autre
idée que de s'orner de choses brillantes, rares,
seyantes, et propres à donner à leur possesseur un prestige de grâce ou de richesse. C'était
une seconde école du bijou, son extériorité. La

première allait de la tiare du mage et de l'anneau du roi à la bague de nos évêques, à la
plaque de nos dignitaires. La seconde va du
collier de dents de tigre du sauvage ou du
torques des Galates aux pendentifs de M. Lalique
Sur ces deux données, on pourrait écrire toute
l'histoire du bijou à travers les âges : histoire
charmante et tragique, étincelante et étrange,
riche de passions et de crimes, merveilleuse
comme un conte de fée.

Les Égyptiens admettaient deux écritures :
l'hiératique et la démotique. Il siéra d'admettre
ainsi deux classes de bijoux : les hiératiques
étaient faits de matières précieuses, mais c'était
surtout leur valeur symbolique qui importait.
On ne les faisait de matières précieuses que
pour signifier l'incorruptibilité, et pour honorer
matériellement leur noble signification. Les démo-
tiques n'avaient pour but que d'orner et de faire
jalouser leurs possesseurs. La cherté de la matière devenait donc essentielle ; puis, la délica-
tesse du travail augmentant la valeur, l'imitation habile et littérale d'un motif naturel
s'imposait, afin qu'on pût admirer l'adresse de
l'artiste en comparant son travail à son modèle.

C'est ainsi qu'on en vint à oublier complètement l'origine symbolique du désir de porter
sur soi un signe précieux, et il se passa pour
les bijoux ce qui se passa pour la peinture,
jadis écriture hiératique : l'imitation ingénieuse fit oublier la raison synthétique, le
moyen extérieur détourna toute l'attention du

18*

but caché. On en vint à porter des bijoux avec
l'état d'esprit qu'aurait un évêque se figurant
que son anneau d'améthyste ne lui est donné
que pour orner élégamment sa main. Du même
coup, les joyaux cultuels, les talismans, les
amulettes, les décorations, c'est-à-dire les
bijoux par excellence, les signes du pouvoir,
furent écartés. Le bijou devint une chose fri-
vole, soumise à la mode. L'imitation ornementale fut toute son esthétique. Il fut un petit art
portatif, une statuaire minuscule, il fut à la
sculpture ce que l'image-scapulaire était à la
peinture, la miniature de missel à la fresque
d'église. Il réunit parfois tous ces caractères.
Les figurines de plomb qui ceignaient la bar-
rette usée de Louis XI étaient des bijoux grossiers, des symboles pieux, des talismans.

Quelles merveilles exquises l'antiquité et le
moyen âge ont faites sur cette donnée, en cherchant malgré tout la synthèse et la déformation ornementale dans l'imitation, c'est ce que
les musées nous montrent avec une intarissable
éloquence, autant par les objets retrouvés que
par les fidèles tableaux, où les bijoux somptueux étaient peints avec autant de soin que
les yeux de leurs possesseurs.

Mais de cette spécialisation vint l'usage de
priver graduellement le sexe masculin des
joyaux réservés aux femmes, l'ancien symbole
étant devenu un simple accessoire de toilette.
Le costume à broderies, fait de velours et de
dentelles, était encore en honneur, que depuis

longtemps la mode interdisait à l'homme le
port d'autres bijoux que la bague, ou les colliers
d'ordres. La damasquinure des armes, l'orfèvrerie des gardes d'épées, survivait aux joyaux.
Actuellement l'épingle de cravate se tolère, discrète, l'anneau de mariage garde son sens
mystique, mais d'autres bagues, surtout ornées
de très riches pierres, sont jugées de médiocre
goût. Quelques snobs font rire d'eux en conservant le bracelet que portaient les rudes Vikings,
on s'ébahit de rares paysans gardant des
anneaux d'oreilles, l'aigrette du shah de Perse
nous ferait pouffer sur le bicorne à plumes
d'un général ; la bague au doigt, l'antique symbole de Gygès, n'a pas pour nous plus de sens
que le port de la canne, sceptre du roi, cep du
centurion et bâton du chef, et si une chaîne
d'or a l'excuse de retenir nos montres, nous
préférons qu'elle se voie peu. Le cycle est
accompli, et c'en est fini du bijou masculin, du
signe synthétique de la science et de la force
mentale.

Il semble qu'un renversement complet se soit
produit dans l'histoire du bijou et de son esthétique. Jadis inspiré de formes géométriques et
presque cabalistiques, il est devenu une imitation étroite des formes extérieures de la nature. Cette idée a conduit la bijouterie récente
à un étrange degré d'abaissement et de laideur,
non seulement par l'exhibition blessante de la
matière chère, mais par le choix des modèles
sans style, dont la servile traduction en une

matière luxueuse accusait encore la platitude.
Nous avons vu trop souvent copier en or et en
pierreries des objets de matière vile. Je crois
avoir trouvé le comble dans une broche représentant une lanterne d'omnibus, dont un
magnifique rubis figurait le verre rouge. La
bijouterie contemporaine a maintes fois approché de ce singulier idéal. Elle en est venue à
discréditer le diamant. Elle s'est divertie d'une
foule de puérilités pauvres de lignes ; elle a
imité des serpents, des lézards, des paniers de
fleurs, des cœurs, des étoiles, des croissants,
des têtes de chiens et de chats, sans savoir au
juste pourquoi, en pensant que la cherté de l'or
et des gemmes suffisait à créer l'idée de luxe et
d'art. On dirait qu'elle ne s'est pas même sou-
ciée des joailleries admirables du xvᵉ, du xviᵉ,
du xviiiᵉ siècle, dont les modèles sont publics,
sans même parler de l'orfèvrerie antique, qui
est un enchantement, ni des bijoux exotiques,
javanais, andamites, hindous, ni même, tout
simplement ces charmants caprices hollandais
ou bretons. Elle a créé cette chose innom-
mable qui est le bijou de la bourgeoisie parve-
nue, le bijou dont la matière peut se revendre
à bon compte et dont le marteau brisera la
forme sans remords, le bijou qu'on porte pour
afficher ses rentes, parce que c'est plus simple
que de porter des colliers de pièces d'or comme
les Ouleds-Naïls.

Quelques artistes, depuis peu, se sont pro-
mis de relever la bijouterie de ces hontes, et

ils ont cherché un principe naturel non dans le
symbolisme aujourd'hui perdu, non dans la
copie plate des objets correspondant au plus
myope naturalisme littéraire, mais dans l'interprétation ornementale, stylisée dans un certain
sens, de motifs fournis par la flore, qui dans
la plus humble fleur des champs, dans les
plantes mêmes, recèle d'éternelles et délicieuses
surprises. En d'autres termes, ils sont allés
chercher, à défaut de symbolisme humain, les
symboles latents dans la constitution elle-même
des végétaux. Et ils touchent ainsi à un principe plus profond que leur raison ne le sait
peut-être, alors que leur instinct l'a deviné :
c'est le principe de la répétition proportionnelle
des formes dans la nature, principe qui em-
pêche que rien y soit grand ou petit, et qui
donne aux courbures de la feuille d'acanthe la
majestueuse puissance d'un arceau de cathé-
drale. Là est le secret d'un style. Et il n'est pas
jusqu'au microscope qui ne révèle dans l'infime
segment d'un tissu cellulaire les mêmes merveilles décoratives que dans une façade de por-
phyre. La nervure de la cellule, de l'aile d'une
mouche, vaut en beauté sinueuse le dessin
d'un poumon ou l'épanouissement d'un chêne.
Les relations sont équivalentes, les coordina-
tions semblables, et la notion de proportion
s'abolit.

Les artistes récents qui ont observé cela ont
du même coup compris que la notion de *valeur*
devait être transférée du prix brut de la ma-

tière au prix délicat du style apporté par l'artiste. Ils ont remis en honneur les gemmes méprisées par la bijouterie courante à cause de leur valeur modeste, et n'ont voulu voir en elles que leurs tonalités, leurs adaptations à certains métaux. Ils sont revenus en ceci à la pratique de l'antiquité et du moyen âge, où le béryl, le corindon, la chrysolite, l'améthyste, la turquoise, la topaze brûlée, l'aigue-marine, le jayet, l'onyx même, et bien d'autres gemmes de prix bien moindre que le diamant, le saphir, le rubis ou l'émeraude, entraient dans la composition des plus merveilleuses parures, non seulement à cause des superstitions attachées à certaines, mais encore et surtout parce que ces pierres seyaient par leur coloris, leur limpidité, leur forme, ou d'autres mérites esthétiques. Revenir à ces pierres et en imposer la mode, c'est déplacer logiquement la question de valeur matérielle et replacer en son vrai lieu la valeur de beauté, la seule qu'un objet fait pour orner doive connaître.

La chimie nous fournit journellement des combinaisons de couleurs qui peuvent être d'un précieux usage dans une joaillerie renouvelée. Les pyrites d'un laboratoire offrent les joyaux artificiels ou naturels d'une insolite beauté. Mais c'est avant tout dans la déformation raisonnée des plantes, en vue de l'accentuation de leur caractère décoratif, que les artistes récemment révélés, les Lalique, les Hirtz, les Point, les Bing, les Nocq, les Feuillâtre, et tant d'autres qui sont le délice de nos Salons, cherchent le secret d'une ornementation infinie. L'imitation stricte leur semble presque toujours négligeable. Tout au plus copient-ils un calice ou un fruit dans un ensemble de lignes arbitraires, pour trouver un contraste entre la transcription d'une partie et l'interprétation de l'ensemble. Ils symbolisent d'après nature, ou plutôt ils ne montrent de la nature que ses éléments symboliques.

Evidemment, ces artistes sont inégalement heureux. Ils se trompent parfois. Certains sont trop influencés de la Renaissance. D'autres veulent donner trop d'expression à leurs parures ou à leurs bagues, et y insèrent des figurines réduites ou des symboles trop importants, qui transforment le bijou en bas-relief ou en statuaire lilliputienne, l'alourdissent et lui donnent un caractère bâtard. Cette erreur de genre rend déplaisants nombre de ces pendentifs «art nouveau» qui n'offrent que peu d'art et guère de nouveauté, et qu'on voit s'étaler un peu partout. Il est à craindre aussi que l'emploi de pierres sans valeur marchande, montées sur argent, nickel ou acier, n'incite, en cette époque de faux luxe, à la fabrication d'une camelote imprévue; et déjà de fâcheux témoignages s'en constatent dans la bijouterie de pacotille. Mais le mouvement nouveau n'en présente pas moins de curieuses et attachantes personnalités d'artiste. Les plus logiques et les plus heureux sont ceux qui, renonçant à rien représenter, se bornent à ciseler dans le métal de pures et simples combinaisons géométriques et, par l'ellipse, le cercle, le triangle, la spirale, l'ogive, qu'ils agencent en ne cherchant que la beauté linéaire, inventent des objets sans modèle précis, des ornements harmonieux. Ceux-là remontent donc à la conception primordiale du bijou, à l'âge lointain où il était un signe des forces naturelles. Ils reviennent par des voies détournées à ce symbolisme abréviatif qui a fait naître le bijou hiératique. Dans une civilisation où tout, même le luxe, devient de plus en plus démotique, cela est curieux à constater.

Les symboles étant, par définition, d'une valeur permanente, indifférente aux fluctuations du temps et de la mode, nous en reviendrons peut-être, pour l'homme, à un âge psychologique du bijou. Il sera moins un ornement qu'un signe de caste. Ainsi l'anneau d'or brille au doigt de l'homme moderne, vêtu de lainages neutres, comme il brillait au doigt du chevalier romain. La plaque de diamants, unique sur le dolman noir d'un directeur d'armées, est plus belle par son solitaire éclat que les chamarrures et les brochettes de croix qui font du torse d'un général en uniforme de gala un éventaire de bijouterie. La mode féminine elle-même, excluant de plus en plus le port des joyaux autrement que dans l'intérieur, évoluera vers cette signification hiératique. Ainsi en arriverons-nous à retrouver l'antique acception de ces signes de l'univers que portaient avec gravité les héros et les mages, et dont les siècles oublieux ont fait des hochets sans importance, des fleurs de pierre et de métal — les hiéroglyphes brillants et insensibles d'une écriture sacrée dont le sens s'est perdu.

L'AME DE LA MAISON FRANÇAISE

A Henri Le Sidaner.

Son idéal demeurera toujours, quoi qu'on fasse, celui de la maison de campagne basse et blanche, avec des contrevents verts, des glycines en grappes mauves qui tremblent à la brise, et un toit d'ardoise en pente douce qui prend au crépuscule les teintes exquises d'une gorge de ramier. Derrière, s'étend un verger où brillent des cerises, et, à droite et à gauche du petit perron, sont disposées des corbeilles de roses et de géraniums. A l'intérieur, les pièces sont hautes, blanches et d'une moyenne grandeur, avec des armoires et des boiseries unies. La cuisine, claire, ouvre sur le jardin. Dans le clos, sur des cordes, du linge frais, dont les rectangles chatoient au soleil ou se brodent du reflet des feuillages, donne un air de première communion, à l'humble décor, et on l'entend qui clapote avec un bruit mou,

quand le vent se lève. Le tournant d'un chemin verdoyant se perd entre des buissons. Des
oiseaux passent et repassent d'un vol oblique.
La fumée du toit monte toute droite : une fenêtre est rose de la lampe du soir, derrière la
percaline des rideaux, et deux chaises attendent
devant la table de fer du jardin, où un chapeau
de femme, avec de longs rubans noirs, est resté.
On entend s'entrechoquer les boîtes du laitier,
et la vieille sonnette de la grille tinte convul-
sivement.

Doux rêve de France, qui sent bon les
pommes du grenier ! Maison française aux
lignes simples et logiques, où le style et l'utile
s'accordent avec charme, où il fait bon vivre,
où des fleurs, des tableaux, des poteries, des
étagères avec de jolis riens, trouvent toujours
leur place parce que les murs sont nets et que la
lumière entre joyeusement partout. Il a fallu des
siècles de goût héréditaire, de grâce transmise,
d'intelligence et de tact, pour créer cette simple
maison, où tout prend un sens et que la pluie
et le soleil trouvent toujours séduisante. Elle
est un exemple délicieusement parfait de l'entente des proportions entre la vie et la pensée.

Cette maison a trouvé son expression absolue
au xvııı⁰ siècle. Elle peut comporter plus de
luxe, s'orner de moulures et de trumeaux,
hausser ses étages, s'adjoindre des pavillons
dans un parc plus vaste, devenir la « folie »
dont tant de témoignages survivent en province.
Mais partout où elle apparaît, même petite,

elle s'impose par la douce magie de ses fenêtres
à croisillons blancs, de son lierre, des roses
folles de sa façade, des mousses mordorées qui
veloutent son toit, et sa physionomie n'est semblable à aucune autre. Ni la demeure proven-
çale avec ses tuiles décolorées, son âtre à niches
et à grands landiers, ni la maison bretonne aux
rideaux blancs et rouges, aux meubles sculptés
et cirés, ni le cottage anglais brillant et sans
ombres, ni la maison hollandaise enluminée
et vernie, semblable à un jouet de Nuremberg
et à une image d'Epinal, ne se confondent avec
cette maisonnette de France, pâle et nue comme
une nymphe entre des feuillages. Quand on
l'aperçoit en revenant de l'étranger, on est
touché jusqu'aux larmes.

Même lorsque, sans sortir de France, on la
retrouve après avoir vu les maisons de briques
du Nord, ou les toits plats des mas méridionaux,
roses et dorés auprès des ifs de bronze ou des
oliviers de velours cendré, on sent tout ce qu'elle
exprime de l'âme française essentielle, du noyau
de l'île auquel s'adjoignirent à travers l'histoire
des provinces aux coutumes et aux sangs dissemblables. Cette maison, qui semblait ne prétendre à rien de ce que nous appelons ambitieusement un style, en a pourtant un, et elle
est profondément originale. C'est que son âme
fait tout son style, et que cette âme est délicieuse.

Son style, son caractère inimitable, est dans
ses proportions et dans ses appropriations à ses

fins. Elle ne comporte pas d'ornements, mais
ses volumes, ses rapports géométriques sont si
justes que l'œil s'y attache avec plaisir. L'en-
cadrement d'une fenêtre rehaussée d'un feston
de vignes ou de roses sur un mur de crépi
blanc devient, par la seule place de cette fenêtre,
une merveille de simplicité et d'harmonie.

Ce qui fait la valeur et la séduction d'une
telle maison, c'est non seulement le goût, cette
faculté divine qui ne dépend pas de la richesse,
c'est surtout son histoire. Elle est toute baignée
des effluves magnétiques des êtres qui l'habi-
tèrent. Elle a su les naissances, les morts,
l'amour et la peine, les sanglots et les sourires,
les résignations des aïeules et les rêveries des
jeunes filles. Elle a peu à peu perdu sa matérialité de pierres insensibles pour devenir une
chose humaine. Elle a été dotée de vie et d'émotion par les hommes et par les femmes qui lui
ont confié leurs existences, et c'est là un charme
qui ne sera pas suppléé. Une maison neuve est
une étrangère, il faut des baptêmes et des funé-
railles pour lui conférer le droit de cité. Il faut
aussi qu'elle ait appartenu à une seule famille,
qu'elle soit « la maison ». Et elle devient alors
un lieu symbolique dont chaque pierre mérite
d'être aimée.

Ces idées nous échappent de plus en plus.
Nous ne concevons même plus qu'elles soient
admissibles dans nos villes, où tout le monde
loge en garni, et où seuls les hôtels particuliers
conservent cette touchante légende, encore que

les vicissitudes politiques les aient fait passer
de mains en mains. Le type de maison citadine
qu'on essaie de créer est dépourvu de tout intimisme, et l'on dirait que son idéal est l'anonymat. Hideux idéal de nos mœurs! Cette maison
à locataires se présente comme une formidable
bâtisse, un paquebot prêt à partir. Les formes
de la vie ont totalement changé. Il ne peut plus
y avoir de jardins, parce que le terrain coûte
très cher et doit rapporter pouce par pouce. Il
faut que la maison s'élève le plus possible sur
ce terrain couvert d'or. De là, des maisons si
hautes que l'ascenseur s'impose pour diminuer
la fatigue dernière que l'homme rentrant las
devra affronter pour parvenir à sa cage de repos.
Tout, en cette maison, est froid et impersonnel.
Plus de pièces vastes et de recoins : une mathématique sévère case au plus juste toutes
choses et les arrime comme dans une cabine de
navire. On ne peut rien déplacer sans devoir le
replacer à l'instant. La lumière électrique est
banale et sans enveloppement. Il n'y a plus de
pénombre, plus de magie. Tout est laqué, poli,
verni, revêtu de verre et de peinture glacée,
tout reflète et captive la clarté avec avarice, car
elle est devenue elle aussi une valeur, et il n'en
faut rien laisser perdre.

L'escalier commun a beau se revêtir de faux
cuirs de Cordoue, imiter les boiseries de la
Renaissance, cette ornementation ne lui rend
pas le pittoresque du vieil escalier de la maisonnette blanche. Tout, en cette caserne, est

d'une propreté insultante à force d'insistance.
Il semble qu'on ait voulu apprendre silencieusement aux habitants qu'il est décent de se
laver, et ces stucs, ces plaques de verre, ces
faces nues semblent porter d'invisibles avis
d'hygiène, des règlements de maison d'hydrothérapie. A l'extérieur, d'inutiles ajoutes ornemen-
tales ne masquent pas l'aride géométrie, si différente de là justesse proportionnelle de la maison
de jadis. Avec celle-ci, on ne pensait pas à la
géométrie, tout semblait naturel à force d'être
concerté délicatement. Ici, les cariatides, les
rosaces de porcelaine, les frises à rehauts d'or,
vestiges maladroits d'un luxe d'antan, ne sont
que des superfétations blessantes par la crudité
des couleurs, des anomalies mesquines comme
le seraient des gouaches peintes au bordage d'un
steamer.

Ce vaste appareil bourré de houille et de
piles électriques dans son sous-sol, foré en tous
sens par un réseau de tuyaux et de fils, accu-
mulant cases sur cases, abritant parcimonieuse-
sement des existences qu'une cloison suffit à
rendre éternellement étrangères, c'est vraiment
un navire en partance, ancré sur le flot tumul-
tueux du Boulevard. Les gens s'y croisent et
saluent, mais comme des passagers dont les relations de politesse s'oublieront dès le débar-
quement et qui, forcés de cohabiter sur cette
nef, se résignent à quelques civilités sans conséquence. Comment une telle demeure aurait-elle
une histoire? Comment se formerait-elle son

passé? Elle aura beau vieillir, elle sera toujours
indifférente; sans compter que quatre fois par
an les citadins s'adonnent à cette sorte de singulier jeu de barres qui consiste à transporter
leurs mobiliers et leurs personnes en échangeant
leurs cases, sans savoir au juste pourquoi.

Aucun des efforts louablement tentés par nos
architectes et nos décorateurs ne réussira à
constituer dans une telle maison ce que l'on
appelait autrefois « un intérieur » et à remon-
ter le courant des causes économiques et sociales
qui décrètent l'anonymat obligatoire d'une maison commune. Ils cèdent d'ailleurs à ce courant
en tendant à faire prédominer l'hygiène et le
confort, et ils ont raison. L'existence moderne
sera de plus en plus tournée vers le dehors,
et on s'arrangera pour que le citadin trouve
dehors, par fragments, de quoi satisfaire à un
besoin d'intimité, puisqu'il n'a plus le temps
de vivre chez lui. Les cercles, les cafés, les
wagons sont de plus en plus organisés pour
donner l'illusion du home entre deux démarches
d'une existence surmenée, et l'intérieur est
meublé comme un hôtel. Le style d'hôtel et de
cabine est tout ce que mérite notre façon de
vivre. Dans la vieille maison, les communs
mêmes ajoutaient au caractère : le cellier, la
buanderie, le bûcher, le fournil, le grenier aux
fruits, avaient leur petite existence humble,
amusante et jolie. Mais rien de tout cela n'a
plus place dans la maison nouvelle. Tous les
préparatifs de la vie s'accomplissent au dehors,

l'existence et le sens du home en sont d'autant diminués. La maison de jadis était un petit organisme complet, celle d'aujourd'hui est régie par les principes de la division du travail. Ainsi, peu à peu, se désagrègent les éléments par l'union desquels une maison avait une âme, et il faut que l'homme porte tout en lui-même et limite à son silence ses possibilités de repos et d'isolement.

On en arrivera — c'est déjà presque fait — à supprimer la cuisine. On mangera si vite et si peu des nourritures venues du dehors qu'une salle à manger n'aura plus de raison d'être, puisqu'on n'y séjournerait pas : la cuisine s'éliminera. On ne sera chez soi que pour recevoir, travailler, faire sa toilette, dormir : encore tout cela sera-t-il réduit à un certain agencement de procédés mécaniques, dont M. Wells nous a donné une idée dans ses *Anticipations*, avec une précision qui laisse place à une humour étrange. Il faudra s'y résigner, ou plutôt, car le mot de résignation n'a aucun sens, envisager toute une vie nouvelle et tâcher de l'aimer en se faisant une âme et des goûts nouveaux. Nous ne savons jamais au juste si nous modifions nos habitudes et notre style parce que notre âme et nos goûts le désirent, ou si notre intelligence s'ingénie à leur proposer des modes insolites qu'ils acceptent avec répugnance et finissent par apprécier. Il y a probablement du vrai dans les deux hypothèses; mais l'âme, attachée au passé, est toujours un peu en retard sur la vie pratique. La majorité des êtres, mue par l'instinct de la commodité, invente et fait prévaloir des formes d'existence que la minorité, préoccupée de l'âme et des racines du sentiment, accueille avec une crainte et un regret invincibles.

Cependant, il faut obéir aux transformations, parce que les refuser équivaut à bouder la vie et à devenir fossile dans l'évolution vitale. Le fait est que l'âme de la maison française se meurt, que les « intérieurs français » deviennent aussi rares que les anciens « cafés français » à banquettes de velours, à girandoles et à panneaux blancs, remplacés par toutes sortes de bars exotiques. Le fait est que le pêle-mêle des meubles Louis XVI, des plantes coloniales des paravents japonais, des étagères Liberty, des odieuses photographies dédicacées alignées sur les consoles, ne constituent plus un style à nos salons, et qu'aucune pièce de nos appartements n'est cohérente à sa voisine. Le fait est que l'ancien idéal est détruit et que la vie est disposée de manière à en empêcher le retour : que la maison-paquebot régnera universellement, que la vie nocturne, introduite dans les usages des cités électriques, a changé tout le style de la rue. Mais, au lieu de s'en lamenter, il faut transformer le regret en admiration historique, et vivre sur d'autres données en espérant de nouveaux spectacles, sans soulever la stérile question de beauté ou de laideur.

Une impression unanimement ressentie et

traduite par ceux qui reviennent de Venise est
celle du silence absolu qui y plane, du fait de
l'absence de voitures en une ville dont les rues
sont des allées d'eau. Cette impression contri-
bue puissamment à faire revivre la magique
suggestion, commencée par les monuments. Elle
saisit étrangement l'âme du visiteur en associant
les idées de cité et de silence, qui semblent
aujourd'hui inconciliables, et ne se peuvent
admettre que dans l'expression de « villes
mortes ». Venise n'est pas plus morte que
Bruges : l'existence moderne s'y juxtapose à
l'existence historique, mais l'illusion de la mort
résulte du changement de nos habitudes. L'impression qui persiste là nous surprendrait, même
sans la circonstance des canaux, dans toute
ville du moyen âge s'il nous était donné d'y
revivre. Dès la chute du jour, tout y était silence ; on n'y entendait que les rondes ou le
tapage éventuel des ferrailleurs. Nous avons
inventé toute une vie nocturne, qui a donné à nos
rues, par la féerie des lumières, un prestige de
beauté que les rues du passé ne connaissaient
que le jour. Cette transposition de l'activité
diurne et nocturne est le point de départ de toute
discussion logique sur la beauté et la laideur
des villes contemporaines. Pareillement, au
fond de toute l'argumentation des détracteurs
du décor moderne, il y a le même postulat
qu'admettent les détracteurs de la peinture moderne. Il consiste à confondre l'amour du passé
avec le désir de le prolonger.

Cette erreur est une des plus vivaces de l'esprit humain ; il est extrêmement difficile de l'en arracher. La querelle de notre peinture vient de ce qu'on s'obstine à la juger relativement à un idéal de *beauté* et non à un idéal de *caractère* qui représente sa façon de concevoir le beau. Il en est de même pour les aspects de notre vie. Si les architectes ou les décorateurs qui tentent de les constituer imitent le passé, on les raille en les accusant de pastiche. S'ils excluent le passé, on les accuse de le dédaigner et de le nier. Dans les deux cas, on compare le passé à leur nouveauté, on ne la juge jamais en soi.

Il est très malaisé de faire comprendre au public cette idée que l'admiration et la déférence dues au passé sont des sentiments non vivants, mais, si je puis dire, historiques, sans relation avec la nécessité de copier ce qu'on admire. C'est par un syllogisme d'une séduisante symétrie, mais d'une grande fausseté, qu'on oppose présent et passé à beauté et laideur, qu'on discute supériorité là où l'on ne devrait voir que différence, qu'on parle de « mieux ou de plus mal », là où il ne devrait être parlé que « d'autre chose ». L'œuvre du passé est admirable. Elle existe en soi, avec la grandeur du fait accompli. Mais elle est inséparable du système social d'une époque, des mœurs, de la psychologie, du degré de connaissances industrielles et scientifiques. C'est en s'y tenant parfaitement concordante qu'elle a offert à l'avenir son aspect admirable. Auprès du fait accompli il nous reste le fait à accomplir, et dans les mêmes conditions d'homogénéité.

La fidélité au passé cesse d'être respectable quand elle devient un refus de l'avenir, et même si nous sommes enclins à préférer les formes du passé, ce refus conduit à l'absurdité et à l'impuissance ; la trahison ne profite à personne, le regret n'édifie rien.

La racine du style est l'accord des formes aux volontés d'une époque, l'expression matérialisée de ses goûts et de ses nécessités. Nous voyons dans la question de la maison et de son âme une saisissante démonstration de ce principe. L'élimination de l'intimisme de la maison est une des nombreuses conséquences du nouveau système vital. Tous les faits sociaux se tiennent. Quand on ignorait les chemins de fer, la difficulté et la rareté des voyages conférait au home plus d'importance. Le prix des terrains permettait la possession d'une maison à chaque famille, ce qui, même à la campagne, n'est plus une règle invariable. Nous voyons se créer un compromis : le risible chalet de banlieue, la villa suburbaine au style prétentieux, exiguë, incommode, bâtie avec de mauvais matériaux, enjolivée de stuc et de grès cérame, entourée des quelques arbustes d'un maigre jardinet, et n'ayant ni l'agrément de la vraie demeure campagnarde, ni le confort sans âme d'un de ces appartements citadins qui ont

20

droit, comme la prison modèle, aux douceurs
du calorifère, de l'eau chaude et de l'ampoule
électrique. Ce sont ces demi-mesures qui sont
haïssables; elles marquent en ce moment même
la crise du renoncement au passé et de son rem-
placement, et c'est cette indécision qui est
laide. C'est la timidité dans la transformation,
dans l'exclusion résolue d'éléments admirables,
mais périmés, qui cause les fâcheux résultats
actuels. Avant qu'on fasse comprendre à nos
architectes, et surtout à ceux qui se croient
révolutionnaires, qu'un kiosque à journaux ne
doit pas imiter le style Louis XV et qu'une villa
à petit loyer n'a point à parodier les chalets
suisses, qu'une tour de caserne de pompiers est
grotesque si on la couronne de créneaux et
que les colonnes corinthiennes n'ont que faire
dans une gare, avant que le culte du passé ait
cessé de se confondre en leur esprit avec le
besoin de le maintenir à contresens, nous verrons encore bien des laideurs, et ce n'est pas le
désir de se borner à la logique de l'utile, c'est
l'amour inopportun des formes anciennes qui
en sera cause.

Jadis la maison était le centre de la vie : on
n'en sortait que pour se ravitailler. Elle demeu-
rait l'essentiel. Actuellement ce n'est plus
guère qu'une halte. Le citadin retrouve partout
au dehors une série de haltes à peu près semblables, meublées de même et lui offrant des
distractions qu'il n'eût autrefois trouvées que
chez lui. L'intérieur n'est plus qu'une « halte à

dormir » où il séjourne, pour ce seul motif, un
peu plus longtemps qu'au cercle ou au bar.
C'est peut-être déplorable au point de vue moral ; en fait, cela décrète une conception neuve
de la maison, et le devoir de l'artiste décorateur
et de l'architecte est de se fonder sur cette donnée. Cela n'empêchera pas le poète et le
psychologue de penser avec mélancolie qu'une
forme adorable de la vie intime fut portée à un
haut degré de perfection à une certaine époque,
et de garder une fidélité silencieuse du cœur
au charmant fantôme, pâle dans les glycines,
de la vieille maison française.

LE STYLE DE LA RUE MODERNE

On s'est lamenté dûment sur la laideur de nos maisons et de nos rues, comparée à la beauté des vieilles villes. Le thème était fait pour inspirer d'éloquentes dissertations, et bien des gens sont aptes à condamner leur époque, mais non à proposer des remèdes. L'attitude du désaveu de sa propre époque est de bon ton, et un dédain facile confère quelque élégance. C'est une sorte de brevet d'aristocratie qu'on se décerne : en regrettant les âges disparus, on prend sa part de leur prestige. Les comtes du pape aiment à parler des croisades. J'ai entendu un jour une grosse boutiquière endimanchée, coiffée d'un absurde chapeau à plumes, célébrer les bienfaits de la Révolution. « Sans elle, s'écriait-elle, il est inouï de penser que nous serions forcées de porter des bonnets, sans avoir droit à des chapeaux! » Le bonnet lui eût certes mieux convenu.

Cependant c'est une pensée assez basse que celle de décrier systématiquement son temps. C'est toujours une attitude piètre que celle du boudeur. Notre temps est ce que nous le faisons. Il n'y a que les impuissants qui se croient venus trop tard dans un siècle trop vieux. L'homme sincère et fort vient à l'heure qui lui fut marquée dans un siècle qui n'est ni vieux, ni jeune; c'est le sien et il doit y agir conformément à son instinct. Nous nous désolons en disant que notre âge manque de style. Mais à ce moment même nous sommes en train de lui en composer un. Avec nos minutes se tisse l'étoffe nouvelle que l'avenir examinera un jour pour y lire l'image de ce qu'aura été notre époque. Cette image se compose sans interruption. De tout temps un âge s'est écrié qu'il ne valait pas les précédents. Les âges que nous admirons le plus, en les comparant à notre vie actuelle, nous ont légué d'innombrables témoignages de désaveux d'eux-mêmes et d'invocations à la supériorité des âges antérieurs. Chaque époque s'est accusée de décadence relativement à un modèle préexistant. Seulement cette illusion peut créer l'émulation ou le découragement. Si nous ne puisons pas dans notre croyance à la supériorité du passé l'ardent désir de créer, à notre tour, une beauté qui vaille la sienne, et de faire honneur à notre signature sur le grand livre de l'humanité, il est bon que nous ne couvrions pas du prétexte que tout a été fait, et de l'excuse d'une admi-

20*

ration oisive, notre incurie et notre renoncement. Un moyen terme, à tout le moins, nous
est laissé : celui de faire notre devoir durant
notre présence sur terre. Car nous ne devons
pas assister, mais participer, et notre devoir est
de chercher. Nous avons en mains les éléments
inaliénables de la vie naturelle, que l'usage des
siècles a laissés intacts, et qui nous apparaissent
aussi nouveaux qu'au premier homme, parce
qu'ils sont éternels et que chacun de nous,
lorsqu'il naît, est le premier homme. Et, avec
tout cela, il nous faut refaire quelque chose,
afin que l'avenir ne dise pas de nous : « A ce
moment de l'histoire, ils s'autorisèrent du travail de leurs aïeux pour se déclarer stériles, ne
rien faire de ce qui leur était donné, et tenter
ainsi de se suicider moralement, en trouvant
dans le dilettantisme l'excuse d'une paresse, et
dans l'exégèse le désaveu de la vie qu'ils
avaient à vivre. »

Relativement à l'architecture et à la rue moderne, les lamentations ont été grandes. Les
tentatives de nouveau style n'ont pas manqué,
et un véritable mouvement s'est manifesté depuis quelques années. Il n'a guère été encouragé d'ailleurs : bouderies et railleries ont été
le plus clair de son bénéfice. L'opinion publique
s'est mal rendu compte des éléments du problème à résoudre, et je voudrais en rappeler ici
quelques-uns.

Il est très aisé de vanter la pittoresque beauté
des vieilles rues de Nuremberg, de Rouen, de

Venise ou d'Amsterdam, et d'improviser de
lyriques développements sur le luxe des façades, l'imprévu des lacis tortueux, le charme
fantasque de ces antiques décors. Il n'en est pas
moins vrai que ces décors, qui font soupirer
d'aise la bourgeoisie lorsqu'elle les voit au
théâtre, recèlent des inconvénients pratiques
dont elle gémirait si elle y devait habiter. Il
semble que cette beauté ait pour corollaire iné-
vitable l'incommodité, le défaut d'hygiène. Si
l'on veut de l'aération, c'en est fini de la ruelle
étroite où le soleil pénètre peu, et au milieu de
laquelle le ruisseau qui miroite si bien dans les
eaux-fortes empoisonne l'atmosphère. Si l'on
veut de l'hygiène, c'en est fini de la maison
dépourvue du « tout à l'égout », qui nous
semble indispensable, fini de la maison de bois
promise à l'incendie, fini des fenêtres pittoresques et minuscules, des recoins séduisants,
mais riches en microbes, des « patines du temps »
qui sont le pseudonyme élégant de la saleté
invétérée. Tous ces inconvénients sont connus
des voyageurs. Ils les tolèrent, mais ne s'en
accommoderaient pas durablement. Les habitants de ces décors avaient des organes olfac-
tifs, des goûts, des indifférences, sans relations
avec nos modernes habitudes, et le « confort »
exclut d'emblée tous ces éléments de beauté
caractéristique.

   Que si l'on tombe, comme cela s'est vu, dans
le travers de penser qu'une façade moyenâ-
geuse peut être maintenue, alors qu'au dedans

on installera l'hydrothérapie et l'électricité, la
folie d'une telle idée se montre à l'instant. Rien .
ne se tient plus et on obtient une mascarade.
Cela ne peut guère s'admettre que dans de
petites villes comme Bruges, par exemple, où le
prestige historique est une cause d'afflux des
visiteurs et où l'on est tenu de bâtir les maisons neuves dans le style des anciennes. Encore
l'hygiène n'y règne-t-elle guère. Et ce serait
chimérique dans un grand centre.

On est malheureusement amené à constater
que la beauté et la saleté sont inséparables. De
plus, le costume ne s'accorde plus aux maisons, et la jaquette du passant est burlesque
devant le palazzo vénitien ou la maison de la
Hanse ou de la Gilde, à Gand ou à Amsterdam.
Un autre illogisme est celui des enseignes. On
a essayé de ranimer, par de récents concours,
le goût des enseignes, et on a fait là-dessus de
beaux discours. En réalité, l'enseigne n'a plus
de raison d'être. Elle avançait fièrement au dessus des rues étroites, elle désignait au chaland
des boutiques obscures. Dans nos voies larges,
avec nos grandes vitrines illuminées, une enseigne ne se voit même plus. Elle est aussi
vaine que les gargouilles, les cheminées acci-
dentées, et tous les détails qui n'étaient nullement « pittoresques », mais utiles. Le public se
figure toujours les gens des « époques du style »
comme soucieux de bizarrerie. Il les entend
disant : « Tâchons d'être très pittoresques pour
ravir les romantiques et permettre à Victor

Hugo d'écrire notre éloge dans cinq ou six siècles. » En réalité tout cela avait sa raison pratique. Nous sommes arrachés au passé parce que la maçonnerie, la serrurerie, la plomberie, la fumisterie, la voirie, l'hydraulique et tous les corps de métier ont modifié leurs procédés, et que toutes ces professions ont des buts pratiques et sans rapports avec la laideur ou la beauté. Il s'agit de commodité et d'hygiène. Les anciens s'en passaient non pour enjoliver l'effet apparent de leurs demeures, mais parce qu'ils étaient moins sensibles que nous à certaines misères ou ne savaient pas les supprimer. On sait ce qu'on jetait dans les canaux de Venise et de Bruges, sous les fenêtres des palais, et ce n'est pas l'arome du rêve de jadis qu'on y respire, pas plus que dans les rues de Marseille. Versailles était grandiose, mais on n'y trouvait pas un refuge intime, et les mémoires nous racontent paisiblement des choses stupéfiantes à ce point de vue. En fait, ce n'est que depuis le xviii⁰ siècle qu'on s'est avisé de se boucher le nez, et qu'on a cherché à substituer au décor pompeux et inconfortable le décor restreint et délicatement aménagé non pour la parade, mais pour la vie ; de même ce n'est guère qu'à ce moment qu'on a jugé vraiment indispensable de se laver.

Le style de la maison a donc dû être modifié radicalement. On a pensé au dedans bien plus qu'à l'aspect extérieur. De là des lamentations sur la laideur. Tout au moins la transition a-t-elle créé un type délicieux, celui de la maison bourgeoise française, de la maison blanche à glycines et à toit d'ardoise qu'on rencontre partout dans nos provinces et qui ravit par la justesse de ses proportions, sa claire simplicité, qui peut admettre tous les perfectionnements de l'hygiène et du confort. Mais les tentatives récentes de grandes maisons citadines ont soulevé des clameurs. Il est très vrai qu'elles sont loin de concilier la beauté et la commodité. Cependant elles l'essaient et y parviennent quelquefois.

Celles qui y parviennent le mieux sont précisément celles qui renoncent à emprunter des éléments à l'ancien style et cherchent à résoudre le problème en trouvant leur beauté dans l'appropriation elle-même. C'est le principe de la beauté des machines, et il n'est pas mauvais. Une maison moderne ressemble à un cuirassé. Elle s'avance sur le boulevard comme un imposant mastodonte de guerre, privé de ses superstructures, et reproduit l'aspect d'un *Brennus* quelconque au moment de son lancement. Envisageons spécialement une de ces maisons d'angle. Au crépuscule, alors que les grandes silhouettes restent seules visibles, l'illusion est étrange. On peut se penser au pied de l'étrave d'un grand croiseur, dans le remous des foules. Le monstre est plein de charbon, d'accumulateurs, d'instruments d'hydraulique, en ses soutes. Les fenêtres s'ouvrent comme des hublots, par étages de feux, et tout au faîte ses

cheminées figurent assez bien des pistolets de
canots et des ventilateurs. Et il y a là une
beauté, après tout, qui résulte de la force et de
la destination générale. Mais cette beauté est
compromise dès qu'il y est fait allusion à des
vestiges d'ancien style. Nous voyons dans Paris
certaines de ces maisons se compliquer de clo-
chetons, d'encorbellements, de mosaïques dorées.

L'effet est toujours ridicule. La faïencerie
verte et bleue qu'on applique n'a pas de raison
d'être. Les moulures de feuillages n'ont pas de
but, les cariatides demi-nues ne conviennent ni
à la forme ni au style des balcons qui, on ne
sait pourquoi, sont parfois ventrus comme les
grillages espagnols. Il y a là tout un parasi-
tisme de joliesses déplacées. La grécomanie a
rempli Munich de temples athéniens. Dans ces
régions pluvieuses, la pierre est devenue ignoble
sous les averses, et l'effet est piteux.

Savez-vous rien de plus affreux que les toits
de zinc et les tuyaux qui dominent le péristyle
grec de la Bourse? Un millionnaire s'est donné
le genre de recopier le grand Trianon sur l'avenue Malakoff ; le monument n'a plus de sens,
et même les jaspures des colonnes, d'un rose
exquis à Versailles, prennent là de fâcheux
aspects de mortadelle. C'est toujours une question d'appropriation. On peut inférer de là que
l'appropriation pure et simple a plus de chance
d'impressionner que si elle est mitigée d'accessoires décoratifs mêlant l'agrément à l'utilité,

à peu près par la même bizarrerie qui ferait damasquiner les bielles d'une machine et gaufrer d'or ses courroies de transmission.

C'est dans les relations des plans, dans la présentation des volumes, et non dans les détails superficiels, qu'une statue ou un organisme vivant trouvent leur caractère. C'est également là qu'une maison peut trouver le sien, et pour elle aussi le modelé a de l'importance. C'est par les relations des volumes que les séries des maisons de New-York ont pris cet aspect de grandiose barbarie assyrienne qui, la nuit surtout, avec la magie des lumières, convie le visiteur du pont de Brooklyn à un spectacle inoubliable.

La lumière, qui n'était qu'un élément décoratif très négligeable dans les rues du moyen âge, devient, par la force des choses, l'élément essentiel de la fantaisie dans les rues modernes. On peut dire qu'elle est appelée à jouer le rôle de l'ornementation sculpturale, et si la rue du moyen âge était adorable le jour et invisible la nuit, le contraire s'atteste aujourd'hui. Géométrique durant le jour, utilitaire, neutre, la série des maisons n'est pas faite pour être regardée. Mais elle vit, dans les ténèbres, sa vie fantastique. La maison moderne est le contraire de la monade de Leibnitz, qui n'a pas de fenêtre sur le dehors. C'est du dedans d'elle qu'on regarde, elle se soucie peu du regard qui l'envisage. Mais le soir elle s'irradie, elle étincelle, elle se met à vivre sa vie électrique, fulgurante et mysté-

rieuse. Elle a été calculée en vue de la nuit,
pendant laquelle on ne vivait pas publiquement
au moyen âge. Le feu d'artifice des ciselures
gothiques, la féerie des balcons ajourés et des
images peintes, c'est la clarté nocturne de nos
rues qui les remplace. La rue contemporaine
est une belle de nuit.

L'alignement géométrique, qui a été si souvent considéré comme une cause de laideur,
prend dès lors son importance et conquiert
tout son sens esthétique. La rue tirée au cor-
deau n'a plus que la signification des carcasses
de feux d'artifice. Sa rigidité rectiligne, propice
durant le jour à la circulation, prétexte à nuit
close la magie des éclairages, que la rue d'autrefois, avec ses coudes brusques et son étroi-
tesse, eût entravée. Au reste, la rigidité du tracé
n'est pas une notion moderne. Mainte ville
antique fut ainsi conçue sur un plan préalable,
pour simplifier les itinéraires et profiter de la
direction de certains vents. Il est aisé, en étudiant un plan de Paris, d'apprécier de quelle
manière le noyau de la cité primitive, avec les
sinuosités de ses ruelles agglomérées, est con-
centriquement cerné par l'adduction des enceintes
successivement élargies, rayonnant des rues
neuves de plus en plus soumises à la loi de la
formation cellulaire : et c'est même un graphique très impressionnant. Une autre loi s'est
imposée, aussi absolument, sur le plan vertical
que sur le plan horizontal : la cherté des terrains a déterminé l'accroissement en hauteur,

dont New-York offre l'exemple typique, ne faisant en cela qu'imiter Carthage, Rome et Babylone. La géométrie des étages répond à celle des rues, et ainsi se reconstruit une harmonie linéaire qui s'oppose à l'harmonie accidentelle et capricieuse des rues du temps passé.

L'enseigne est rendue vaine par la vitrine illuminée qui se désigne elle-même, mieux que ne le ferait une allégorie de zinc grinçant au bout d'une tringle. Si nos murailles sont uniformes, c'est que nous avons notre couvre-feu dans le jour. Quel prestige de façade en dentelle de pierre et d'or vaudra le flamboiement de l'électricité aux dessins ductiles, dont le filigrane de feu blanc, captivant à son gré l'arc-en-ciel dans des verres de couleur, dessine les plus étranges chimères? A l'heure où le moyen âge n'était que silence et opacité, nous vivons transfigurés — et de tout cela résulte un monde de nouveaux motifs esthétiques.

La laideur de nos rues semble donc, si l'on y songe, provenir bien plutôt des compromis tentés pour maintenir des vestiges de l'ancien style que du nouveau style lui-même, ou, si l'on veut, de notre absence systématique de style. Pour en revenir à la comparaison aux navires de guerre, que l'îlot de maisons modernes provoque invinciblement, il serait disgracieux, parce que disparate, de replacer aux proues et aux poupes de nos cuirassés les Renommées de bois doré ou les lanternes ouvragées qui ornaient si richement les frégates du xviie siècle. Elles étaient fort belles. Un croiseur a une autre beauté : c'est même une des plus étonnantes preuves de beauté par appropriation qu'on puisse fournir. Pareillement nos maisons se pareront anormalement de frises polychromes, de sculptures imitatives, alors que seul leur aménagement intérieur doit réunir des images claires et riantes, propres à égayer le home. Ainsi le vêtement de la contemporaine tend à ne valoir extérieurement que par la proportion choisie de sa coupe, alors que l'usage du bijou s'atténue, et que la lingerie cachée exprime seule le luxe. La roturière enrichie exhibe des robes voyantes, la femme élégante ne se permettant que dans son intérieur et pour son mari ou ses intimes le caprice de vêtements et de joyaux révélateurs de ses goûts personnels.

Pour la maison comme pour le costume, un revirement s'est accompli. La vie d'antan était toute de parade, façades et vêtures constituant un spectacle : la vie moderne conçoit l'égalitarisme extérieur et abrite sa fantaisie. Il y a transposition, mais non laideur ou décadence.

Mais cette impression de laideur, d'inharmonie, est et sera imposée aux cerveaux du fait que les monuments anciens demeurent visibles au milieu du style de notre âge, et éveillent ainsi des pensées qui ne s'accordent plus aux pensées contemporaines. Le cerveau humain est fait de telle sorte qu'il se refuse à admettre là ce qu'il admet dans un musée de peinture. Nous pouvons voir un Delacroix auprès d'un Vinci, mais

nous sommes blessés de passer en vingt minutes
de voiture du boulevard des Italiens à Notre-
Dame de Paris, ou de sortir de Cluny pour
retrouver le boulevard Saint-Germain, et au
lieu de nous divertir de l'antithèse, nous en
souffrons. Aussitôt nous exprimons cette souffrance et ce désaccord par une comparaison où
la laideur s'oppose à la beauté. Cela vient de
ce que nos yeux et notre imagination sont frappés plus vite que notre raisonnement ne peut
se ressaisir : nous n'envisageons que notre
impression sans mesurer la nécessité des contrastes, et nous avons toujours une tendance à
nous considérer comme des intrus dans la vie
qui nous est faite. Nous avons le goût illogique
de la comparaison entre des valeurs qui n'en
comportent pas : évidemment une vieille maison de Rouen peut être estimée plus belle qu'une
maison de l'avenue de l'Opéra, mais seulement
si nous admettons une parité dans leurs destinations. Et en allant au fond des choses, nous
trouvons que cette parité ne peut s'établir, et
que par « beauté » nous entendons bien moins
la proportion ou le caprice inventif de la décoration et de la silhouette que la signification
morale d'une maison qui a vu des siècles, des
morts, des naissances innombrables, et dont
chaque pierre s'est imprégnée de vie, alors que
la maison moderne est neuve et n'a pas d'histoire.

La rue moderne se fait lentement son histoire, et c'est de l'histoire qu'elle attendra son

style. Mais ce style ne sera pleinement logique
que si nous nous déterminons à rejeter tout
compromis avec l'ornementation surajoutée.
Quelques architectes modernes ont compris cette
condition. Leur effort n'a tendu qu'à modifier
les formes des pièces, les hauteurs des plafonds,
les échancrures des haies, à simplifier toutes
les lignes et à disposer les angles de manière à
offrir à l'air et à la lumière le plus libre accès.
Des essais de transformation des toits en ter-
rasses à jardins ont été manifestés, à l'exemple
de New-York. A la plus grande garantie d'hygiène correspondra certainement la plus grande
précision du caractère, partant la plus grande
chance de constitution d'un style. En architecture de maisons, nous apercevons bien qu'il est
faux de prétendre que le beau et le confortable
s'excluent. Il n'est plus temps de mettre l'homme
en demeure d'opter entre la ruelle séduisante et
sordide et l'avenue hygiénique et monotone,
entre la laideur et le défaut de confort, sous
prétexte que le pittoresque est la seule forme
de la beauté et ne se peut obtenir qu'au prix
d'inconvénients quotidiens. Quant à l'architecture de monuments, c'est un tout autre point
de vue. Nous sommes forcés de reconnaître
que cette expression nous fait totalement défaut.
Là l'influence tyrannique des modèles d'antan
nous condamne au pastiche, et nous ne savons
user de l'élément admirable et nouveau qu'est le
fer. Personne n'en dégage l'harmonie latente,
et ce sont les hommes qui manquent. Il y a

tout à parier qu'un Philibert Delorme, un Du-
cerceau, ou si l'on veut un Erwin de Steinbach,
mis en présence de cette matière et de ces lois,
en eussent tiré des merveilles en consultant
leur libre génie. Mais le style de la rue moderne
est autrement avancé. Par ses perspectives, ses
arbres, ses jeux d'ombres et de lumières, sa
féerie nocturne, un boulevard contemporain ne
manque ni de caractère, ni de puissance, toujours à condition qu'on ne cherche pas à l'enjoliver par de petits reliefs, des balcons fleuris,
des enseignes, et autres gentillesses archaïques
qui se perdent dans l'ensemble et ne sont que
des mesquineries illogiques. Sachons séparer
nettement le charme historique et l'usage contemporain. Nous haïrions vite les costumes, les
maisons, les objets du passé si nous devions
nous en servir, car ce sont des défroques de
morts, et nous vivons. Les gens du moyen âge
n'étaient pas plus heureux de porter leurs cha-
perons et de loger dans des maisons de bois
sculpté que nous ne le sommes de porter nos
vestons et de rentrer dans nos maisons à ascen-
seurs. Autant il est légitime de tenter de sau-
vegarder des témoignages du passé, et même
d'en créer des reconstitutions, autant il est ur-
gent d'en isoler notre vie et de considérer ces
vestiges exégétiques non pas comme des termes
de comparaison désavantageux ou des modèles
indépassables, mais simplement comme des
preuves de la nécessité d'évoluer et de trouver
à notre tour des maisons, des vêtures, des objets

qui soient les portraits de nos désirs et les rati-
fications de nos volontés. Et le style n'est pas
autre chose, et c'est cette pensée-là qui a créé
la succession des styles.

LE BESOIN D'ART DU PEUPLE

C'est une troublante question. On se l'est posée bien souvent dans cette époque de conflits idéologiques.

La première chose qui me frappe, c'est qu'on n'a pas posé une question. On a établi un axiome. On n'a pas hésité à dire : « Le peuple a besoin d'art. » On a même été jusqu'à dire : « Le peuple a droit à de la beauté. » Vous connaissez la formule ; assénée comme un coup de merlin sur les crânes d'un certain nombre de moutons de Panurge, elle a fait un bruit assourdissant. Mais personne n'a osé, que je sache, employer la forme interrogative et demander : « Le peuple a-t-il besoin d'art ? » C'eût été se faire conspuer.

Je conçois que personne n'y tienne. Cependant il eût été logique de procéder de cette manière. Car enfin, pour savoir si réellement le peuple a un « droit », un « besoin », le mieux

serait de le lui demander. Au fond que serait
un droit dont il n'éprouverait pas le besoin?
Quelque chose de plus vain encore qu'un besoin auquel il ne pourrait faire droit! Et je
ne sais pas du tout, vraiment, s'il a besoin de
« beauté », encore que j'admette fort bien qu'il
y ait droit. Tout ce galimatias socialiste, em-
brouillant des mots sans en préciser au préalable le sens pour la netteté du raisonnement
me paraît assez ridicule. Qu'est-ce que le
peuple? Quelle sorte de beauté lui est accessible? Doit-il la trouver en lui-même ou la recevoir des mains d'une autre caste? Voilà ce
que je voudrais savoir avant de discerner son
besoin et de fixer son droit. J'ai bien peur qu'en
me parlant du peuple on me désigne encore cet
individu abstrait, cet « homme en soi » de la
Déclaration des droits de l'homme, cet indi-
didu « qui n'est jamais censé ignorer la loi » et
que je n'ai encore jamais rencontré. Si on me
parle des gens de la classe ouvrière, tels que
nous les voyons tous les jours, alors je demande
à distinguer. Une question de degrés multiples
se présente d'urgence. Quel droit un Pahouin
a-t-il de posséder un sextant et quel besoin en
a-t-il? Plus Pahouin encore serait l'Européen qui
lui ferait ce cadeau. Tout est dans l'appropriation et l'usage de l'objet accordé. Or, il y a bien
des Pahouins parmi les ouvriers qui regarde-
ront un Delacroix ; il y en a même autant parmi
les rentiers. D'autre part, il y a des ouvriers
qui ne sont pas du tout des ouvriers, à l'exemple

de certains Espagnols, et qui ont le goût le
plus naturellement affiné.

Un peu avant que le socialisme fût devenu le
moyen de parvenir, le snobisme et le tam-tam
de beaucoup de romanciers et chroniqueurs,
dont leurs confrères ont tôt fait de soupeser les
convictions, je me suis laissé dire, et j'en ai fait
mainte expérience personnelle, que le peuple
était fort accessible aux arts, pour la raison fort
simple que, durant des siècles, c'est lui qui les
a illustrés. C'est de lui que tout est sorti, figures gothiques, huches et stalles du XIVe siècle,
tapisseries, cuivres, meubles Louis XV et
Louis XVI. C'est cet admirable peuple des corporations qui maintint le don de perfection
française aux heures d'invasion étrangère. Le
blason d'art de notre noble peuple d'art français, ce sont nos styles successifs qui l'ont dessiné. Mais peut-être ce peuple fait pour créer
de l'art ne reconnaît-il pas cet art dans le miroir
où les esthètes le lui présentent. Il œuvre, et
ne reconnaît pas son œuvre. Il ne jouit pas de
ce qu'il a inventé; et peut-être aussi devons-
nous renoncer, nous autres artistes, à lui faire
goûter ce que nous inventons en pensant lui
faire plaisir — peut-être ne jouirait-il que d'un
art qu'il recommencerait à inventer pour lui-
même, car au fond il ne s'est jamais amusé que
des histoires qu'il a combinées, et son génie se
nourrit de soi.

Personne plus que moi n'admire les facultés
du peuple. Je les ai constatées, cela m'a été

donné en des circonstances que je n'oublierai
pas. Mais, quand je vois commenter les mysté-
rieuses psychologies qui l'animent par la piètre
faconde des déclamateurs qui parlent de lui
donner « leur beauté » (car c'est bien eux qui
prétendent la fournir !), et qui l'ignorent totalement, je suis près de désirer que ce poison
frelaté ne soit jamais versé dans cet organisme
plébéien, que le démocratisme utopique n'a que
trop perturbé depuis la suppression des corporations. Nos ouvriers sont assez gâtés, hélas! et
la division du travail a fait plus de chemin
qu'on ne pense, de la chaise Louis XVI à la
chaise du faubourg Saint-Antoine. Si la « beauté »
de ces messieurs, en vertu du trop célèbre
« droit », se répand, le résultat « social-huma-
nitaire », pour prendre leur jargon, sera évidemment merveilleux, mais nous pourrons
faire notre deuil définitif de tout art venant
du peuple : il n'y aura plus de place que pour
celui qu'on lui apportera. Et je pense que le
plus grand besoin d'art du peuple serait *celui
qu'il éprouverait d'en refaire.* C'est ainsi que la
question devrait être posée. Je ne sais pas s'il
a besoin de l'art qu'on lui propose, mais l'histoire entière m'enseigne qu'il a besoin d'en produire, qu'il n'y a jamais manqué, que nous en
avons profité, et que, s'il cesse d'en faire, il
s'ennuiera et tombera très bas.

Il faudrait donc avant tout le placer dans des
conditions morales et sociales propres à lui
redonner son génie du xviiie siècle, lui ensei-

gner sa grandeur d'antan et ses causes logiques,
lui apprendre à se respecter lui-même, et lui
rendre l'état d'esprit corporatif, sinon la forme.
Je sais bien que cette forme abusive et désuète
n'est plus admissible par les politiciens ; cependant le secret de l'art industriel et décoratif
français gît dans cette tombe, et rien n'en est
resurgi.

Il n'y a plus eu de style en France depuis la
fin des corporations, et c'est à cela, et non à la
disparition de l'autocratisme, que cette cessation a été due. Des rois, des empereurs sont
revenus depuis, mais n'ont pas ramené de
style, parce que le cadre naturel d'une production homogène de l'art avait été faussé. Nous
avons des ébénistes de goût, d'excellents litho-
graphes, des ciseleurs de talent, toute une élite
de plébéiens adroits et intelligents, peut-être
aussi nombreux qu'au xviiie siècle ; mais c'est
une armée débandée, qui ne va nulle part et
s'emploie où elle peut. J'allais fort souvent à
Trianon, ces temps-ci. Ce n'est pas grand'chose,
le petit Trianon tant reproché à Marie-Antoinette ;
il n'est pas de femme de grand banquier qui ne
s'y trouverait mesquinement logée. Mais j'admi-
rais la merveille incomparable de cette harmonie absolue, qui m'émeut autant que l'harmonie
grecque, harmonie d'un lampadaire et d'une
boiserie, d'une nuance de pierre et d'une forme
d'espagnolette, symphonie des proportions d'une
subtilité inimitable — et je reconnaissais la
cohésion d'un âge corporatif. Rien ne rempla-

cera cela. Le socialisme s'en soucie peu; n'est-ce pas quelqu'un parmi ses adeptes qui a osé dire cette immortelle parole d'infamie et de haine : « L'art est un luxe bourgeois? » Ne me demandez pas son nom, je l'ai oublié, et je ne sais que trop qu'il s'appelle Légion! Mais si des artistes, des romanciers, des connaisseurs d'art, prétendent ramener le peuple à l'art par le socialisme, ils sont plus à plaindre encore qu'à blâmer s'ils ne croient pas nécessaire avant tout de recourir même à certaines formes du passé, impartialement, pour reforger l'art populaire futur.

Avant d'avoir un besoin d'art, on doit éprouver des besoins préliminaires. Le besoin d'art n'est que le résultat d'un certain nombre de satisfactions, dont il ratifie l'obtention. Je ne vois pas que le peuple soit unanime à éprouver ces besoins préalables. Par exemple, l'hygiène, la propreté, le désir d'ordre autour de soi et le respect de soi-même. Qu'un être ait d'abord souci de la netteté de son corps, de sa santé, de son harmonie, qu'il craigne l'alcool et aime les bains; qu'il ait une répugnance à voir son intérieur sale et désordonné; qu'il ait scrupule à laisser sa bouche proférer des mots grossiers, et sente que l'usage de ces mots le ravale plus encore qu'il n'atteint leur destinataire; qu'il ait le désir du calme du contrôle de soi; quand je verrai cela en lui, je penserai qu'un terrain d'art est préparé. Cet être aurait déjà fait œuvre d'art; l'œuvre d'art commence à soi-même, tout

22

artiste a éprouvé ces velléités, et il n'est d'homme
si pauvre qui ne les puisse contenter. L'instinct
de se créer une physionomie morale et physique
est le premier symptôme de la faculté d'art. Je
ne vois pas qu'on enseigne cela au peuple,
c'est pourtant essentiel. Il ne s'agit pas de placer
un être qui jure, qui crache, qui hurle, qui ne
se lave pas, devant un chef-d'œuvre, et de
croire qu'on a fait envers lui son devoir. Il
s'agit de conduire cet être, par un enseignement
persuasif, à l'idée que toute créature humaine
doit s'affiner — et c'est ainsi qu'on le rendra
capable de comprendre et de reconnaître dans
une belle chose l'héritage indivis de sa race.

Personne ne peut être mis avec profit directement en contact avec l'art, s'il n'a d'abord été
mis à même de comprendre les étapes prépara-
toires de l'âme vers les chefs-d'œuvre, et ces
étapes sont marquées dans un domaine moral,
bien plus nécessairement que dans un domaine
esthétique. Avant d'ouvrir les musées au peuple,
de lui faire apprendre par cœur des notions de
manuels, ou de fabriquer à son intention des
œuvres, on ne fera rien de bon si l'on ne commence pas par lui dire que l'art est une hygiène
supérieure, une rectitude suprême de l'individu.
Or, qui le lui dit ? On le peint comme un affamé
de chefs-d'œuvre, qui attend impatiemment
l'ouverture des musées et des bibliothèques
dont les grilles lui furent injustement closes.
Ce n'est pas vrai : il n'a pas faim, et nos prê-
cheurs d'art social sont des enfonceurs de portes

ouvertes. Regardez le public du Louvre un dimanche, et vous serez édifiés. Pourquoi men-
tirions-nous à l'évidence? Et, cependant, tout
au moins dans le domaine de l'architecture et
de l'art décoratif ou mobilier, c'est le peuple
qui a tout fait, c'est de lui, de ce terreau profond, fécond, obscur, que la floraison française
est née. Ce n'est donc pas qu'il soit imbécile
d'esprit : c'est que ses pseudo-éducateurs ne
savent pas l'aider à se reconnaître lui-même, à
aimer son ouvrage, à constater son héréditaire
génie, à se savoir le fils de son œuvre.

Toutes nos actuelles propositions d'art au
peuple sont viciées dans la substruction de leur
logique, comme ce ridicule enseignement de
conservatoires et d'ateliers, qui place des ado-
lescents devant les secrets de l'antique et des
gamines devant les sonates de Beethoven. Nous
prêtons au peuple la psychologie que nous lui
voudrions, et non celle qu'il a. Nous lui offrons
à manger sans lui apprendre à mâcher. S'il
s'agit du besoin qu'il aurait de faire de l'art,
nous contrarions ce besoin en détruisant la
notion du traditionnalisme, la seule sur laquelle
il pourrait s'appuyer. S'il s'agit du besoin qu'il
aurait de s'intéresser à un art fait par nous
pour son émotion ou son agrément, nous tom-
bons dans les plus étranges erreurs — et nous
lui offrons une sorte de camelote compliquée
(ou faussement simple), qui s'appelle l'art industriel ou l'art nouveau. Rien de plus déconcertant
que cet art, dont les revues illustrées nous

montrent les spécimens, cet art hygiénique et économique, dont la nudité mêlée de symboles enfantins peut amuser les auteurs, qui jouent à la simplicité comme aux soldats de plomb, mais à quoi le peuple ne peut rien entendre. Les intérieurs ripolinés, ornés d'images d'Henri Rivière, sont d'agréables utopies. Le peuple s'y ennuie à mourir; il les trouve pauvres, car il aime le mauvais goût, le faux doré, les gravures pleurardes, le feuilleton, le mélo, tout ce qui peut exciter sa vanité imaginative et imiter les intérieurs riches tels qu'il les suppose, à la façon dont un vin fuchsiné dans une bouteille cachetée lui donne l'illusion d'un grand cru. Les intérieurs lavables, avec meubles commodes et images d'ornement, qu'on lui propose, me font toujours penser à cet insolent et joli paradoxe d'Oscar Wilde faisant confectionner par son tailleur « un vêtement de pauvre » pour habiller un mendiant installé au coin de sa rue et dont l'accoutrement le choquait. Nul doute que ce mendiant, offusqué, ait vendu ces nippes au fripier le plus voisin, et que le peuple installé dans de tels logis y mettrait au bout de peu de jours d'infâmes chromos, des potiches gagnées à la foire, et des linges sur des ficelles.

Avant de fabriquer un art pour le peuple, ou de lui donner l'accès et l'usage de l'art déjà réalisé, il faut lui en donner le besoin, ou le lui faire reconnaître en lui-même. Pour cela, il faut d'abord diminuer sa somme de misère et de laideur, et l'amener à désirer l'hygiène, qui

est la suppression de la première des laideurs.
En un mot, il sied de former le caractère du
peuple pour le préparer à l'art, et non pas du
tout d'escompter qu'en le mettant en contact
direct avec l'art on lui formera un caractère.
L'art ne sert pas à de telles fins. C'est une
force qui s'élève toujours, on peut la suivre,
mais elle ne redescend pas pour accepter les
petites besognes d'épuration. C'est à nous de
faire celles-ci. Un ouvrier peut se rendre digne
des chefs-d'œuvre, mais les chefs-d'œuvre
n'ont pas pour vertu et pour raison d'être de
dégrossir et d'éduquer un ouvrier. Ce n'est
donc qu'en voyant le peuple commencer par
accepter avec empressement l'hygiène et le souci
de sa propreté morale que nous pourrons mesurer le besoin d'art dont il peut avoir conscience. Cette vue n'a rien de bien relevé, mais
elle est sensée.

Après avoir bien déclamé, on en viendra à
reconnaître que la façon la plus sincère de rap-
procher l'art du peuple serait de pousser celui-ci
à en produire conformément à sa nature, c'est-
à-dire en mettant à sa disposition des méthodes
d'art industriel et décoratif et en l'incitant à les
appliquer d'abord chez lui-même, et ensuite
dans les métiers d'art qui participent du commerce. Ce n'est qu'après avoir organisé une ré-
fection complète de l'art industriel qu'on pourra
se risquer, sans inutilité absurde, à mettre le
peuple en présence de chefs-d'œuvre faits par
une élite pour une obligarchie ploutocratique,

22*

et prétendre ainsi lui procurer quelque agrément. Pour l'instant, entre les chefs-d'œuvre et
le peuple, il y a une barrière pire que toutes les
grilles, et c'est la désorganisation des métiers
d'art, seule école qui puisse permettre à des
êtres de demi-instruction l'accès à une compréhension plus complexe. Il faudrait faire comprendre clairement au peuple que l'art décoratif est la racine de tous les autres et que si l'on
conçoit bien la qualité d'une matière, si l'on est
sensible à l'élégance d'une pièce de fer forgé,
d'un pied de table, d'une forme de vase, on est
propre à comprendre, avec le temps, la beauté
secrète d'un tableau ou d'une statue. La peinture et la statuaire apparaissent à un ouvrier
d'art comme des domaines étrangers à l'ébénis-
terie ou la verrerie, et on n'a rien fait, jusqu'en
ces derniers temps, pour abolir cette idée fausse.
Cependant le peintre et le sculpteur, aussi bien
que le prosateur, ne sont que des ouvriers d'art
comme les autres. Du jour où les salons ont
admis, après bien des récriminations, des sections d'art industriel, on n'a pas tardé à voir
que la distinction crue infrangible n'était qu'un
sophisme. Seulement, au lieu que cet art industriel fût un apport du véritable peuple, des artistes réputés se sont mis à faire les ouvriers et
à fabriquer des assiettes, des armoires et des
escabeaux « pour le peuple » à des prix inabordables. Ces pièces uniques, ce sont les snobs qui
les ont achetées — et le peuple ne s'en est pas
servi et n'y a rien compris. Il eût été préfé-

rable qu'on lui apprît à les faire lui-même pour
son usage, comme aux siècles passés, alors qu'il
est maintenant totalement employé à exécuter
pour la petite bourgeoisie les modèles hideux
qu'elle lui donne, et qu'elle a été chercher dans
la contrefaçon et la grimace du luxe. Regardez
une suspension d'intérieur bourgeois et vous ne
m'entendrez que trop.

Avec la réduction de la main-d'œuvre et la
division du travail, s'est affaiblie la responsabilité de l'ouvrier dans la création de l'objet d'art,
partant son désir de faire preuve d'intelligence
et d'initiative. C'est donc à une modification des
conditions économiques qu'il faudrait redeman-
der l'éveil progressif et logique de l'intérêt du
peuple pour l'art spécialisé du tableau ou de la
statue, avec lesquels son métier ne voisine plus.
Et cette modification irait peut-être contre les
desseins du socialisme. Mais quand Watteau
travaillait chez Audran, il était ouvrier — et,
si l'on veut, socialiste sans le savoir. Et Watteau était à peu près un homme du peuple, et
en tous cas un pauvre, moins aidé que le dernier de nos ouvriers.

Qu'on crée pour le peuple des éditions à bon
marché, qu'on lui ouvre des musées techniques,
qu'on lui organise des concerts et des théâtres
pour l'accoutumer aux idées générales, aux symboles les plus élémentaires ; que cela soit fait tantôt sans intelligence, comme dans les tentatives
de théâtres lyriques populaires, tantôt très ju-
dicieusement, comme le fait M. Maurice Potte-

cher avec un dévouement d'apôtre, tout cela
n'aura de résultat que si, au lieu de rechercher
à satisfaire le besoin d'art qu'on prête au
peuple, on s'attache avant tout à exciter ce
besoin, à le faire naître, car c'est le premier
point, et l'expérience fait bien voir que nous ne
savons encore rien d'exact sur ce besoin dans le
temps actuel, alors que l'histoire nous renseigne
sur son degré de jadis. Les « théâtres du peuple »
sont assurément la forme la plus directe et la
plus pratique d'excitation. Cependant nos socia-
listes leur témoignent la plus grande indifférence et ne sont pas éloignés de taxer de décen-
tralisation nationaliste des tentatives comme
celle de Bussang. Nos brillants polémistes et
distributeurs de « beauté » se font jouer dans
les théâtres subventionnés par l'infâme capitalisme et se gardent bien d'employer gratuite-
ment leur génie au service de ces scènes vraiment populaires. Au vrai, ce n'est pas en ouvrant
la Comédie ou l'Odéon au peuple qu'on lui en-
seignera quelque chose, non plus qu'en lui
jouant les opéras de Meyerbeer ; et ce n'est pas
non plus en lui éditant *Salammbô* à quatre sous
le volume illustré. Tout ce qu'on fait pour l'éducation d'art du peuple en ce moment n'est que
hâblerie, puffisme ou maladresse. Il n'y aurait
de résultat solide que par la réforme des indus-
tries d'art. C'est par le maniement plus intelligent et plus libre des métiers manuels que l'ouvrier commencerait son initiation, et ce qui se
touche et se pèse est ce qu'il conçoit d'abord.

Il est un fait indéniable. C'est que, dans la considération profonde de cette grande masse, où toutes choses sont en puissance, nous puisons tous le sentiment d'une responsabilité. Artistes intellectuels, nous n'avons pas le droit de garder pour nous ce que nous avons acquis. Le corps de l'homme lui appartient seul : il peut en disposer. Mais ses idées ne lui appartiennent pas : suggérées par l'humanité, elles doivent lui faire retour. Une dîme doit être prélevée sur tout ce que j'ai appris, ce qui fait ma joie de comprendre. Il y a un « droit des pauvres » que je ne peux méconnaître. Mais outre ce que je dois, il m'est commandé de trouver la façon utile de le rendre, et c'est au peuple de m'y aider en disant la forme de son besoin. Notre premier acte doit être de l'aider à la formuler, mais il sied qu'elle soit énoncée par lui. Dire que le peuple a besoin d'art, cela équivaut à demander si une racine a besoin de fleurs. Son rôle est d'en nourrir, mais du fond de la terre elle ne peut pas les voir.

*
* *

Nous savons que notre devoir est non de donner de la beauté au peuple, mais de nous comporter de façon qu'il soit libre de nous en demander. Mais ce n'est là que la part secondaire de notre devoir. L'essentielle, c'est de modifier

les conditions sociales de manière que le peuple
ait envie de demander de la beauté. Et enfin, si
nous faisons tous notre devoir sur ce point-là,
nous verrons que le peuple ne manifestera son
« besoin » qu'en cherchant à produire. Il n'aura
pas de goût pour ce que nous lui fabriquerons :
il nous mettra de côté. S'il se retrouve capable
d'inventer, s'il goûte à nouveau la joie de produire, qu'aurait-il à faire des produits d'artistes
enflammés d'un beau zèle socialiste? L'action du
peuple est lente et interne. Ses sommeils et ses
réveils s'alternent. Il œuvre à la façon obscure des
cellules et des terrains. Si la cellule est encore
vivante, elle germe, et n'a besoin que de soi. Si
le terrain se stratifie, il s'accroît dans les ténèbres.
Mais à la cellule morte et au terrain constitué
nulle force extérieure n'ajoutera. Ainsi, nous ne
pouvons pas donner de la beauté au peuple et il
n'a pas besoin de la nôtre ; le besoin et la beauté
viendront de lui — s'ils doivent renaître — et
c'est encore nous qui en profiterons. Sans lui
nous n'eussions rien fait. Il est vain et hypo-
crite de lui représenter en cadeau humanitaire
la déformation de ce qu'il nous a donné, et d'offrir le partage de l'usufruit à celui qui est le
capital même. Nous n'avons pas une idée qui,
par des voies directes ou indirectes, ne vienne
du peuple, et dans le moment même où certains
proclament leur désir de lui en offrir, c'est encore
en lui qu'ils s'alimentent. Seulement, ils n'en
veulent point convenir. Le jour où l'évolution
du peuple lui fera dire à ces propagandistes :

« Nous n'avons pas besoin de ce que vous offrez,
nous agissons par nous-mêmes et n'avons que
faire de votre beauté et de vos personnes », le
jour où il n'y aura plus d'avantages de vaine
publicité à se vanter, à l'égard du peuple, d'une
sollicitude plus ou moins sincère, on verra combien peu d'artistes et de publicistes aimaient ce
peuple, devant qui la conséquence logique de
leur attitude sera de s'effacer sans compensation.

—

L'INQUIÉTUDE D'ART

LA FIN DU PREMIER IMPRESSIONNISME

(1865-1900)

Tous les mouvements d'art sont nécessaires, le destin et l'évolution les voulurent. Mais, s'ils tentaient de se trop survivre, contrevenant ainsi aux forces qui les engendrèrent, ils deviendraient nuisibles. Il faut qu'ils apparaissent, remplissent leur mission momentanée, et meurent. Les plus haïssables poncifs ont tous été de beaux et utiles mouvements, que des imitateurs ont voulu prolonger pour autoriser leur médiocrité. Ils n'en firent que des obstacles aux mouvements nouveaux qui devaient trouver place à leur tour. Nous détestons ainsi non pas d'anciens mouvements d'art, mais les poncifs qu'on en fit et qui sont pour ainsi dire leurs cadavres. En art, il faut savoir se séparer de ce qu'on a aimé, sans cesser de l'aimer, mais sans faire de son amour un cénotaphe obstruant les routes libres de l'avenir.

C'est un devoir qui, si l'on a souci d'équité critique, doit faire taire l'inclination. Et la récompense de ce sacrifice, c'est que le mouvement
ainsi abandonné ne meurt pas : il entre dans l'histoire et se transforme. En tout mouvement, il
y a deux germes, l'un de vie, l'autre de mort.
Si l'on s'obstine à le maintenir après sa tâche
faite, on ne développe que son germe de mort,
on en fait une chose caduque et mauvaise, on
le trahit et on le déshonore parce que, de ce qui
fut un effort novateur, on fait un effort réactionnaire, d'une idée vivante, une arme contre
la vie. Plus on veut proroger le mouvement,
plus il se pourrit aux mains de ses continuateurs.
Mais si on le quitte à temps et de bon gré, si
on le fait passer normalement de la vie active
à la vie historique, alors on lui est fidèle, on
comprend son vrai sens, et on développe son
germe de vie. C'est-à-dire qu'on met au jour
les possibilités qu'il contenait et qu'il était chargé
de conduire jusqu'à la fin de leur gestation.

Cette idée nécessaire n'est pas toujours comprise. C'est que notre sensibilité retarde souvent
sur notre logique. Nous admirons un mouvement, pour ses luttes et pour son résultat, et
nous voudrions nous attarder dans cette admiration. Cependant, si nous voulions bien regarder profondément, nous comprendrions que
l'admiration n'a pu venir pleine, entière et légitime, qu'au moment de l'apogée du mouvement
et qu'ainsi sa mission était achevée, l'admiration allait se corrompre dans l'imitation : le

déclin allait venir à l'instant même, et ce déclin
n'était que la naissance d'un mouvement nouveau. Ainsi, à la minute où un coucher de soleil
devient si beau qu'on voudrait le retenir à la
limite du ciel, on souffre de sentir l'imminence
de la nuit, et on croit que le soleil meurt, et
on ne se console pas du tout en pensant qu'il
va simplement illuminer une aube nouvelle
derrière l'horizon permis à nos regards.

Savoir discerner le moment exact où un mouvement va devenir son propre poncif, le quitter
sans regret vain, l'écarter de la vie active et le
placer dans l'existence historique, c'est la plus
grande vertu de la critique d'art, son vrai rôle
et son seul mérite.

L'impressionnisme n'échappera pas plus à cette
loi que tous les autres mouvements. Nous
sommes au lendemain de la fin du wagnérisme
et du symbolisme : l'impressionnisme à son
tour cède la place, étant arrivé à son terme
naturel. Ainsi entrent dans le domaine historique les trois plus grands motifs d'art de méditation et de discussion esthétique de l'avant-
dernière génération qui arrive aujourd'hui à
l'âge mûr. Et elle a trop souffert des poncifs,
elle a trop lutté contre ceux qu'on dressait sur
sa route, pour tomber dans le travers d'en créer
à son tour.

Qu'est ce que l'impressionnisme? C'est à la
fois un résultat et une promesse d'avenir. Le
résultat, c'est l'aboutissement logique du
xviiie siècle pictural, la filiation de Fragonard,

23*

de Boucher et des dessinateurs se complétant par le caractérisme, le modernisme des Renoir et des Manet. Cela, c'est un fait accompli. Les hommes de l'impressionnisme sont aujourd'hui des vieillards ou des morts glorieux, et leur mouvement appartient à l'histoire de l'Ecole française qu'ils ont grandement honorée. Quant à la promesse d'avenir, elle consiste dans l'innovation technique, qui est énorme et peut servir à un art dont les pensées seront tout à fait dissemblables de la conception impressionniste.

Le germe de mort de ce mouvement, c'est la part de naturalisme qu'on trouve en son origine. Les grands peintres qui le firent avaient la haine des idéologues d'Académie, et ne voulurent être par aversion pour les peintres « littéraires », que des « voyants ». Ils mirent une technique merveilleuse au service d'anecdotes sans expressivité synthétique. Entre leur art d'éblouissante extériorité et le pauvre symbolisme académique il y a une place immense pour le style, la composition et l'idée picturale. Les impressionnistes ont fait assez de chefs-d'œuvre pour qu'on n'aille pas leur reprocher de n'avoir pas été autre chose que ce qu'ils furent. Il faut désormais les étudier comme tout autre groupe d'artistes français, comme l'école de Barbizon, ou celle des portraitistes du xvııᵉ siècle. Leur rôle actif est fini, leur rôle historique est délimité. Redisons qu'il tient en un mot : l'impressionnisme a renoué le xvıııᵉ siècle à la fin du xıxᵉ, en défendant le génie français contre l'Ecole.

Mais il est évident que le manque total d'éléments intellectuels dans cette œuvre lumineuse
et attrayante en a restreint la portée. Le naturalisme a été plus intéressant dans la peinture
que dans la littérature. Il y a racheté sa médiocrité par la richesse de la couleur et l'originalité des plans. Mais ce qui fut sa mode, par un
retour naturel des choses, le démode aujour-
d'hui. Tout a été fait en ce sens, l'illustration en
a reçu un développement d'une ingéniosité
extraordinaire : maintenant d'autres soucis
hantent les consciences, et l'état d'âme d'un
impressionniste de 1875 n'est plus de ceux
que l'époque admette et que l'avenir attende.

Le germe de vie, c'est donc dans la technique
qu'il faut le trouver. Il semble qu'on puisse
dire que la division du ton, la théorie des complémentaires, la dissociation chromatique aient
atteint avec Monet, Sisley, Pissarro la limite de
leur démonstration effective. Cependant, par
un certain côté, l'impressionnisme technique
commence à peine à agir comme « matière de
l'art futur ».

Il y a deux impressionnismes. Le premier,
c'est le mouvement moderniste désigné sous ce
nom : il est fini. Le second, c'est une révolution
dans la façon de peindre. L'impressionnisme de
sujets a joué son rôle. Mais celui qui s'appli-
quera à tous les sujets n'a encore presque rien
dit.

Cette technique, répertoire prestigieux, renouvellement de toute la vision de la peinture

contemporaine, cette technique est une pour
l'avenir, à condition que l'avenir sache en user.
Les novateurs de 1865-1875 avaient des préoccupations de naturalisme qui ne nous touchent
plus. Il était très osé de peindre l'*Olympia*, des
blanchisseuses et le moulin de la Galette à ce
moment là, parce que l'art officiel ne peignait
que des nymphes et des allégories. Depuis, les
temps ont changé, au point que toutes ces
audaces restrospectives n'ont plus à nos yeux la
valeur qu'elles avaient dans l'esprit des peintres.
Mais ce que nous continuons à voir avec une
surprise admirative et le sentiment d'une
révélation capitale, c'est la façon dont tout cela
a été peint. Et c'est là l'essentiel, l'impérissable
de l'art impressionniste.

*
* *

Cela est tellement vrai qu'on constate, aux
Salons et dans les expositions privées, un retour général vers une peinture « à signification
intérieure ». Le naturalisme ne contente plus
personne. Tous comprennent qu'il y a autre
chose que de peindre des extériorités pour elles-
mêmes. Nous avons vu le groupe des « inti-
mistes » (Le Sidaner, Cottet, Simon, Ménard,
Blanche, Adler, Wéry, Lobre, Lomont, Laurent,
Bussy, etc.), avec des tempéraments très divers, tendre résolument à introduire, dans la

peinture des éléments de mystère, de suggestion, d'art décoratif, de synthèse expressive,
tout en restant des peintres soucieux de la belle
matière et de l'étude des reflets et des tonalités
rares. Nous avons vu Besnard appliquer les
principes de la fragmentation chromatique à
un art décoratif et symbolique, et Henri Martin emprunter au pointillisme son procédé
essentiel pour donner à ses allégories lyriques
la vibration lumineuse qu'il souhaitait. Nous
voyons M. Maurice Denis, après avoir été un
pointilliste du groupe Signac-Van Rysselberghe, développer de plus en plus sa volonté d'un
art mystique et catholique, s'inspirer des Primitifs, puis des classiques italiens. Nous voyons
M. Edouard Vuillard, après le pointillisme et le
caprice japonisant de ses débuts, arriver lentement et sûrement à la maîtrise de l'intimisme,
à la plus subtile harmonie, dans ces toiles du
Salon d'Automne qui ont été pour beaucoup
une révélation. En tous ces hommes, qui ne se
ressemblent guère, et jusqu'en les plus isolés (le
petit groupe influencé par Gauguin et M. Cézanne), on constate l'oubli de la première formule impressionniste, le désir de quitter tout
naturalisme, de faire servir la vérité plastique
des aspects à l'expression d'une synthèse, d'une
pensée, d'un symbole. Ce désir prend des formes
diverses : les uns veulent retourner au classicisme et invoquent Ingres, comme M. Denis,
les autres croient accomplir une évolution sa-
lutaire et logique en se redonnant systémati-

quement une vision naïve, fruste, gauche, brutale et ingénue, comme ceux qui s'inspirent de
Gauguin et de M. Cézanne, les autres voient en
M. Besnard (en ses décorations) l'initiateur
d'une allégorie moderne, absolument neuve,
comme dans le plafond de l'Hôtel de Ville et
l'amphithéâtre de chimie de la Sorbonne, les
autres sentent le mystère des pénombres et
suggèrent la vie enclose dans le silence, comme
M. Le Sidaner ou M. Vuillard, les autres
cherchent l'expression d'un art social. Mais tous
sont las d'une peinture sans idées, et ainsi dé-
savouent l'impressionnisme en tant que mouvement réaliste et anecdotique, de photographie colorée et amusante d'un bar, d'une rue,
d'un paysage.

Et, d'autre part, interrogez n'importe lequel
de ces hommes; il vous dira qu'il est imbu de la
technique impressionniste, que cette technique a
ouvert dans l'art moderne une fenêtre large et
splendide, qu'elle est féconde, qu'elle a nourri
la vision contemporaine, et qu'elle ne périra
pas avec les sujets qu'elle illustra. En tous leurs
tableaux on la sent. Jusque dans les toiles
poussinesques du classique et hellénisant René
Ménard on trouve des reflets, des alliages, des
contrastes, des façons d'indiquer qui n'existe-
teraient pas sans Manet et Renoir.

Le Salon d'Automne a démontré opportuné-
ment cette fin de l'impressionnisme-réalisme.
On y trouvait quelques paysagistes honorables
et adroits à imiter honnêtement Monet, Sisley

et Pissaro. Leurs œuvres semblaient dater de vingt ans. Elles n'étaient pourtant nullement méprisables. Mais la vie et l'intérêt étaient ailleurs. Ces œuvres de seconde main ne montraient que le néant de l'imitation, l'inutilité de « faire du Monet » devant la nature comme « du Lefebvre » devant le modèle d'atelier. Evidemment l'urgence n'est pas de disposer ces touches et de briser ces tons de la même façon que Monet et de mettre les mêmes bleus dans les mêmes ombres, mais bien de tâcher d'arriver à voir la nature aussi intensément qui'l l'a vue, selon son propre tempérament, et de se créer une technique convenant à cette vision, ainsi qu'il fit. La copie est la trahison de l'influence, la copie est toujours inintelligente et insincère ; mais l'influence est bonne. Les Salons récents ont donc laissé intactes la beauté et la riche originalité de la formule impressionniste. Ils ont montré seulement que cette formule était entrée dans l'histoire, que la vie en réclamait une autre, et que pas plus là qu'ailleurs il ne fallait copier, refaire, mais bien tenir compte des acquisitions pour aller plus loin. L'impressionnisme a été par excellence l'art de la sensibilité spontanée : sans autre théorie esthétique que le goût de la liberté, il a été servi par quelques peintres d'une exceptionnelle puissance de vision et d'exécution. Moins que tout autre mouvement cet art supporterait le démarquage et le recommencement systématique. Son poncif serait hideux. On n'imite pas un tour de force, on l'égale ou on le rate ; on ne copie pas une sensation, on a les nerfs assez fins pour l'éprouver, ou l'on fait une chose détestable et nulle. Un médiocre tableau d'école peut se soutenir par son sujet, ou un certain faux semblant (les musées en sont pleins), mais un impressionniste qui n'a pas été impressionné, c'est le causeur qui fait son impromptu tout à loisir, c'est-à-dire rien qui vaille.

Au début de l'impressionnisme, on a attaqué les œuvres qu'il produisait, autant dans leurs sujets que dans leur technique. Lorsque, avec les années, il a bien fallu en admettre la valeur, on a déclaré que Manet et ses amis, incapables de faire des œuvres, avaient été du moins des précurseurs, des chercheurs curieux. Il a fallu alors combattre cette perfidie et réclamer pour ces hommes la justice complète, en exposant que novateurs, certes, ils avaient du moins eu le temps de réaliser des créations complètes tout en ouvrant les voies de l'avenir. Et cela a fini par être constaté. A présent nous pouvons dire, sans compromettre les impressionnistes devant l'histoire, que ce qui nous importe le plus c'est ce que leurs trouvailles nous permettront de faire sans nous soucier de leur but primitif. Ils ont illustré leur époque et ils serviront à la nôtre. Leurs tableaux sont dans les collections, mais leur technique est dans la vie.

Quelle a été la valeur du mot *impressionnisme?* Celle d'un mot vague, d'une étiquette proposée par le hasard, gardée fièrement par ceux que la raillerie en affublait. Ce mot n'a plus de raison d'être. Il devrait ne plus exister que pour qualifier dans la critique historique le mouvement qui disparaît. Ce mot usagé à l'excès ne devrait plus perpétuer parmi nos artistes une erreur et une équivoque. Mais si nous nous en tenons à sa signification technique, à l'ensemble des façons de peindre qu'il désigne, que peut-il maintenant représenter? Que sera-t-il pour une génération dégagée du réalisme?

Il tend à fragmenter toute ligne, toute surface, et à peindre avant tout l'indéfini des limites de l'atmosphère, le fluide impondérable où toutes choses vivent, paraissent et s'unissent. La fragmentation des tons est le principal moyen pictural qui nous soit donné pour satisfaire à cette loi de l'optique. Observez une surface solide contre un ciel. Quelque rigide qu'en soit la ligne (un toit, une branche, une cheminée), regardez de quelle façon cette ligne passe dans l'air : à aucun endroit elle n'y passe de la même façon. Même une règle de bois noir, élevée sur le ciel, n'est pas du même noir dans toutes ses parties. Je prends exprès un exemple enfantin : Si vous étudiez la manière dont les feuillages d'un arbre se mêlent à l'atmosphère, vous verrez que la limitation est indiscernable ; c'est-à-dire que les « passages de tons » sont les seuls procédés qui permettent de la suggérer avec véracité. Ces « passages », vous les trouvez chez des peintres très divers, par exemple chez

24

Claude Monet, qui les a systématisés, chez
M. Le Sidaner qui les pousse à leurs plus subtiles conséquences, et chez Eugène Carrière,
dont l'art réfléchi est le contraire de l'impressionnisme, et qui les obtient, non pas du tout
par la brisure des colorations, mais par une
sorte de graduation musicale des valeurs et
surtout un sens sculptural des modelés ampli-
fiés. L'expression de la relation discontinue des
surfaces peut être réalisée par des procédés divers, qui s'éloignent de cet art de 1875 qu'on
appela l'impressionnisme. Mais s'il y a diver-
sité, il n'y a pas démenti. L'essentiel de la
technique nouvelle est dans le souci de ces
« passages ». Or, ce souci est absolument opposé
à un réalisme. Déjà les Monet étaient des
poèmes lyriques par la vibration complexe de
l'atmosphère chromatique, et arrivaient à ne
plus laisser subsister d'un paysage que le rêve
de sa lumière.

Ce que M. Le Sidaner nous montre va plus
loin encore, et chez lui plus que chez personne
la facture impressionniste, créée pour rendre
l'extériorité et la fugacité de la vie, en vient à
dire tout le profond, tout le recueillement de
la réalité transposée dans l'âme. Les « passages
de tons » soit par fragmentation, soit, comme
chez Carrière, par un arbitraire voulu des valeurs, sont tout ce qu'on appelle « la poésie des
aspects », et par eux seulement on peut la rendre.
Ainsi, l'outil créé par l'impressionnisme pour
la notation rapide et aiguë de l'instantanéité

est devenu avec le temps l'instrument d'une
expression subjective. Par les jeux de la matière colorante détruisant la réalité apparente
et linéaire, l'âme des choses, portée sur la vibration de la seule couleur, se révèle légère et
s'immatérialise.

Il est absolument loisible à nos peintres de
se dégager de l'impressionnisme en tant que
formule d'art. Il n'en est pas moins vrai qu'en
créant une technique nouvelle, capable de s'appliquer à toutes les conceptions, ce mouvement
nous a rendu un inoubliable service. Dans l'art
décoratif, personne, sauf Henri Martin, n'a encore essayé d'utiliser le principe du ton frag-
menté, qui est d'une fécondité incroyable. Mais
en ce domaine tout est encore à trouver. Qui
nous donnera, suivant l'exemple de Besnard et
en allant plus loin que lui, des principes d'allégorie scientifique? La chimie et l'électricité
contiennent en puissance un monde aussi richement plastique que la mythologie : qui le
découvrira? En s'en tenant au simple tableau
de chevalet, il ressort de l'impressionnisme un
rapprochement inespéré de l'art et de l'esprit
scientifique. Jamais pareille occasion de révéler
son sens intime n'a été donnée à la couleur. Les
maîtres anciens s'en servaient pour dire leur
pensée; actuellement, elle peut se mettre à
vivre pour elle-même, à révéler son propre symbolisme, elle peut devenir un langage, et être
la source d'un art nouveau. Une métaphysique
de la couleur peut vivre.

Et alors, j'en reviens au fond classique de cet impressionnisme qui parut être une audacieuse intransigeance, une négation des règles, et qui, en réalité, fut non seulement un retour à l'esprit national, au génie de notre race, mais encore au classicisme, c'est-à-dire au culte des éléments primordiaux de l'art. Remarquez-le : c'est parmi les plus « impressionnistes » de nos artistes que le désir du retour au classicisme se dénote en ce moment même. Est-ce caprice, hésitation, amende honorable ? Non, ce n'est que la logique d'un instinct. C'est en Claude Debussy, en le plus subtil des harmonistes actuels (hier on disait le plus décadent) que se fonde l'espoir d'un retour à la *musique pure*. C'est en M. Maurice Denis que se lit le plus nettement la préoccupation du style et du respect du classicisme pictural. Carrière, en une éloquente lettre protestant contre le maintien de l'École, rendait aussi hommage à ce que signifie la grandeur romaine, mais en précisant bien son aversion pour la pédagogie néfaste qui s'en autorise. Mais M. Denis, qui veut constituer un art à la fois catholique et antique, est revenu de Rome avec l'amour respectueux de la norme. Son esprit averti et délicat s'inquiète d'une discipline éclairée. Mais voyez combien l'impressionnisme technique lui a servi pour la notation de ses rapides études d'Italie. Quelles lumières, quelles tonalités exquises, quels accords savants vivifiant ces vieux sites et ces ruines, quelle charmante ingénuité du sentiment, et comme elle se rehausse par la liberté osée des valeurs !

C'est aussi neuf, devant la campagne romaine, que Manet devant le réalisme de Courbet. M. Maurice Denis a bien fait de dépasser les pauvres points de vue de pointillistes, dont il fut, et qui se traînèrent dans l'imitation de l'impressionnisme, sans fantaisie et sans goût, jusqu'à disparaître (à l'exception de M. Théo Van Rysselberghe que son beau dessin sauve de tout). Mais il peut bien écrire des articles sages et soumis à la Rome académique : l'impressionnisme a mis en lui son sourire de lumière et il en gardera la salubre et heureuse influence.

D'ailleurs, parler de Rome, de l'Italie, expose à des confusions. Un lecteur m'écrivait : « Je suis votre campagne anti-académique. Mais proscrivez-vous tout ce qui est ultramontain ? » Eh ! certes non, pas plus que Carrière, mais avec les mêmes réserves que lui. Nul ne souscrira avec plus de plaisir aux éloges que M. Péladan, par exemple, fait de l'art italien. Mais la pureté des quattrocentistes, la sublimité de Vinci, de Michel-Ange, la science délicieuse de Raphaël, la splendeur des souvenirs de l'ancienne Rome et la noblesse toscane ou la pompe vénitienne sont les plus impitoyables condamnations de cette Italie d'École, dont on nous a opprimés ici, et qui, en Italie même, a amené une complète décadence picturale. Quand, dans sa préface au catalogue de l'exposition Denis,

M. André Gide déclare que « Rome n'est pas
coupable »; on ne ressentira aucune gêne en
l'approuvant, pourvu qu'il soit bien spécifié
que les seuls coupables sont les académiques.

Ils ont fait de la belle Italie antique et médiévale un répertoire de préjugés, de recettes et
de règlements tellement odieux que les esprits
libres sont obligés de faire de véritables fouilles
morales pour retrouver la statue merveilleuse
sous le tuf et les bâtisses qui l'opprimèrent.
C'est à cause d'eux que Rome a dû être tenue
en suspicion. Nous ne demandions qu'à l'admirer dans ses belles époques. Mais il a bien
fallu la haïr lorsqu'on en a fait un centre de
réaction, lorsqu'on l'a opposée, au nom du
Beau, aux autres centres d'art de Flandre,
d'Allemagne ou de France, qui furent autant
qu'elle des cimes de beauté. C'est à cause des
académiques que l'Occident a été contraint de
défendre contre la tyrannie de la beauté for-
melle son rêve de beauté expressive, et de pro-
clamer que, si l'on devait rechercher notre
maître véritable, plus que Raphaël, Rembrandt
suffisait à tout !

Au reste, m'en voudrais-je d'insister sur ce
point aujourd'hui très évident pour tous :
voyez l'extraordinaire vaudeville que prétexta,
à l'Institut, la nomination d'un directeur de la
Villa Médicis. Il semble qu'on entende à la
cantonade le rire de Manet ! La Rome antique,
majestueuse, regarde la débâcle de ses faux
prêtres avec indifférence.

Il est donc licite qu'une génération nouvelle
s'élance sur de nouvelles routes. L'impressionnisme les lui a ouvertes, et ce beau mouvement
n'a rien obstrué. Des natures aussi dissemblables que celles de M. Le Sidaner, de M. Denis,
de M. Vuillard, peuvent vouloir revenir au
style ou, au contraire, chercher l'originale expression de leurs sensibilités dans la notation
de la nuance presque musicienne. Ce qui est
indéniable, c'est que, sans Monet, sans Manet,
sans Renoir, sans la fragmentation chromatique et l'expression des aspects par les « passages de tons », ces peintres ne seraient point
ce qu'ils vont se permettre d'être. Que M. Denis
recherche un art aux rondeurs florentines, hel-
lénise en peignant ses ravissantes *Danses d'Al-*
ceste, j'y retrouve le coloriste issu de Gauguin
et de Renoir sous le synthétiste amoureux des
primitifs et des Gothiques, comme je retrouve
Manet en Blanche même lorsqu'il peint la subtile et peu naturaliste Bérénice de M. Barrès,
comme je retrouve les harmonies brisées de
Monet dans les poèmes debussystes de M. le Sidaner, comme je retrouve le japonisme et
Monticelli dans les « intimités » de M. Vuillard.
Admirable technique, qui n'entrave personne
et sert à tous ! Par elle ce qu'il y eut de meilleur et d'essentiel dans le mouvement de 1875
s'incorpore au génie souple de la race. Les
seuls poncifs de l'impressionnisme sont ceux
qui, sur la foi de son nom provisoire et vide,
veulent s'en tenir à la lettre et non à l'esprit,

et continuer à ne retenir des choses que la notation plus ou moins adroite des aspects. Aussi la vraie sève se retire-t-elle d'eux de jour en jour. Nous sommes bien loin de l'époque où les pointillistes essayaient enfantinement de systématiser les couleurs complémentaires, et invoquaient l'autorité de Chevreul, d'Helmholtz et de Charles Henry pour disposer « scientifiquement.» leurs petits cachets colorés, régal proposé à des rétines qui n'arrivaient pas à le goûter. Et nous sommes loin de l'école de « Pont-Aven » et des imageries préméditées des « impressionnistes symbolistes » que le pauvre Le Barc de Boutteville eut jadis la franche bonté d'accueillir en ce petit magasin de la rue Le Peletier où, parmi tant de nullités, de théoriciens, de prophètes de la gaucherie voulue, nous connûmes Maurice Denis et Vuillard.

Un ralliement français, en face de dogmes iniques, voilà ce que fut l'impressionnisme : mais non pas une discipline levant une férule nouvelle. C'est pourquoi l'on peut parler de sa fin, sans que cela indique un désaveu ou un reniement. Il est inutile de le proroger par l'imitation, voilà tout, et il cesse par l'effet naturel d'une tâche pleinement accomplie. La vieillesse d'un Degas, d'un Renoir, d'un Monet, a autant de droits à la sérénité que celle d'un Puvis de Chavannes ou d'un Corot. Derrière nul d'entre eux ne se dressera un reproche révolté, un désir impatient de s'en délibérer. Ces grands peintres expansifs, par la conduite de leur vie

et de leur œuvre, ont légitimé toutes les tendances modernes, et n'en contrarient aucune.
La qualité de leur génie est si subtilement personnelle qu'elle rend impossibles les contre-
façons, dont la vanité se dévoile à l'instant, et
jamais mouvement d'art en mit autant de
bonne grâce, après avoir dit tout ce qu'il voulait dire, à laisser la parole aux autres. Le
Salon d'Automne aura eu un mérite critique,
probablement inattendu d'ailleurs de ceux qui
l'organisèrent ; fait pour consacrer l'impressionnisme en un local officiel, il aura prouvé que
le moment était venu de constater que cet art
n'est plus dans la vie active, que sa « suite »
n'a pas d'intérêt, et qu'il n'existe de lui que
deux choses à retenir : son œuvre, dans l'histoire, son exemple d'indépendance morale
dans l'avenir, pour ôter à ses successeurs le
goût des écoles dont il s'enfuit, un matin qu'il
faisait grand soleil sur l'Ile de France.

LA CRISE DE LA LAIDEUR EN PEINTURE

Nous voyons, en ce moment, une profusion de tableaux de jeunes gens, dans certaines galeries, aux Indépendants, au Salon d'Automne. Avant de songer même à raisonner une opinion sur la plupart de ces tableaux, nous sommes frappés d'une évidence banale et brutale; ces tableaux sont affreux à voir. J'émets cette proposition dans son sens le plus général. De même qu'en entrant dans les Salons d'il y a quinze ans, alors que l'Institut régnait, on éprouvait l'impression dominante et immédiate d'une fadeur de savon rose, de même, en ces lieux où s'atteste « l'art d'avant-garde », se révèle une laideur voulue, barbare, hurlante. Beaucoup de gens se demandent pourquoi. Je vais naïvement essayer de faire comme eux. Et si je prends l'exemple du dernier Salon d'Automne, ce n'est certes pas pour contrister une

société dont la « personne morale » est en
dehors du débat, mais simplement parce que là,
en cet automne 1905, la volonté de laideur a
été montrée au public avec une spéciale insistance et avec le bruyant assentiment d'une
presse affolée de la peur de sembler, une fois
de plus, retardataire. Les Indépendants de
mai 1906 ont d'ailleurs été pires. Mais ce groupement ne peut servir d'exemple, parce que
tout le monde y peut participer, et qu'ainsi les
plus extraordinaires barbouillages y échappent
à la critique. Le Salon d'Automne a un jury, et
ce jury est composé d'artistes et d'hommes de
goût. Il est donc parfaitement légitime d'étudier, dans ce qu'il a cru devoir admettre, les
raisons de la crise de la laideur. En parlant de
mauvaise peinture, il est toujours possible de
rencontrer d'utiles vérités. Et, pour être franc,
il faut bien dire que cette peinture, résultante
bizarre et cacophonique d'une foule de vanités,
de lassitudes, de confusions, de scrupules, de
manies et d'ignorances, apparaît décidément
insupportable à beaucoup de bons esprits, soit
par sa brutalité, soit par son faux symbolisme.
Les patronages et les complaisances d'une presse
« travaillée » par les marchands de tableaux ou
par certaines personnalités pour qui « l'avant-
gardisme » est une raison de compter, n'em-
pêcheront pas le haussement d'épaules de beaucoup qui ne se paient pas de mots. L'amas inouï
de ces ébauches d'ébauches, de ces intentions
d'intentions, de ces « notes », de ces « études »

pour rien, de ces choses bâclées qui attirent
l'œil, l'affolent ou même l'amusent, mais qu'on
n'aurait pas trois jours sur son mur sans le
retourner avec colère, l'amas toujours montant
de ces embryons mort-nés finit par ramener
les esprits au désir et au respect d'œuvres
composées, patientes, contenant une pensée,
résumant des mois de dessin, de recherches,
enfin ce qui s'est toujours appelé « un tableau »
à l'époque où les gens apprenaient leur métier
et ne voulaient pas être célèbres avant de savoir
dessiner une main. L'outrecuidance des zélateurs de gazettes a achevé de créer l'irritation.
Je n'aime guère Bœcklin, et Burne-Jones moins
encore. Mais enfin, quand on pense ce que représente d'intellectualité, de goût et de talent
une œuvre de ces hommes très contestables
auprès de cent toiles du Salon d'Automne, quand
on pense à tout ce que l'art a produit, à ce
qu'ont fait des peintres souvent malmenés, on
trouve tout de même que la crise présente
touche à l'absurde, et on comprend le mépris
cinglant d'un esthéticien comme M. Péladan
pour notre époque. Suis-je poncif, l'est-il? Peut-
être, encore que pour ma part je me trouve
bien jeune pour la poncivité. Mais des esprits
tout différents pensent de même. Je suis heureux
de transcrire ici une curieuse note récente de
M. Remy de Gourmont, qui ne passe pas pour
un sot, ni pour un réactionnaire, ni pour un
ignorant, et que je ne suis pas le seul à
estimer l'un des penseurs considérables de la

littérature actuelle. En cinquante lignes du *Mercure de France*, il avouait pour cet accès de sauvagerie picturale encore plus d'antipathie que je n'en professe en cette étude.

— « La peinture indépendante[1] a plusieurs mérites ; elle nous enseigne la nécessité de la tradition, de l'étude, de l'ordre, elle nous fait, par sa laideur, apprécier les charmes des spectacles les plus médiocres. Elle nous fait comprendre enfin que, quoi que l'on ait dit, si le sujet n'est pas tout en peinture, il est tout de même quelque chose. Ici, comme aux Salons officiels d'ailleurs, l'immense majorité n'est qu'une tourbe d'imitateurs médiocres. Quelques-uns peut-être feraient des copies passables, d'autres, après un soigneux apprentissage, pourraient s'adonner avec fruit à la peinture en bâtiment ou au coloriage des joujoux. Indépendants ! refusés plutôt, et où ne le seraient-ils pas ? Qui donc voudrait se mettre quotidiennement sous les yeux ces femmes d'hôpital ou de lupanar ? Qui donc, à ces paysages bêtes et sales, ne préfère la vue d'un carré de ciel, la vue d'un toit, d'un mur, la vue de rien, la vue d'une toile d'araignée ?

« Enfin, ce Salon ressemble à une revue où l'on imprimerait pêle-mêle toute la copie que l'on reçoit. Les écrivains propres fuiraient vite. On s'étonne qu'une douzaine de peintres, qui

1. *Mercure de France*, avril 1906.

25

montrent ou qui pouvaient montrer des œuvres
assez solides, consentent à un voisinage presque
dégradant. Mais on s'étonne encore plus, et
c'est le point à discuter, qu'ils s'entêtent à
déshonorer leur talent par le choix des sujets,
non les plus sales, mais les plus bêtes. Il y a
là une psychologie assez curieuse. On y devine
la superposition du talent. Ils s'imaginent que
le talent est tout, qu'il a une valeur en soi,
comme les diamants ou l'or. Un sujet agréable,
et ils craindraient que ce sujet ne fît du tort à
l'exhibition de leur talent. Et, au contraire, si,
malgré la laideur du sujet, on est obligé de le
reconnaître, ce talent si déplaisant, les voilà
fiers. Ils ne doivent leur succès qu'à eux-mêmes.
Leur génie en guenilles, les souliers troués et
les mains sales, s'est fait admettre parmi les
gens distingués. A quoi bon, et pourquoi cette
lutte difficile contre nos goûts et nos sentiments? Qu'est-ce que l'art, abstraction faite de
l'idée de beauté? Le talent, réduit à lui-même,
n'est pas intéressant : il n'est qu'une possibilité.
L'œuvre seule existe et tout son charme est
dans la beauté. Qui a trompé les peintres en
leur faisant croire que le sujet n'a pas d'importance, ou que plus le sujet est désagréable et
plus le génie de l'auteur ressort et s'impose? Le
sujet, dans les arts plastiques comme dans les
arts littéraires, est indifférent, c'est convenu ;
quoi que fasse le médiocre, il ne tirera rien pas
plus du thème d'*Othello* que du thème des
Deux Orphelines ; mais Manet a fait une autre

œuvre tout de même avec *Olympia* qu'avec une pioche et un panier de prunes.

« Maintenant, il faut dire qu'avec tous ces mérites la peinture indépendante a un grave défaut : elle incite les bourgeois à estimer les Cabanel et les Bouguereau. »

Toute la question est résumée en cette note d'une ironie si amère sous son apparence paisible ; et l'opinion de M. Remy de Gourmont est celle de beaucoup de gens qui, comme lui et moi, ont ardemment lutté pour l'indépendance des novateurs, pour leur droit à la libre production devant le public. Mais il vient un moment délicat où vraiment il vaut encore mieux passer pour rétrograde qu'accepter de louer des œuvres qui sont simplement détestables.

★
★ ★

Ruskin disait d'un nocturne de Whistler, causant ainsi un procès célèbre : « Il faut l'impudence d'un cockney pour jeter un tel pot de peinture à la figure du public . » Whistler répondait devant les juges : « Mon tableau a été fait en peu d'instants, mais il a fallu vingt ans de travail pour rendre possibles ces quelques instants. » Or, un pot de peinture vient d'être jeté à la figure du public. Il reste à savoir s'il représente le travail de vingt ans ou simplement « une impudence de cockney ». Il reste

à savoir si ceux qui n'ont pas aimé certaines
peintures du Salon d'Automne ont commis
l'erreur de Ruskin à l'égard de Whistler, ou
ont eu raison de hausser les épaules.

A qui le demander? S'il ne s'agissait que du
Salon, le goût individuel suffirait. Mais il s'agit
de la jeune peinture contemporaine et du courant des idées qui y circule. Il s'agit d'idées
générales. Les critiques d'art assument la responsabilité et le contrôle de ces idées générales.
Ils en font métier, si tous n'en acceptent pas
ambitieusement la mission. Ils sont les échos
des peintres, et ils les influencent. Nous serons
donc conduits à étudier ce que pensent les critiques d'art et ce qu'ils disent, pourquoi ils le
pensent et le disent, et s'ils pensent toujours ce
qu'ils disent.

Nous devrons mettre hors de cause un certain
nombre d'artistes dont les talents étaient déjà
consacrés par d'antérieures expositions aux Salons
officiels. Ceux-là, venus dans la nouvelle maison,
y restaient semblables à eux-mêmes. Quelques
maîtres avaient envoyé des cartes de visite.
Enfin il y avait deux expositions posthumes.
L'intérêt véritable était ailleurs. Si le Salon
d'Automne avait dessein d'être autre chose
qu'une répétition de la Société nationale et de
celle des Artistes français, c'était en montrant
au public de jeunes peintres que ces sociétés
avaient presque tous évincés, et auxquels il
offrait l'occasion de faire leurs preuves. But
légitime et louable, certes; si le visiteur non

averti, le flâneur indifférent, entraient là comme
n'importe où pour voir des tableaux sur des
murs, tous ceux qui s'occupent de l'évolution
de l'art moderne savaient qu'ils ne trouveraient
qu'au Salon d'Automne un élément neuf et
spécial. De quelle nature était cet élément? Les
annonces de la critique et du reportage nous le
disaient par avance, et nous n'étions pas sans
nous en douter.

On devait retrouver là d'abord la filiation
directe de l'impressionnisme. Il a influencé toute
l'époque, et il n'est guère de peintre moderne
qui ne lui ait fait des emprunts; mais les fidèles
de ce mouvement technique sont prompts à
accuser de plagiat et de corruption les artistes
qui ont cru loisible d'y puiser, sans toutefois
perdre leur conception personnelle du style ou
des sujets. Outre cette filiation directe de l'impressionnisme, on devait constater l'influence
de quelques peintres isolés des Salons et inclas-
sables, comme Gauguin, Cézanne et Odilon
Redon, c'est-à-dire un décorateur symboliste,
un réaliste et un fantastique. Les courants d'influence de ces peintres sont assez difficiles à
déterminer et ont reçu plusieurs appellations :
symbolisme, synthétisme, primitivisme, etc.

Les jeunes hommes qui représentaient ces diverses conceptions avaient, depuis une douzaine
d'années, leur histoire en marge des Salons
officiels. La plupart montrèrent leurs premières
œuvres dans les petits magasins du père Tanguy
et de Le Barc de Boutteville, et exposèrent aux

25*

Indépendants. Quelques-uns avaient trouvé abri chez M. Durand-Ruel (les imitateurs directs de Monet et de Sisley), d'autres chez M. Vollard (les adeptes de Gauguin, Redon, Cézanne), d'autres en diverses galeries de la rue Laffitte. Certains venaient du groupement breton de Pont-Aven, fondé par Gauguin bien avant son départ pour Tahiti. Un ou deux, comme MM. Maurice Denis et Pierre Bonnard, avaient trouvé place à la Société Nationale. Et autour d'eux, il y avait encore une quantité de nouveaux venus, ou de camarades de jadis, plus ou moins vagues, la foule des gens qu'on trouve mêlés aux genèses de tous les mouvements. Les plus prétentieux ne sont pas ceux qui travaillent le plus : ils disparaissent à mesure que les mouvements se précisent, et quand un mouvement a dégagé quelques vrais talents, ils sont le déchet anonyme.

C'est le contingent qu'a présenté le Salon d'Automne. Avec les années, la chance a tourné. Ceux qu'on traitait en bloc de fous ou de ratés sont arrivés, par l'obstination de quelques hommes influents, à obtenir un Salon, avec toutes les faveurs de l'Etat. Les excommuniés de jadis ont eu à leur disposition les cimaises, les plantes vertes, les visites de la surintendance, les colonnes des grands journaux. Et il le fallait, et c'était juste. Il était bon que le public s'expliquât à l'aise avec ces fous et ces ratés et eût faculté de voir si ces noms leur étaient applicables. Mais on ne lui offrait pas seulement l'occasion de reviser des jugements iniques sur des peintres qu'on avait empêchés de se montrer : on lui annonçait aussi qu'il allait constater le génie ignoré de certains artistes. On le conviait à d'éclatantes réparations et à la vision de la véritable originalité.

L'ahurissement du public a été grand. Il n'en faut tenir compte que dans une faible mesure : le destin a voulu que toute innovation déterminât cet ahurissement, même devant les plus beaux chefs-d'œuvre. Mais la minorité, familiarisée avec les plus subtiles nuances de l'évolution picturale moderne, a éprouvé une profonde déception, et c'est de cette déception que je veux préciser les causes.

Il est extrêmement pénible et délicat de relever les torts des jeunes gens, et ce ne le sera certes à personne plus qu'à l'auteur de ces pages. On voudrait admirer, approuver sans réserve les tentatives des nouveaux venus, parce qu'ils sont la jeunesse, c'est-à-dire ce qu'il y a de plus intéressant au monde, l'avenir en puissance. Outrer l'indulgence, atténuer les défauts, c'est en pareil cas un devoir et un plaisir, mais enfin, on ne peut tout de même pas mentir, et tenir pour nuls l'héritage traditionnel et les lois naturelles des arts, pour la simple satisfaction de dire du bien des choses mauvaises en ne regardant que la jeunesse de leurs auteurs. Ce n'est ni à demander ni à consentir. Or, sauf de très rares exceptions, les œuvres du contingent dont je viens d'énumérer

les provenances sont de telle nature qu'à moins
de mensonge, de défi au bon sens ou de raisons d'intérêt, il était impossible d'en faire
l'éloge.

Je ne relèverai que des caractéristiques générales. La première était le manque de véritable
travail. De petites études hâtives, parfois jolies
d'indication et de couleur, des œuvrettes, des
ébauches, aucune recherche profonde et suivie,
l'à peu près, une négligence faussement aisée,
voilà ce qu'on trouvait. En général, une œuvre
de jeune homme, si gauche soit-elle, est touchante par l'effort, par le souci d'aller au bout
d'une tendance, de rendre trop intensément
une partie au détriment de l'équilibre d'ensemble : ici s'étalait ce contentement de peu
qui blesse chez les favoris de la mode et leur
fait montrer un croquis avec l'air de penser que
c'est déjà trop beau pour le public. Une autre
caractéristique était le goût de la laideur. Beaucoup de femmes nues figuraient là : toutes
étaient laides et viles de formes et de tonalités,
présentées avec une misogynie étrange qui
s'ingéniait à les rendre repoussantes. Ce n'est
pas le lieu des plaisanteries faciles ; mais enfin,
en disant qu'on voyait en ces galeries des
femmes sortant du tub plus malpropres
qu'avant d'y être entrées, beaucoup de gens
n'ont fait qu'énoncer une vérité perceptible à
tout œil normal. On restait stupéfait devant
l'ignominie méthodique des chairs et des
formes. Ce n'était pas ignorance et mala-

dresse : il y avait parti pris évident de falsifier
la nature dans un but d'enlaidissement, et ce
parti pris atteignait à des résultats invraisem-
blables, affolants. Ce que certains exposants
avaient peint en regardant le modèle nu était
inimaginable de laideur et d'aberration. Or, la
plupart des auteurs de ces bariolages de foire
sont des jeunes gens fins, instruits, bien nés,
qui savent ce qu'une jolie femme réunit
d'attraits et de délicatesses. Ils avaient donc
leurs raisons : je les donnerai plus loin. Une
troisième caractéristique était, chez certains, le
désir d'oublier à tout prix des principes d'école
et d'y parvenir en prenant tout à rebours[1].
Enfin, si l'ignorance et la suffisance peuvent
être tenues pour des caractéristiques, on peut
dire qu'elles englobaient la presque totalité de
cette catégorie d'exposants. On défilait devant
des choses qui n'étaient ni faites ni à faire. Le
pot de peinture ainsi jeté était d'une couleur
hurlante : l'impression générale était que chacun avait trouvé bon de prodiguer les vermil-
lons, les bleus de Prusse, les cadmiums purs,
les verts acides et les blancs pour fasciner les

---

1. On doit compter, parmi ceux-là, plusieurs élèves de Gustave Moreau, qui, après avoir exposé durant plusieurs années
des œuvres solidement dessinées et peintes, souvent originales, se sont avisés tout à coup de passer du symbolisme
archaïque au réalisme brutal, des princesses de légende aux
filles du trottoir, et de bouleverser jusqu'à la caricature leur
dessin et leur coloris, à seule fin de « se libérer ». Le piquant,
c'est qu'on retrouve quand même, dans leurs pires dévergon-
dages de palette, le sage enseignement et les tonalités artifi-
cielles de leur pauvre maître, qui eût certes gémi des in-
acrtades de ses disciples !

yeux. Mais, comme la richesse du coloris n'a
rien à voir avec les couleurs criardes, l'illusion
durait peu. Au milieu de cette cacophonie où
l'on cherchait en vain des valeurs justes, des
plans, des formes étudiées, une œuvre simplement sérieuse et sincère paraissait fade et
terne. Les arrangements burlesques foison-
naient, et l'on cherchait vainement du style,
du goût. Il fallait les demander aux peintres
déjà connus ailleurs, et venus là pour des motifs d'ordre pratique, s'y montrant tels que dans
les expositions précédentes. Enfin, chose étrange
chez des jeunes gens, on discernait là des « poncifs ». Il y avait un mot d'ordre : les laideurs
de formes, les sauvageries de couleurs, n'étaient
pas les résultats de bizarreries individuelles.
On y sentait un système, une discipline. Toute
cette vision était torturée par l'obligation de
« faire un devoir ». Non seulement un groupe
faisait docilement des Monet ou des Renoir avec
un honnête talent d'imitation, mais encore ce
groupe, tant raillé pour cela par les Jacobins
de la jeune peinture, était-il bien moins régenté
qu'eux-mêmes. La majorité faisait systématiquement des Cézanne et des Redon, comme on
fait ailleurs une série de faux Bouguereau. Mais
on peut copier Bouguereau : on ne copie pas
des hommes qui rejettent toute formule et tout
principe et voient en l'individualisme absolu,
en la naïveté devant la nature, le seul dogme
d'art. En sorte que ces poncifs extraits des
œuvres de producteurs ennemis de tout poncif

étaient du plus étrange comique. Jeter un pot
de peinture à la figure du public, cela peut se
comprendre ; mais le jeter de façon à systématiser les éclaboussures, voilà le plus curieux.
Et le frappant de tous ces défauts, manque de
travail et de désir d'apprendre, volonté expresse
ou inconscience du laid, soumission à une fors
mule négative, c'est que ce ne sont aucunement
des défauts de jeunes hommes.

Malgré toutes les outrances, ce Salon avait
quelque chose de fané, de périmé, d'instable et
d'hésitant, quelque chose de vieillot, et ce n'était
pas la sensation la moins singulière qu'on en
emportât.

* *
*

Le public, à part soi, a trouvé que les choses
allaient trop loin. Mais la critique l'a stupéfié,
et il n'a plus su que penser. On lui a tant dit
qu'il n'y entendait rien, qu'il ne peut plus distinguer une croûte d'un chef-d'œuvre ! Jadis,
la presse flagornait les célébrités et traitait de
haut les débutants et les chercheurs, lorsqu'elle
daignait en parler. Cette fois, elle s'est jetée
dans l'excès contraire. La collection des comptes
rendus de ce Salon restera instructive. Il n'est
pas de tableau si laid qui n'ait été amoureusement loué : tout Bottom a eu sa Titania. Les épithètes réservées aux grands maîtres ont voltigé

sur la moindre pochade. Il y eut une frénésie de
louanges, pour transformer le pot de peinture
en chef-d'œuvre. Si on lisait cette série de critiques sans avoir vu le Salon d'Automne, on res-
terait persuadé qu'une superbe et puissante floraison d'art s'est magnifiquement révélée en
France cette année. Hélas ! que n'est-ce vrai !
Les pontifes les plus timorés ont « donné » comme
les plus violents « critiques d'avant-garde ».
Les journaux graves ont publié d'émouvants pa-
négyriques de tableaux qui eussent fait se sauver
en criant les visiteurs de leurs salles de dépêches,
s'ils s'étaient avisés de les y exposer. Mais ce
qui est plus grave, c'est que des écrivains d'art
connus honorablement par leurs livres, ayant
défendu de vrais et beaux producteurs, ont
emboîté le pas. Pourquoi ? Il sera intéressant d'y revenir. Et cependant, cet enthousiasme était faux. Les peintres le savent, les
amateurs le savent, et on le dit partout sans
se gêner. On avait eu beau placer Manet et
Ingres au seuil de cet assemblage, en ayant l'air
de les considérer comme des patrons, il n'en était
pas moins vrai que M. Ingres eût retiré ses
toiles en jurant, et Manet haussé les épaules et
dit quelques bons mots, en voyant leur soi-disant
lignée. Le magnifique dessin d'Ingres, la belle
loyauté et la laborieuse conscience de Manet en
un pareil endroit constituaient un écrasant démenti, une protestation au nom de la science,
de la vraie originalité, de la recherche du caractère et du beau, une condamnation tacite des

gens qui se réclamaient d'eux. Et la seconde condamnation était prononcée par le Salon d'Automne lui-même. En donnant des cimaises à ces « artistes », il leur faisait faire la preuve de leur non-valeur. Quand on dit d'un homme : « Il est ignoré, mais il fait des merveilles », cet homme bénéficie de l'ostracisme. Mais quand on l'étale sur des murs, s'il se prouve nul, sa légende tombe et on s'en débarrasse d'un seul coup. C'est malheureusement le cas de la plupart de ces exposants, dont on nous vantait le génie inconnu avec de plaisants airs mystérieux.

Mais alors, d'où tout cela vient-il? Pourquoi cette faillite, car c'en est une? Non, il n'y a pas eu mystification, cette raison puérile, n'explique rien. Il y a eu des motifs, et nous allons les chercher où ils sont, où peu de gens osent les aller trouver, si beaucoup les avouent tout bas : dans la profonde démoralisation de la critique d'art, dans l'affolement de la boussole artistique que l'Ecole a cessé d'aimanter, et dont l'aiguille oscille au hasard.

Qu'il y ait de mauvais tableaux, cela n'a pas d'importance. Personne ne les achète, et on repeint dessus. L'important, c'est l'état d'esprit qui les fait faire.

L'état actuel de cet état d'esprit chez les jeunes peintres a été révélé récemment par une enquête d'un de nos confrères, qui demandait leurs opinions sur Whistler, Fantin-Latour, et les directions de l'art de demain. La majorité des réponses fut une déification de Cézanne et du « retour à

26

l'ingénuité ». Mais on a peine à croire le dédain avec lequel Whistler, « amateur surfait », et Fantin-Latour, « bon petit maître bourgeois de troisième ordre », furent traités par des inconnus dont quelques-uns ont signé les bariolages les plus rebutants du Salon d'Automne. Le ton solennel et gourmé de ces réponses était non moins curieux. C'était le ton d'hommes qui n'ont rien à apprendre et ignorent le doute, le ton de justiciers infaillibles, les Saint-Just de la peinture. Rien ne rend serein comme le fait de ne même pas se douter de l'insuffisance de toute une vie à posséder le secret d'un art. Ces jeunes gens ont fait table rase, et ils inventent la peinture : cela, c'est jeune et amusant. Mais ils l'inventent à coups de systèmes, et ils ont tellement besoin d'École, comme on le ressent à leur âge, qu'ils en font une dont le dogme est de ne pas en avoir. Et c'est une École aussi tyrannique que les autres.

Leur idée foncière est qu'on est bien plus nouveau en supprimant une tradition qu'en la développant. Ils détestent l'École académique, mais, cédant à un besoin de nationalisme réactionnaire, une partie d'entre eux ont la coquetterie de se prétendre férus de classicisme et se réclament d'Ingres, voire du moyen âge. Ils détestent la virtuosité des peintres à la mode, en quoi ils sont loin d'avoir tort, et il faut voir avec quel mépris ils parlent de la « peinture des couturiers de la Société Nationale ». Ils ont eu pour maîtres naturels Manet, Degas, Sisley,

Pissaro, Renoir, qui a la bonté simple d'être au milieu d'eux un exposant couvert de gloire et chargé d'années. Mais cela ne leur a pas suffi. Ils ont voulu avoir des maîtres encore plus spéciaux ; et comme une de leurs affectations est d'être incompris et victimes, de s'en plaindre, mais d'en être fiers tout de même, ils sont allés chercher Gauguin, Cézanne et Redon, en se souvenant des préférences de Verlaine pour les « poètes maudits ». A des révoltés, il fallait pour chefs des maudits : c'est ainsi qu'on est des « purs ». L'excès du désir de réparer des injustices est un des signes de la neurasthénie artistique, alors que la réparation raisonnée des vraies injustices est le signe des moments de santé et d'énergie d'une évolution. En mettant à leur rang Manet, Monet ou Rodin, une génération féconde a fait bellement son devoir, et les chefs-d'œuvre de ces trois maîtres l'attestent. Le malheur est qu'en tentant la même lutte pour Gauguin, Cézanne ou Redon, les fils anémiés de cette génération ont manqué le but, parce qu'ils s'adressaient à de faux maîtres dont l'œuvre n'existe qu'à titre d'exception et de démenti aux principes de la peinture. Cela est surtout vrai pour les deux derniers, car il y a eu en Gauguin, nature inégale, fruste, malchanceuse, mais puissamment instinctive, les dons d'un beau coloriste et d'un dessinateur expressif. Au reste, il est bien moins suivi que les deux autres, justement parce qu'il était rigoureux et, au fond, bien plus systématique et normal qu'il n'en avait l'air.

M. Odilon Redon, dessinateur symbolique et fantastique, complètement inapte à exprimer les aspects réels, comme en témoignent ses timides essais récents en ce sens, imbu de littératures, enfantin et spécial, goûté depuis longtemps d'un petit nombre de poètes et d'un nombre un peu plus grand de snobs, a excité jadis la faculté métaphorique de M. Huysmans par ses compositions amorphes d'un beau métier lithographique, où l'on peut voir, en effet, tout ce que l'on veut. Une telle production est la providence des critiques d'art qui remplacent la connaissance par des tirades de littérature : elle n'a, avec la peinture, qu'un lointain rapport. Il est curieux de constater que l'œuvre de Redon a été regardée avec fétichisme par les mêmes gens qui bafouent exagérément la peinture du rêveur dévoyé que fut Gustave Moreau. Le peintre noble et bien intentionné des héros et de la fable grecque a pourtant, avec M. Redon, de profondes analogies. Mais il a pu être un professeur d'École, d'ailleurs excellent ; M. Redon est incapable d'être un conseiller suivi, pour la raison que, s'il a un intérêt et un charme, c'est par la gaucherie et l'inexistence des moyens dont veut se servir son imagination de poète d'amateur raffiné qui, du fond de ses cauchemars baudelairiens, aspire à redevenir naïf.

Quant à M. Cézanne, son nom restera attaché

à la plus mémorable plaisanterie d'art de ces quinze dernières années. Il a fallu « l'impudence de cockney » dont parlait Ruskin pour inventer le « génie » de cet honnête homme qui peint en province pour son plaisir et produit des œuvres lourdes, mal bâties, consciencieusement quelconques, des natures mortes d'une assez belle matière et d'un coloris assez cru, des paysages de plomb, des figures qu'un journaliste qualifiait récemment de « michelangesques » et qui sont tout bonnement les essais informés d'un acharné qui n'a pu remplacer le savoir par le bon vouloir [1]. Regarder les tableaux de M. Cézanne auprès d'un Monet ou d'un Renoir, cela équivaut à comparer une danse de paysans en sabots et une danse d'Isadora Duncan. Il n'y a pas l'ombre d'une véritable supériorité artistique dans ces tableaux dont on fait des éloges outrés qui gêneront sérieusement un jour leurs bénévoles signataires. Et ces éloges ne sont pas tous dus à des « cockneys ». On les trouve sous la plume d'hommes avertis qui savent la beauté d'une couleur et d'une forme et l'ont prouvé au point qu'on est en droit de se demander s'ils se déjugent. Une telle attitude en pré-

[1]. J'insiste avec la plus sincère courtoisie sur ce « bon vouloir ». Je n'en doute pas que M. Cézanne, loin des snobs et ne se croyant nullement le grand homme qu'ils inventent, soit fou de peinture et fasse tout son possible. Mais quoi ! Saluons l'intention, mais l'esprit souffle où il veut, et ce n'est pas toujours chez ceux qui l'appellent le plus ardemment. Et il n'a jamais soufflé chez M. Cézanne.

sence d'un peintre comme M. Cézanne contraint
à protester contre celui-ci, dont on ne deman-
derait qu'à ne rien dire, parce qu'il n'a jamais
pu produire ce qu'on appelle un tableau.

Pourquoi donc est-on allé chercher de tels
« maîtres » ? Parce qu'ils semblaient incarner
une idée qui est le plus récent « amour de
tête » de cette génération : cette idée, c'est le
retour à l'ingénuité, le primitivisme. Une génération raffinée, sollicitée à l'excès par le sens
critique, encline à ratiociner, nerveuse, inquiète à force de comprendre toutes les directions et de n'en pouvoir préférer aucune, ennemie de l'Ecole, ennemie de la virtuosité et de
la rouerie technique, blasée, en un mot, à un
âge où on ne peut l'être sans grave anémie,
s'est jetée sur cette idée séductrice et dangereuse : *le salut, c'est l'ignorance.* Se placer
devant la nature, oublier tout ce qui a été fait,
tout ce qui s'enseigne, essayer d'avoir de bonne
foi l'état d'esprit de l'homme des cavernes gra-
vant un os de renne, pouvoir y parvenir, quelle
régénération ! Quel vrai désir de décadents !
répondrons-nous, car on l'observe dans toute
période de lassitude intellectuelle [1]. Sous les
noms de primitivisme, synthétisme, symbolisme, etc., cette folle espérance a saisi cette
génération. Et comment arriver vite à la sainte,

---

1. C'est ainsi que l'art usé « retombe en enfance ». Et l'idéal,
en ce sens, ce sont les dessins des enfants, qui ignorent tout
ont de vraies ingénuités, et trouvent toujours des indications,
synthétiques et d'une justesse amusante.

à la salubre ignorance ? Comment se refaire
rapidement une virginité de sensations ? En prenant le contrepied de tout ce qu'on voit faire
en peinture, d'abord et avant tout ; en déclarant admirable celui qui ne sait rien et ne veut
rien apprendre, l'éleuthéromane qui se bouche
les oreilles de peur que le discours d'un de ses
frères influence son libre arbitre, en suivant
l'exemple de ceux qui n'en suivent pas. La
mentalité de l'enlumineur du xiᵉ siècle, du sauvage qui taille un fétiche, prime celle de l'artiste qui a travaillé vingt ans en tenant compte
des musées, de l'héritage des races. C'est l'anar-
chisme absolu. Gauguin est allé à Tahiti moins
pour y trouver de beaux motifs lumineux que
pour oublier l'Europe et se faire une vie et une
âme de Tahitien ; Redon se plonge dans d'extra-
vagantes bizarreries pour perdre le souvenir
de la figure humaine qu'il ne peut dessiner et
qui le gêne ; Cézanne bariole avec naïveté
des images d'Épinal, comme s'il n'avait jamais
vu un tableau de son existence. Il n'en faut pas
plus pour que ces hommes apparaissent comme
les purs prophètes du retour à la nature. Et
que cache donc ce retour à la nature ? Un peu-
reux besoin de retour au passé, par impuissance à créer un symbolisme nouveau sans
lequel la peinture mourra par disproportion de
la foison des virtuosités à la pénurie des idéaux.
Mais retourner à un passé assez récent, c'est
être poncif : retourner au passé médiéval ou au
primitivisme de l'homme des cavernes ou du

Tahitien, cela semble une nouveauté. En réalité, c'est être tout autant poncif.

Cependant, une conception si puérile ne contente pas tous les jeunes gens de ce groupement. Il en est d'assez instruits pour savoir que l'hérésie séculaire ne permet pas à un homme du xxᵉ siècle de semblables rétorsions cérébrales. Ceux-là sont imbus d'un esprit curieusement réactionnaire. Ils ne vont pas jusqu'à désirer l'état d'âme du huchier breton ou du Tahitien, mais ils se réfèrent à celui des imagiers du moyen âge, et ils commencent à déclarer, depuis quelques années, que l'impressionnisme a fait du mal, que l'Ecole a du bon, qu'il faut des principes, qu'il sied d'être classique, et que M. Ingres est leur vrai dieu. On comprend bien comment il y a de profondes affinités entre Ingres et le dessin de M. Degas, lequel n'a jamais été, d'ailleurs, un impressionniste. Mais comment concilier Ingres et M. Cézanne ? A la rigueur, on peut découvrir l'analogie de Gauguin et des Primitifs français ; la comparaison entre l'amorphisme, la grossièreté de visions et de moyens de M. Cézanne, et la subtilité, le goût, l'esthétique sévère, la science des linéaments d'Ingres, rappelle la comparaison qu'on voudrait établir entre un aria de Glück et les tams-tams des palabres africaines. Cependant les jeunes peintres dont je parle vont affirmant avec gravité la filiation directe d'Ingres à Cézanne. Je me souviendrai toujours d'une belle colère que Puvis de Chavannes prit

devant moi à cette occasion. Déconcertés par
cette gravité, des critiques ont, par peur d'être
poncifs, accepté sans rire ce point de vue ; et
c'est pourquoi nous avons pu voir M. Ingres
servir de parangon, en ce Salon, à des gens
que le primitivisme et l'antivirtuosisme con-
duisent à placer un nez n'importe où, sauf au
milieu du visage.

Cette fraction des « jeunes » du Salon d'Automne nous aidera à voir plus clair dans la
confusion de ces instincts qui cherchent à se
légitimer tant bien que mal par une théorie. Et
j'y insiste : c'est uniquement pour tâcher de
préciser des tendances générales de l'époque que
je parle d'eux, et je ne m'y suis pas résolu sans
peine. On me fera bien l'honneur de croire que
l' « éreintement » de jeunes artistes n'est pas
mon but. Que suis-je moi-même, sinon un
homme de leur âge, plein de défauts et d'inquiétudes qu'on n'a pas manqué de me reprocher, moins durement certes que je ne me les
reproche ? Et s'agit-il même de critiquer un
mauvais Salon? Après tout, un Salon n'a
aucune importance. Non, c'est uniquement d'un
examen de situation qu'il s'agit. La plaisanterie
n'a rien à y voir, il est bon simplement de se
rendre compte des raisons de la crise, et je ne
veux rien d'autre. Il n'y a pas mystification, ce
qui n'a jamais été une explication sérieuse d'un
caprice d'art, même si ce caprice paraît révol-
tant et absurde. Je ne doute pas que plusieurs
de ces exposants ne s'ingénient à peindre ou-

trancièrement pour se faire remarquer et ne fassent « de la peinture Salon d'Automne » comme d'autres font « de la peinture Julian »; mais cela ne compte guère. Indéniablement, nous sommes en présence de producteurs dont la cérébralité pervertit l'œil et la main au lieu de les commander. Il y a affolément chez des gens qui ont voulu jeter bas tout principe et n'arrivent ni à s'en passer ni à en trouver de nouveaux et de viables. La barbarie systématique n'est pas un remède : être gauche n'est pas une force, mais être gauche à dessein mène à l'impuissance radicale. Il est, dès maintenant, impossible aux trois quarts de ces exposants de pousser plus loin l'amorphisme des figures et la crudité des colorations, et on le verra bien l'année prochaine. Ils sentent donc le besoin obscur d'une norme : où la trouver, à moins de rentrer au bercail de l'Ecole? Et certains n'ont pas hésité à le dire, récemment, lorsqu'un de nos confrères a fait une enquête sur l'inutilité et les vices de l'enseignement officiel des Beaux-Arts et de la villa Médicis. Ce ne sont pas les moins audacieux parmi les « cézanniens » qui ont parlé du Poussin, d'Ingres et de la Villa avec une déférence qui ressemblait à une décente raillerie si on songeait à leurs tableaux. La formule « faillite de l'individualisme » a été prononcée. Le sentiment s'affirme de plus en plus du danger qu'il y a à tout ignorer de son métier. On a repensé à l'Ecole, tout en vantant Cézanne. Voilà où l'on en est arrivé, c'est-à-dire à ce qu'en politique on appelle « le gâchis ». Et je crois bien qu'après ce Salon et les amères constatations qu'y ont faites ceux qui ne se paient pas de mots, le gâchis sera pire encore. On devra opter entre les poncifs et les fous furieux; et il y a déjà un poncif de la folie furieuse !

Dans ses derniers entretiens, Fantin-Latour s'en expliquait admirablement. Et en voyant les Ingres au Salon d'Automne, j'ai pensé qu'ils y figuraient non comme une confirmation de démences inexcusables, mais comme un motif de remords.

* *

Les grands impressionnistes, Manet, Monet, Renoir, Pissarro, Sisley, ne doivent pas être rendus responsables de cet état de choses. Ils ont lutté contre l'Ecole dégénérée, contre les recettes académiques, contre le faux classicisme. Mais ce n'étaient ni des égarés ni des anarchistes. Ils ont créé une technique, ils ont rappelé que la sincère expansion du tempérament était le premier devoir de l'artiste, ils ont cherché la beauté caractéristique de leur temps. Mais ce n'étaient pas des réactionnaires et des négateurs de la tradition. Ils l'ont honorée, au contraire, en s'affirmant les continuateurs des peintres du xviiie siècle. Ils ont été

injustement bafoués, parce qu'ils apportaient
une vision nouvelle. Mais ils avaient une logique,
des principes, un grand savoir raisonné sous la
génialité de leur instinct, et cela s'est prouvé
dans toute leur carrière. Ils ont influé sur toute
la peinture européenne, et on n'a pas fini de
puiser dans leur trésor. Ils n'ont pas constitué
une école, mais il y avait une telle cohérence
dans leurs apports personnels que l'histoire de
l'art pourra parler de l'école impressionniste en
prenant ce mot déplaisant dans le sens le plus
élevé. Tout ce que ces hommes ont fait a été
sain, intelligent et sérieux. Voyez comment
Monet, Degas, Renoir savent vieillir glorieusement, avec une noble allure classique. Manet,
imbu des musées, est arrivé par un labeur
acharné, par des degrés raisonnés, à sa seconde
manière. Tout en de tels maîtres dit la loyauté,
la conscience, la modestie sincère, la culture
intensive des dons originels, et jamais ils
n'eussent cru faire leur devoir d'artistes en
vivant sur leurs dons. Ils savaient qu'un don
se flétrit et meurt si on se repose de tout sur
lui. C'est pour cela qu'ils sont grands.

Leur obstination est venue à bout de l'Ecole
dégénérée et de son influence néfaste. L'Ecole
n'existe presque plus. Ceux qui incarnaient son
esprit sont tous morts, et les nouveaux venus
de l'Institut ne sont que des neutres, incapables
d'enrayer un mouvement, incapables d'en créer
un. L'Institut n'est qu'un cadre officiel : son
maintien ou sa suppression n'ont d'importance

qu'au degré des gens qui y siégeront. Le jour où Besnard et Rodin seront à l'Institut, et ce jour n'est pas éloigné, l'esprit académique ne sera plus qu'un souvenir. On peut dire qu'actuellement les hommes du premier impressionsisme constituent, en face d'une École moribonde et de la déshérence de son médiocre idéal, le seul groupement traditionnel et le véritable classicisme de l'art français. Si l'on recherche une référence, une tradition, un noyau solide, c'est là qu'il les faut chercher.

Mais il n'apparaît aucunement que les exposants du Salon d'Automne aient le droit de se réclamer de ces maîtres, pas plus que d'Ingres. Certains sont influencés visiblement de M. Renoir, d'autres imitent les procédés de Monet et de Sisley sans en renouveler l'esprit. Mais ceux qui essaient de concilier le culte de M. Cézanne et celui d'Ingres, et qui recherchent à la fois le primitivisme et une tradition, en faisant les choses qu'on a vues, ceux-là sont dévoyés, et on serait de mauvaise foi en s'écriant : « Voilà où l'impressionnisme a conduit l'art moderne[1] ! » Cela a été dit par des critiques réactionnaires. Aussi est-il bon de répondre nettement devant le public : « Non, l'impressionnisme n'est pour rien ici. On peut contester sa conception de l'art moderniste, son style, ses sujets ;

1. Il faut faire la même réserve pour le japonisme, dont une petite exposition adjointe au Salon d'Automne donnait encore de telles preuves de science, de grâce, de goût et de sentiment de la nature.

mais il a eu puissance, science et beauté, il a
su et fait ce qu'il voulait, il a aimé et compris
son temps, il a obéi autant à son instinct qu'à
l'éternelle normalité de l'art pictural. Et ici il
n'y a qu'ignorance et prétention. Que ce pavillon cesse de couvrir cette marchandise. »

De telles théories, de si mauvaises œuvres,
redonneraient du prestige à l'académisme,
sembleraient lui conférer une nécessité apparente, et lui ramèneraient le public averti en
contrecarrant ainsi la saine volonté de Manet,
si, heureusement pour la liberté et la hardiesse
logique de l'art actuel, l'académisme n'était
absolument dépourvu d'hommes capables,
comme un Gérôme, par exemple, d'organiser
une opposition officielle puissante. L'état d'âme
du peintre moderne est profondément troublé :
je parle de celui qui cherche à être original.
Que la paix soit avec ceux qui copient tout bonnement ce qu'ils voient et exercent un métier,
avec ceux qui suivent la mode, ceux qui imitent
un chef d'atelier. Mais le jeune peintre qui veut
se révéler personnel est dans un triste moment,
si l'on en juge d'après ce Salon. Ce n'était pas
la peine de détruire l'École de Bouguereau pour
voir s'installer l'École de Cézanne, et l'une ne
vaut pas mieux que l'autre. La seule excuse de
la seconde, c'est qu'elle ne durera pas longtemps, parce qu'elle ne plaira pas au public
vulgaire. Il aime les femmes en savon rose,
parce que « c'est joli », mais il ne tolérera pas
les femmes équarries à coups de serpe et les

barbouillages congolais, parce que « ce n'est
pas joli ». Et là raison ne vaut pas grand'chose,
mais dans l'occurrence elle sera très utile.
L'amour de la laideur, la volonté de ne pas
plaire à tout prix, volonté confondue par les
jeunes gens du Salon d'Automne avec la noble
décision de ne pas plaire par des moyens bas,
voilà ce qui empêchera leur action et l'avenir
de leur tentative. Ils veulent faire laid en haine
du joli. Certains s'en effraient et veulent retourner à l'Ecole. Elle est inacceptable ; ils
songent donc au primitivisme. Le désarroi de
leur esprit dégoûté de toutes les tendances, et
surtout angoissé par l'inutilité du talent sans
but, leur fait pousser vers le retour à la barbarie le cri d'espoir éternel des heures de décadence.

* *
*

On aimerait que ces raisons fussent plus rele-
vées. La critique d'art est faite pour en donner
de plus hautes. Mais on vient de constater
qu'elle n'avait guère contribué à réparer la
boussole. Quel beau rôle pourtant elle eût pu
jouer ! Dire à ces jeunes : « Vous gaspillez
l'héritage impressionniste. L'impressionnisme
vous a faits libres de l'Ecole, mais non du sens
commun. Vous fabriquez des tableaux fous,
parce que vous n'avez pas pris le temps d'ap-

prendre votre métier et que vous avez de mauvaises théories. Sachez vous passer de l'École,
écoutez votre instinct, mais avec ordre, sincérité, travail. Ne cherchez pas à étonner : on
croira qu'on a eu tort de vous délivrer de l'Académie. Ne pensez pas, sur la foi de quelques
littérateurs paradoxaux, qu'on se refait l'état
d'âme et la vision d'un homme de caverne. Cela
ne se peut, et si cela se pouvait, ce serait
absurde. Aimez votre temps, aimez les maîtres,
étudiez. Nous ne demandons qu'à vous estimer,
mais franchement ce que vous faites est très
mauvais. » Au lieu de cela, la critique s'est
mise à la disposition de ces peintres. Elle a
fait comme les reporters, elle est allée chez eux
prendre le vent.

C'est que la critique d'art est devenue presque
uniquement un reportage. Certes elle compte
encore quelques hommes de savoir et de mérite.
Mais le journalisme, qui a déjà tué la critique
littéraire, est en voie de tuer la critique d'art. Il
exerce là, comme ailleurs, sa honteuse influence,
il y sème la démoralisation. Les journaux sont
pleins de gens qui s'intitulent critiques d'art
parce qu'ils signent des comptes rendus d'expositions, et qui ne connaissent ni l'histoire des
arts, ni la formation des écoles, ni les techniques,
parce qu'il faut dix ans au moins pour s'en
enquérir avec méthode. Les journaux se moquent
bien des arts ! Il leur faut insérer des articles sur
les livres ou les tableaux, parce que cela fait
partie des nouvelles que le lecteur veut trouver

pour son sou quotidien, et ils font parler de ces
choses par n'importe qui, en tâchant de tarifer
les rubriques. Les quelques hommes « qui s'y
connaissent » sont noyés dans cette foule qui
trouve drôle la peinture du Salon d'Automne
et en chante les louanges pour avoir l'air d'être
« dans le train », alors qu'elle la déclarerait
aussi bien « ignoble » si le mot d'ordre avait été
différent. C'est une foule analogue qui a vili-
pendé Manet, parce qu'à ce moment-là elle pre-
nait le mot d'ordre chez les officiels. Les mêmes
toiles du Salon d'Automne, vues il y a trois
ans aux Indépendants, eussent soulevé les
quolibets. Et non seulement celles-là, mais des
œuvres originales et charmantes. Vues pompeusement dans un grand local de l'Etat, elles
récoltent les épithètes laudatives. C'est que le
mot d'ordre a changé.

Parmi les quelques hommes qui n'ont pas
besoin de mot d'ordre pour apprendre à penser,
et qui savent parfaitement que cette peinture
ne vaut à peu près rien, il en est que trouble
le scrupule d'être sévères pour des jeunes : scrupule noble, créé par l'intransigeance haineuse
des critiques poncifs de jadis. Lorsqu'on voit
l'œuvre magnifiquement saine de Manet, lorsqu'on songe aux anathèmes, à la rage aveugle
qu'elle suscita, lorsqu'on a un certain âge et
qu'on a défendu Carrière, Besnard, Rodin, Monet,
contre d'ineptes partis pris, on est en droit de
se troubler, de songer : « Si je me mettais dans
le même tort à l'égard de ces jeunes, bien que

27*

que je trouve leurs œuvres exécrables? Deviens-
je poncif, moi aussi? » Il faut alors appeler à
soi toute sa clairvoyance, se référer aux lois
immanentes des arts, pour être certain qu'on
ne péchera pas en désapprouvant. Et on cède à
la clameur élogieuse de l'entourage. D'autres
critiques savent la non-valeur des œuvres, mais
obéissent à des considérations personnelles, à
la petite politique de ménagements qui cor-
rompt les milieux artistiques. Chacun a ses
« réservés », et il est difficile d'être absolument
intègre dans un temps comme le nôtre. Ici non
plus je ne nommerai personne; mais il faut le
dire au public : qu'il soit bien persuadé, s'il
est étonné de certaines signatures sous certaines
opinions, que c'étaient des signatures de complai-
sance, et que les signataires, en vantant certaines « horreurs » après avoir défendu de
vrais artistes, faisaient de la politique et
savaient fort bien à quoi s'en tenir. Découvrir
des génies inédits est un sport littéraire : cela
jette dans la circulation beaucoup de fausse
monnaie intellectuelle, mais cela pose un
homme, et avec des métaphores on s'en tire
toujours. Il est facile de « parler le peintre ».

Enfin, on a tant crié sus aux abus de la critique dogmatique, qu'on ne fait plus guère que
de la critique d'impressions. Il s'ensuit que la
critique d'art est complètement désorganisée.
Chacun donne son mot d'ordre et limite la valeur d'une œuvre au goût qu'il y a pris. Les
peintres donnent aussi leur mot d'ordre. Mais il

est un personnage qui le leur donne à tous. Ce
personnage discret, mais essentiel, c'est le marchand de tableaux. Et la psychologie de ce chef
machiniste des Salons et de la critique d'art n'est
pas aisée à faire. Elle mériterait un livre entier;
et si ce livre était simplement composé de ce
qu'on sait, de ce qu'on chuchote, de ce qu'on
n'ose pas dire, de ce que le public ne soupçonne
pas, ce serait un terrible document de mœurs !
Les personnes naïves se figurent que l'artiste,
avant la Révolution, était un domestique pen-
sionné par les grands et qu'il est devenu libre.
Plus tard, on a gémi sur la tyrannie des pontifes académiques qui casaient leurs dociles
élèves et fermaient la route à tout indépendant. Mais le jour où le peintre s'est mis entre
les mains des marchands qui lui font une rente
et « le poussent » en monopolisant ses œuvres,
il a connu un dur esclavage, et les artistes du
xviiie siècle étaient autrement libres que lui.
Le marchand avait besoin de publicité pour
vendre à bénéfice : il a trouvé dans la « critique
d'art » de la presse ce qu'il lui fallait, et les
quelques critiques honnêtes et savants qui
n'acceptaient pas ce genre de marché et trou-
vaient tout de même moyen de publier leurs
opinions ont été circonvenus de mille manières.
Là, le marchand a trouvé de précieux auxiliaires
dans les riches collectionneurs. Les amitiés à
ménager, les échanges de bons procédés ont fait
le reste. On croit qu'il y a un mouvement d'art :
il y a, en réalité, un mouvement dans la Bourse

des tableaux, et l'on spécule aussi bien sur les
génies inédits. Il suffit d'en faire mystère et de
persuader tout doucement les collectionneurs
qui ne s'y entendent pas — j'oserai dire ingé-
nument qu'il s'en rencontre — de l'excellente
affaire qu'ils feront en achetant les œuvres du
génie inédit. Il ne s'agit, pour cela, que de do-
ser avec art la révélation progressive du peintre
choisi, jusqu'au jour où éclate une fanfare soigneusement préparée ; après quoi, le génie
inédit se place, tout comme un autre, quitte à
être échangé plus tard. La valeur de l'œuvre
importe bien moins que l'excellence du lancement, et nous avons vu des chefs-d'œuvre en
ce genre, car le marchand de tableaux fait
merveille et son système est admirablement
organisé.

Les mœurs malpropres de la politique ont
envahi et gangrené l'art. Ceux qui sont au
courant des dessous savent à quel point, en
un Salon officiel ou libertaire, tout, règlement
intérieur, gérance, expositions de maîtres, lancement de tel ou tel groupe, éviction de tel autre,
tout est occultement influencé par la diplo-
matie de quelques marchands, sans même
qu'un comité de braves artistes insoupçonneux
des ruses et des trafics, et faciles à duper avec
de grands mots, puisse s'en douter. Mais après
tout pourquoi insister? Il y va de la dignité du
critique et de sa sympathie pour les artistes
de sembler ignorer les dessous et de ne voir,
comme le public, que les apparences.

Le public ne s'en doute guère, mais tout le monde artistique sait cela, et le reste. La question d'argent s'est mêlée si étroitement à la question d'art que la critique d'art est prise dans un étau. Les meilleurs ne peuvent pas dire tout ce qu'ils pensent, et les autres ne demandent qu'à dire ce qui est opportun, car il faut vivre de son état. Je ne dis pas qu'il faille s'indigner, mais il est bon de comprendre la complexité du problème. C'est par de telles raisons qu'on expliquera le scandale de certaines louanges, la diminution d'autorité de la critique, le désarroi du public, l'hésitation des artistes, le mécanisme des réclames et des réputations, l'œuvre néfaste du snobisme et de « l'amateurisme ». On comprendra qu'en présence de tels éléments, et des folies que l'impressionnisme et l'individualisme n'autorisent pas, certaines jeunes consciences s'effraient, songent à une tradition, songent même à l'Ecole, et que, l'Ecole n'existant plus, et n'ayant jamais rempli sa vraie et saine mission, ces consciences désaxées n'aient plus avec la nature, éternel et seul maître, des contacts logiques et calmes.

Le « pot de peinture » a été jeté. « L'impudence de cockney » y est pour beaucoup. Manet et son groupe n'y sont pour rien, et M. Ingres encore moins. Le travail de vingt ans n'a rien eu à faire là : ce sont d'autres artistes qui ont travaillé réellement depuis vingt ans. C'est à ceux-là qu'il faut demander les qualités

normales de l'Ecole française, et non aux
« primitivistes » qui, faute de l'homme des
cavernes, sont allés quérir aux Indépendants
un brave douanier amateur pour affirmer en
bonne place, au Salon d'Automne, le dernier
terme d'un idéal dont M. Ingres était censé être
le premier. Il y a, Dieu merci, de solides et
sains talents en France ; ils ne dépendent ni de
l'Ecole ni de l'impressionnisme, sinon dans la
mesure où ils y constatent des principes
logiques, ceux qu'ont observés les maîtres de
toutes les époques. On en retrouvait un bon
nombre à ce Salon, auprès de quelques jeunes
qui ne pensaient pas avoir inventé la peinture
et plaisaient par leur jolie franchise. Ceux-là
sauvaient l'honneur de l'endroit. Ils sont
inquiets, mais cela ne les rend pas fous. Ils
connaissent l'inquiétude de la recherche, le
sentiment scrupuleux de la difficulté, sans
lequel un artiste n'existerait pas. C'est cette
belle inquiétude qui permet de compter sur
eux. Il y aura toujours place pour de tels artistes.
Il y aura place également pour une critique d'art
cohérente, spontanée, impartiale. Mais là tout
est à reconstruire, comme dans la critique
littéraire, parce que la presse, le marchand de
tableaux, les conditions secrètes de la publicité
créent les plus graves obstacles. L'autonomie
de la critique est presque une question de
moralité sociale, et nous ne sommes plus à
l'heure, antérieure au développement exorbitant
du journalisme, où l'artiste et le critique